我為愛而生，我為愛而寫
文字裡度过多少春夏秋冬
文字裡留下多少青春浪漫
人世間雖然没有天長地久
故事裡火花燃燒愛也依舊

瓊瑤

瓊瑤經典作品全集

67

梅花英雄夢

第二部：英雄有淚

繁花盛開日，春光燦爛時

我生於戰亂，長於憂患。我瞭解人事時，正是抗戰尾期，我和兩個弟弟，跟著父母，從湖南家鄉，一路「逃難」到四川。六歲時，別的孩子可能正在捉迷藏，玩遊戲，我卻赤著傷痕累累的雙腳，走在湘桂鐵路上。眼見路邊受傷的軍人，被拋棄在那兒流血至死，也目睹難民爭先恐後，要從擠滿了人的難民火車外，從車窗爬進車內，車內的人，為了防止有人湧入，竟然拔刀砍在車窗外的難民手臂上。我們也曾遭遇日軍，差點把母親搶走，還曾骨肉分離，導致父母帶著我投河自盡……這些慘痛的經驗，有的我寫在《我的故事》裡，有的深藏在我的內心裡。在那兵荒馬亂的時代，我已經嘗盡顛沛流離之苦，也看盡人性的善良面和醜陋面。這使我早熟而敏感，堅強也脆弱。

抗戰勝利後，我又跟著父母，住過重慶、上海、最後因內戰，又回到湖南衡陽，然後

到廣州，一九四九年，到了臺灣。那年我十一歲，童年結束。父親在師範大學教書，收入微薄。我和弟妹們，開始了另一段艱苦的生活。可喜的是，這段生活裡，沒有別離，沒有遷徙，沒有朝不保夕的恐懼。我也在這時，瘋狂的吞嚥著讓我著迷的「文字」。中國的《西遊記》《三國演義》《水滸傳》……都是這時看的。同時，也迷上了唐詩宋詞，母親在家務忙完後，會教我唐詩，我在抗戰時期，就陸續跟著母親學的唐詩，這時，成為十一、二歲時的主要嗜好。

十四歲，我讚進國二時，又鑽進翻譯小說的世界。那年暑假，在父親安排下，我整天待在師大圖書館，帶著便當去，從早上圖書館開門，看到圖書館下班，看遍所有翻譯小說，直到圖書館長對我說：「我沒有書可以借給妳看了！這些遠遠超過妳年齡的書，妳都通通看完了！」

愛看書的我，愛文字的我，也很早就開始寫作。早期的作品是幼稚的，模仿意味也很重。但是，我投稿的運氣還不錯，十四歲就陸續有作品在報章雜誌上發表，成為家裡唯一有「收入」的孩子。這鼓勵了我，尤其，那小小稿費，對我有大大的用處，我買書，看書，還愛上了電影。電影和寫作也是密不可分的，很早，我就知道，我這一生可能什麼事業都沒有，但是，我會成為一個「作者」！

這個願望，在我的成長過程裡，逐漸實現。我的成長，一直是坎坷的，我的心靈，經常是破碎的，我的遭遇，幾乎都是戲劇化的。我的初戀，後來成為我第一部小說《窗外》，發

表在當時的《皇冠雜誌》，那時，我幫《皇冠雜誌》已經寫了兩年的短篇和中篇小說，和發行人平鑫濤也通過兩年信。我完全沒有料到，我這部《窗外》會改變我一生的命運，我和這位出版人，也會結下不解的淵源。我會在以後的人生裡，陸續幫他寫出六十五本書，而且和他結為夫妻。

這世界上有千千萬萬的人，每個人都有自己的一本小說，或是好幾本小說。我的人生也一樣。幫皇冠寫稿在一九六一年，《窗外》出版在一九六三年。也在那年，我第一次見到鑫濤，後來，他告訴我，他的一生貧苦，立志要成功，所以工作得像一頭牛。「牛」不知道什麼詩情畫意，更不知道人生裡有「轟轟烈烈的愛情」。直到他見到我，這頭「牛」突然發現了他的「織女」，顛覆了他的生命。**至於我這「織女」，從此也在他的安排下，用文字紡織出一部又一部的小說。**

很少有人能在有生之年，寫出六十五本書，十五部電影劇本，二十五部電視劇本（共有一千多集，每集劇本大概是一萬三千字，雖有助理幫助，仍然大部分出自我手。算算我寫了多少字？）我卻做到了！對我而言，寫作從來不容易，只是我沒有到處敲鑼打鼓，告訴大家我寫作時的痛苦和艱難。「投入」是我最重要的事，我早期的作品，因為受到童年、少年、青年時期的影響，大多是悲劇。**寫一部小說，我沒有自我，工作的時候，只有小說裡的人物。我化為女主角，化為男主角，化為各種配角。寫到悲傷處，也把自己寫得「春蠶到死絲方盡」。**

寫作，就沒有時間見人，沒有時間應酬和玩樂。我也不喜歡接受採訪和宣傳。於是，我發現大家對我的認識，是：「被平鑫濤呵護備至的，溫室裡的花朵。一個不食人間煙火的女子！」我聽了，笑笑而已。如何告訴別人，假若你不一直坐在書桌前寫作，你就不可能寫出那麼多作品！當你日夜寫作時，確實常常「不食人間煙火」，因為寫到不能停，會忘了吃飯！**我一直不是「溫室裡的花朵」，我是「書房裡的癡人」！因為我堅信人間有愛，我為情而寫，為愛而寫，寫盡各種人生悲歡，也寫到「蠟炬成灰淚始乾」。**

一九八九年，我開始整理我的「全集」，我才發現大陸早已有了我的小說，因為沒有授權，出版得十分混亂。臺灣方面，仍然是鑫濤主導著我的「全部作品」。愛不需要簽約，不需要授權，我和他之間也沒有簽約和授權。從那年開始，我的小說，分別有「繁體字版」（臺灣）和「簡體字版」（大陸）之分。因為大陸有十三億人口，我的讀者甚多，這更加鼓勵了我的寫作興趣，繼續做一個「文字的織女」。

時光匆匆，我從少女時期，一直寫作到老年。鑫濤晚年多病，出版社也很早就移交給他的兒女。我照顧鑫濤，變成生活的重心，儘管如此，我也沒有停止寫作。我的書一部一部的增加，直到出版了六十五部書，還有許多散落在外的隨筆和作品，不曾收入全集。當鑫濤失智失能又大中風後，我的心情跌落谷底。鑫濤靠插管延長生命之後，我幾乎崩潰。然後，我又發現，我的六十五部繁體字版小說，早已不知何時開始，大部分的書，都陸續絕版了！簡

體字版，也不盡如人意，盜版猖獗，網路上更是零亂。

我的筆下，充滿了青春、浪漫、離奇、真情……的各種故事，這些故事曾經絞盡我的腦汁，費盡我的時間，寫得我心力交瘁。我的六十五部書，每一部都有如我親生的兒女，從孕育到生產到長大，是多少朝朝暮暮和歲歲年年！到了此時，我才恍然大悟，我可以為了愛，犧牲一切，受盡委屈，奉獻所有，無需授權。卻不能讓我這些兒女，憑空消失！我必須振作起來，讓這六十幾部書獲得重生！這是我的使命。

所以，今年開始，我的全集經過重新整理，在各大出版社爭取之下，最後繁體版「花落城邦」，交由春光出版。城邦文化集團春光出版的書，都出得非常精緻和考究，深得我心。說來奇怪，我愛花和大自然，我的書名，有《金盞花》《幸運草》《菟絲花》《煙雨濛濛》《幾度夕陽紅》……等，和「春光出版」似有因緣。對於我，像是繁花再次的綻放。這套新的經典全集，非常浩大，經過討論，我們決定「分批出版」，第一批十二本是由我精選的「影劇精華版」，然後，我們會陸續把六十多本出全。看小說和戲劇不同，文字有文字的魅力，有讀者的想像力。希望我的讀者們，能夠閱讀、收藏、珍惜我這套好不容易「浴火重生」的書，它們都是經過千淬百煉、嘔心瀝血而生的精華！那樣，我這一生，才沒有遺憾！

瓊瑤　寫於可園

二〇一七年十一月十日

21

雲淡風清的好天氣，太子拿著一個卷軸，跑出太子府，東張西望。鄧勇牽著馬，帶著幾個騎馬的衛士在等待著。太子等得不耐煩，正要上馬，只見皓禎、寄南帶著魯超騎馬奔來。

太子一見二人，就舉著卷軸，對兩人指指點點，大聲責備：

「你們兩個幹什麼去了？找我幫忙的時候十萬火急，我找你們就常常找不到人，看樣子，我得弄個飛鴿傳書才行！」

皓禎和寄南趕緊翻身下馬，給太子行禮。

「皓禎、寄南見過太子殿下！」兩人說道。

「太子這是要去哪兒？手裡拿的是什麼？」寄南問。

太子氣呼呼的揮了揮手裡的卷軸，說道：

「終於把劉照陽的案子完全查明白了！簡直氣死人！我從劉照陽開始查，像滾雪球一

樣，案子牽連的人越來越多！幾乎全國的地方官，從縣令縣丞開始，一半都是買來的！你們說要不要氣死人？」

「一半？」皓禎又驚又怒：「怪不得民間官府腐敗到這個地步！買官就是做生意，為的就是從老百姓身上大大賺一筆，還是長期賺下去！民不聊生想當然耳！」

「這是買官賣官的名單嗎？」寄南看看那卷軸問。

「不錯！」太子說：「我那詹事府查了一個月，動用了主簿、錄事、司直、令史……所有的人，整理出這卷名單！賣官的主謀，都指向了皇親國戚！我現在立刻要進宮去面見父皇！你們跟我一起去！」

皓禎、寄南臉色一凜，全部上馬。魯超、鄧勇和衛士隊也上馬。

皓禎問道：

「除了一個劉照陽，你還有其他證據嗎？我覺得只有劉照陽不夠！」

「這些地方官就是證據！還要什麼證據？」太子氣極的說：「讓大理寺、刑部、御史台，把他們通通抓來一問就明白了！現在要點醒的是父皇，看了這個，他就會知道伍震榮他們都在幹些什麼勾當！這是鐵證！」

「既有鐵證，還等什麼！快走！」

太子、皓禎、寄南三匹馬在前，魯超等人馬隊隨後，立即向前疾馳而去。

到了長安大街，太子放慢了速度，怕馬隊驚擾路人。整個隊伍也跟著放慢了速度，緩緩前進。就在速度減緩的時候，突然間，幾個黑衣蒙面人從屋頂飛躍而下，直奔太子，拿著武器，就向太子攻擊，另外幾個，就去搶那卷軸。

太子跳下馬背，護著卷軸，就和刺客交手。皓禎大喝：

「大膽！光天化日，膽敢行刺太子！」跳下馬背，喊道：「魯超！鄧勇！保護太子！」

又對太子嚷道：「趕快把卷軸給我！」

「居然有埋伏！」太子大喊，就把手裡的卷軸對皓禎拋去，喊著：「接著！」

皓禎接到卷軸，就飛身跳上屋脊，開始在屋脊上飛奔。

寄南早已和眾黑衣人打成一團，看到皓禎上了屋頂，也飛上屋頂。兩人中間隔著一條巷道，黑衣人全部躍上了皓禎那面屋頂，全部追向皓禎。寄南大喊：

「皓禎，卷軸傳給我！」

皓禎在屋頂，一面應戰，一面把手裡的卷軸，隔著巷子，拋給寄南。寄南身手矯捷的抄到卷軸，看到太子也上了另一面的屋頂。眾黑衣人開始追逐寄南。太子喊道：

「給我給我！」

寄南一面應戰，一面把卷軸拋給太子。

魯超、鄧勇和眾衛士也紛紛上了屋頂，和黑衣人們展開大戰。奈何黑衣人武功高強，大

家打得難解難分。太子手握卷軸，對寄南、皓禎喊道：

「這些屋瓦太脆弱了，我們別把老百姓的屋頂給踩穿了，再摔到老百姓家裡去！我們去城外！」

太子拿著卷軸，在屋頂上疾奔，一路跳過各種障礙，飛過各條巷道。皓禎、寄南緊緊跟隨，卻分別在不同的屋頂上飛躍。黑衣人狂追不捨，眼看追到太子，太子手裡的卷軸又拋向皓禎。皓禎要從一個屋頂，跳到對面的屋頂去，中間巷道很寬。皓禎立刻把卷軸拋向另外一個屋脊上的寄南，再飛身躍過巷道。黑衣人跟著躍過，不慎摔下去好幾個。

三人就像傳毯一般，把卷軸又拋給太子。

三人就像傳毯一般，分別在不同的屋頂，傳送著卷軸，黑衣人幾度掠奪，奈何三人默契太高，即使驚險將要搶到，卻又被另一人從空中抄走。

雙方就一面交手，一面搶著卷軸，往城外方向飛奔而去。

到了郊外，太子手握卷軸，不住往前狂奔。皓禎、寄南追隨在後。鄧勇、魯超及衛隊，和黑衣人們纏鬥著也追了過來。

跑著跑著，忽然眼前一條大河擋著去路，河中有巨石散落豎立，水勢湍急。太子回頭一看，黑衣人越來越多，圍剿過來，魯超、鄧勇和衛士們已打得很吃力。

前面是河，後面是追兵。皓禎一躍就躍到河中一塊巨石上，對太子喊道：

「太子！趕快扔給我！」

太子把卷軸對著皓禎拋去。皓禎跳起身子，卻沒接住卷軸，眼睜睜看著卷軸落水。

寄南追來，跳腳大罵：

「皓禎，你本領退步了！八歲時都不會犯這種錯誤！」

太子在河邊跌腳大嘆：

「哎呀呀！我那些主簿、錄事、司直、令史、舍人……這段日子都白忙了！」

眾黑衣人追到河邊，看到河水迅速的捲走了卷軸。黑衣人的首領一聲呼嘯，眾黑衣人立刻散去。寄南眼看卷軸沒了，氣不打一處來，飛躍過去，就迅速的抓了一個黑衣人，拋進河裡，氣憤的說道：

「我拿你來祭我們的卷軸！你去河裡喝水！」

寄南還要去抓其他的，眾黑衣人早就跑得一個都不見了。

太子在河邊一塊石頭上坐下，跑得太辛苦，用手搧著風，喊道：

「皓禎寄南，過來坐下，這樣打一架，活動活動筋骨，也是不錯的！」轉頭喊：「鄧勇，把大家都帶到下游去，看看還能不能把卷軸給撈起來！」

「是！」鄧勇應著，帶著魯超衛士等人向下游奔去，轉眼不見蹤影。

皓禎躍上岸，歉然的看著太子，沮喪的說：

「啟望哥！是我的錯，居然失手了！」

太子抬眼對兩人一笑，說道：

「不是你的錯，是我丟歪了！你們想，我會大張旗鼓的把這麼重要的證據握在手裡，吆喝著出門嗎？」

寄南瞪眼，大叫：

「什麼？敢情我們『出生入死』搶了大半天，居然是個假證據？」

太子點頭說道：

「我那太子府有奸細！你們看，我才出府，就有人來搶證據！這件事，就是證實了我那府裡有奸細！」

皓禎鬆了口氣，搖頭說道：

「殿下！你好歹給我們兩個一點暗示呀！那卷軸落水，你知道我有多懊惱嗎？你這樣要我們，還算兄弟嗎？」

「是呀是呀！」寄南跟著喊：「我在屋頂上，差點摔下去，只為了……」好奇的問：「你那卷軸裡是什麼？」

「白紙！只是一張白紙！」太子說：「真正的證據藏得好好的！」

三人互看，不禁大笑。

這天，在皇宮的闕樓上，皇后又召見了伍震榮和伍項魁父子。皇后拍著胸口說：

「還好還好！總算把那證據給毀了！這項麒辦事還是比項魁強！」

項魁有點不服氣，想說什麼，見伍震榮對他一瞪眼，趕緊忍住。

「那證據雖然現在毀了，太子要再做一份也不難！只是又要費番工夫！我們暫時可以放心！我有個計畫，皇后請等著瞧！」伍震榮說。

「你看太子和寄南皓禎處處跟本宮作對，現在，連皇上都不聽本宮的話，還把蘭馨賜給皓禎，真氣死本宮了！」看著伍震榮問道：「這個婚事，現在還有辦法扭轉嗎？」

「下官覺得現在只能用一不做二不休的手段了！趁蘭馨還沒有成婚之前必須動手！」震榮冷靜的，陰險的說道，眼中有一股殺氣。

皇后默契的點頭，霸氣的說：

「你是知道的，只要誰膽敢擋了本宮的路，本宮就要他消失！你放膽子去幹吧！需要多少高手，本宮全力支持！」

項魁再也忍不住了，挺身而出，說道：

「爹的意思，是要把寄南和皓禎他們幹掉？這個絕對要讓項魁親自動手不可！」惡狠狠的說：「我和這兩個人的帳，還沒有算清楚呢！」

「這次的行動，你要給我俐落點，要快狠準，還要保密！」震榮警告著項魁，決定再給項魁一個立功的機會。「本王一定要把他們一千人等通通剷除！」看項魁說道：「你看你哥做事多乾脆，你行嗎？」

「皇后殿下請放心，爹也放心，項魁一定帶著好消息回報殿下！」項魁高傲的、自信滿滿的說道。

❖

皇后和伍震榮又在密謀陷害皓禎，但是，皓禎還沉浸在新婚的喜悅裡，一點防範之心都沒有。這天，在山野樹林中，吟霜和靈兒背著竹簍，兩人在草叢裡尋找藥材。皓禎和寄南、魯超也在一旁幫忙尋找，主要是護衛她們的安全。皓禎喊著：

「吟霜，妳現在還是新娘子，不要工作得太辛苦！」

「什麼新娘子？」吟霜臉紅：「就是中了靈兒和寄南的計！說不定你也有份！」

「妳不感謝我嗎？現在生米煮成熟飯，妳的地位誰也搶不走了！」靈兒說。

「好了好了！趕快採藥草要緊！」吟霜打斷。

靈兒邊找藥草邊嘮叨：「這些藥草到市場的藥舖去買就好，為什麼我們還要自己來採？」

「不夠不夠！皓禎他們有那麼大的志業要完成，我們必須為兄弟們準備一個急救藥囊，低頭看看自己的竹簍：「這麼多了，夠用了吧？」

16

隨時帶在身上，所以需要大量的藥草。如果貿然去藥舖採買，肯定會引起注意，這對皓禎他們的行動有影響！」吟霜說。

「果然吟霜是學醫之人，顧慮周詳，『急救藥囊』，太好的點子！讓吟霜加入我們的工作真是意外之喜。今後，我們男人負責行動，吟霜就負責後勤的醫療！」皓禎說。

「想不到吟霜還有充分的保密意識！好！我們有妳這位女神醫，對我們的大業來講真是如虎添翼！」寄南就積極的說：「找藥草！趕快工作！」

就在此時，突然一個金錢鏢向皓禎與寄南的方向發射而來。寄南身子一閃，皓禎伸手用手指夾住金錢鏢。皓禎快速打開紙條，上面寫著：

「休養生息，蓄勢待發──木鳶。」

「休養生息是讓我們暫停行動？」寄南問。

「想不到咱身邊的銅板錢也能當飛鏢！」靈兒好奇研究著金錢鏢。

「妳不要小看這個銅板，木鳶是我們的首領，和弟兄們聯絡的方式就是金錢鏢！暗號是『天元通寶』，看到金錢鏢就知道上面有指示！金錢鏢的事，不能跟任何人說！」皓禎警告也解釋著。

「現在情況危急，我們要立刻下山，通知所有弟兄暫停長安城的行動，撤退到安全的地方。」寄南緊張起來…「米倉地窖裡還有受傷的兄弟，快走！」

大家神情一凜，快速上馬。

等到把米倉地窖裡的兄弟疏散了，把各處該通知的地方通知了，該撤退的撤退了，該安排的事安排了……這樣一忙，就忙到黃昏時分。皓禎騎馬載著吟霜，寄南騎馬載著靈兒，魯超去辦事，不能隨行。四人走在荒野，要把吟霜安全送回鄉間小屋去。本來寄南要帶著靈兒回靖威王府的，但是，四人在一起，就有說不完的話，捨不得分開。

兩匹馬並騎慢慢走著，寄南對皓禎說道：

「現在休養生息也好，讓我們可以重新布署計畫。不過，我們最近真是不順，聯絡地一個個被破獲。這個木鳶，又從來不露面，只有他單方面指示我們，我們有事，也不能跟他商量！」

「木鳶只是一個代號，大概不是一個人，而是很多充滿智慧的高人！總之，做為我們的首領，還是隱密一點好！」皓禎邊騎馬邊說道：「死傷幾個弟兄，我們都會受到打擊，萬一傷到木鳶怎麼辦？」

「木鳶這名字真好聽，我猜會取這麼一個特別的名字，應該是女的！」靈兒笑看寄南：

「說不定你們的首領是個女人喲！」

「人家都說真人不露相，如果她是女的，說不定她是宮裡哪一個女官或妃子！才什麼內幕都知道！」吟霜笑著說。

18

四人從容不迫的騎著馬，這條要回到吟霜小屋的路，必須經過一段岩石林。這兒的地形比較特別，沒有正規的路，岩石高矮不齊的散落著，馬兒要曲曲折折的穿越許多岩石。走著走著，馬兒突然一驚，揚蹄而起，皓禎和寄南分別緊急控制著馬匹，一面警覺的四顧。只見四周湧出了大批的蒙面殺手，手持各種鋒利的刀劍、大斧、大錘等武器，團團包圍住了應變不及的四人。

皓禎護著吟霜，揚聲大喊：

「來者何人，為何擋住本公子的去路？」

「也擋住了本王，識相的話，快閃開，別當一條擋路狗！」寄南助陣大喊。

緊張氣氛中，吟霜抓緊了皓禎的腰帶，皓禎摸著她的手安撫著，對她低語：

「等一下無論如何都要跟緊我，不要怕！」

吟霜點頭。

「看你們這架勢，是想打劫是嗎？」靈兒用男聲說話：「光天化日竟敢攔路行搶，小心把你們全抓去見官府！」

皓禎對寄南使了眼色，立刻拉起韁繩準備衝出。誰知還來不及行動，突然四周高岩處冒出許多蒙面弓箭手，瞬間弓箭齊發，射向四人。皓禎反應靈敏，立刻拔劍飛躍而起，一招「如封似閉」，左右雙劍同時發招，以旋轉方式，舞出一片屏幕，將射來的飛箭一一打落，

又趁劍雨射來的間隙，飛快把吟霜抱下馬兒，左劍入鞘，只憑右劍，護著吟霜迎敵。

與此同時，靈兒和寄南一見飛箭射來，兩人立刻跳下馬閃避射擊，並拔劍與殺手對決。

彼此對戰中，皓禎四人被殺手圍成一圈，背靠著背迎戰。

皓禎對著殺手，霸氣的喊道：

「見你們招招狠毒，又布置了弓箭手，說！是誰派來的殺手？」

躲在岩石後的項魁雖然蒙面，卻大搖大擺的現身，得意的大笑：

「哈哈哈！看你們今日天羅地網，插翅也難飛了！」

「又是你這個混蛋！蒙面幹嘛？」寄南怒喊：「在皇上面前誣告不成，現在想暗殺嗎？」

「都怪你們不長眼，竟敢多次與本官作對，今日就讓你們死得痛快！」項魁喊著。

「這位少將軍是未來的駙馬，難道你們就不怕公主未嫁先守寡？」靈兒男聲急喊。

「你這個小癟三，有什麼資格和本官說話！」項魁忽然看到吟霜，驚喜的嚷道：「咦！這不是東市的銀針西施嗎？總算又找到妳了！」大叫：「來人啊！把那位漂亮的西施小娘子給我帶過來，其他人通通不留活口！殺！」

「誰敢動她，我就先讓他人頭落地！」皓禎氣勢不凡的大吼。

「吟霜瞪著伍項魁，知道他就是殺父仇人，不禁咬牙切齒，悲憤的說道：

「皓禎，這個人，就算他蒙面，我也知道他是殺了我爹的凶手！」

「我知道！讓我幫妳報仇！」皓禎堅定的說。

皓禎、寄南、靈兒三人便聯手出擊，一邊護著吟霜，一邊與殺手對打。但是，一波波襲來的殺手，個個武功高強，皓禎等人寡不敵眾，越打越吃力。即使面對強敵，皓禎仍然一手禦敵，一手拉緊吟霜未曾放手。寄南和靈兒也和殺手打得如火如荼。

突然一個殺手襲擊，利刃掃破了皓禎的衣袖，皓禎危急中仍緊抓吟霜的手。吟霜擔心皓禎，哀求的喊：

「皓禎，你放手，我在你身邊反而會害了你，你快放手！」

皓禎一邊單手應付敵人邊說：

「我不能讓妳落入虎口，抓緊我就是！」

皓禎才說完，另一個尖銳的刀斧，對著皓禎那隻緊抓住吟霜的手砍來。皓禎趕緊放開吟霜躲過刀斧，再立刻抓回了吟霜的手。吟霜感覺危機重重，自己會阻礙皓禎的武術，於是狂甩了皓禎的手，好讓皓禎全力應付殺手。

項魁見機不可失，一步上前，趁機抓住了吟霜。皓禎跳過來想再救回吟霜，但兩個殺手奔來，一個揮舞狼牙棒，一個持銀錘，招招凶狠襲擊皓禎，皓禎倒地輪番閃躲兩殺手的猛力攻擊。

項魁用手腕箍著吟霜的脖子，拉下蒙面巾，大笑道：

「哈哈哈哈！這銀針西施總算到手了！我死了一個夫人小辣椒，妳就繼位吧！」

皓禎在地上應付著不斷湧來的殺手，已經應接不暇，聞言又急又怒，喊道：

「伍項魁！你敢碰她一根寒毛，我要你的命！」

「要我的命？看你怎麼要？」項魁怪叫：「大家把這個袁皓禎給宰了！來呀！」

更多殺手襲擊倒地的皓禎。寄南和靈兒氣得要命，卻被團團包圍的殺手圍住，打得天翻地覆，無法幫忙皓禎也無法救吟霜。吟霜拚命掙扎著喊：

「放手！你這個魔鬼！放手……」

「銀針西施，乖乖別叫，我再也不會放手！妳從此就是……」項魁輕薄的說著，話未說完，忽然間，一個英俊少年，皮膚白皙，面無表情，眼珠森冷，不知從何處冒了出來。面對項魁，一招「流星趕月」，手一揚，一排如意珠激射而出。這如意珠分別打向項魁左手、右手、左膝、右膝。項魁大驚大痛。

「哎呀……我的手……我的膝蓋……」頓時跪地，放開了吟霜。

「賊子手腳只會作惡，必須教訓！」白面少年冷冷的說道，再轉身，依舊面無表情，再一式「梅花五出」，五指一揚，一排如意珠勁射而出，打向攻擊皓禎的殺手，嘴裡依舊森冷的說道：「倒倒倒倒倒！」

五個殺手應聲倒下。

皓禎見機，一招「穿雲破月」，一個後空翻，踉蹌的站立而起，但身後一柄尖銳的單刀正向皓禎襲擊而來。剛剛脫身的吟霜，一見皓禎危急，也不知道哪兒來的力氣，直撲向皓禎。少年再發出兩顆如意珠救急，雖然打在殺手的手上，卻晚了一步，襲擊皓禎的大刀，砍上了吟霜的右手臂，立刻鮮血直流。皓禎狂喊：

「吟霜！」

眼見四人全部要落入敵手，忽然間，一片殺聲傳來，馬蹄驟然響起。只見一群頭戴斗笠、身穿農裝的布衣大隊，用布巾蒙住臉，勢不可當的殺了過來。為首的正是被皓禎稱為「斗笠怪客」的勇士。布衣大隊喊著：

「殺……殺……殺！把這個狗官給斃了！衝啊……」

皓禎眼見救兵來到，就一把抱起受傷的吟霜，對寄南喊道：

「吟霜受傷嚴重，我們先退！」就抱著吟霜飛奔而去。

項魁挨了四顆如意珠，痛得滿地打滾，看到布衣大隊又到，嚇得屁滾尿流，亂喊：

「把那個放暗器的小白臉給本王抓起來……」

一顆如意珠筆直飛來，打在項魁的嘴唇上，鮮血狂冒。接著，少年就一招「大鵬展翅」，身形凌空拔起，如同大鵬般飛身而去，轉眼消失無蹤。

布衣大隊銳不可當，殺入眾殺手中，殺手不敵，紛紛倒地。斗笠怪客身手不凡的殺到寄

南靈兒身邊，蒼老沙啞的聲音急促說道：

「這兒交給咱們！快退！天元通寶！」

寄南急忙拉著靈兒，追著皓禎和吟霜而去。

項魁的隊伍被打得七零八落，受傷的項魁，被一個親信背著，倉皇逃命。

殺手們七嘴八舌的喊著：

「大家趕快逃命啊！這是什麼妖怪隊伍……還有一個用暗器的冷面小妖！這不是人，妖怪妖怪！大家逃啊！」

殺手們各自逃命，四處狂奔。

22

皓禎抱著血流不止的吟霜，和寄南、靈兒奔到安全處。皓禎看著懷裡臉色慘白的吟霜，著急的一聲呼嘯，兩匹馬兒奔了過來。皓禎痛喊：

「吟霜，妳不會武功呀！還來救我？靈兒，快看看她傷勢怎樣？」

「好多血！現在沒辦法細看！先止血，我來！」靈兒快速從身上掏出一條布巾，綁在吟霜的手臂上，邊動作邊說：「吟霜教過我這個方法，可以先控制出血！」

寄南四面戒備的張望：

「幸虧斗笠怪客帶著那批農民勇士及時出現，看他們那身手，伍項魁不是敵手！咱們現在趕快回去給吟霜療傷要緊！」

吟霜勉強振作著，想安慰大家，說道：

「一點小傷，不要緊張！」

皓禎抱著吟霜上馬，讓吟霜靠在自己的懷裡，說道：

「什麼不要緊張，綁了布條，血也沒有止住！我不是緊張，我是⋯⋯」一咬牙，嚥住了⋯「快走！」

寄南和靈兒也趕緊上馬。兩匹馬如箭離弦般衝了出去。

回到了鄉間小屋，常媽香綺看到流血不止的吟霜，都嚇壞了。皓禎顧不得解釋，抱著吟霜進入臥室，把她放在床榻上。吟霜虛弱的躺著，皓禎和靈兒手忙腳亂剪開了吟霜受傷的衣袖，但見刀傷深長，流血不止。皓禎見傷口大震⋯

「想不到傷得這麼嚴重？」恐懼的喊⋯「妳這個女神醫，快告訴我們，如何幫妳治傷？如何幫妳減輕疼痛？如何止血？如何救妳⋯⋯」

吟霜看了看傷口，吸著氣，衰弱的說⋯

「這傷口要消毒，讓香綺拿瓶酒來，先用酒倒在傷口上，然後⋯⋯然後⋯⋯」她聲音微弱，看似就要昏去。皓禎急喊⋯

「別昏倒！然後怎樣？」

「縫起來⋯⋯縫起來⋯⋯像我做過的⋯⋯」

靈兒急壞了，嚷著⋯

「妳的藥瓶瓶罐罐一大堆，是不是該先吃幾顆妳爹的神藥，把妳的元氣保住，妳這樣流

26

血會不會死掉呀？妳得清醒的指導我們呀！」喊著：「香綺！藥箱在哪？乾淨的布條呢？酒呢？水呢？快拿來呀！」

寄南對靈兒急道：

「妳別喊這麼大聲，弄得我們更緊張了！什麼死掉不死掉，妳說點吉利話行不行？上次十幾個弟兄受傷，吟霜都救回來了！不會有事的，不會的！」

香綺抱來藥箱和酒瓶，喊著：

皓禎打開酒瓶，看著那流血不止的傷口，手指發抖的問：

「來了，來了！刀傷藥都在這兒了！針線蠟燭也有了！」拿出一顆藥丸：「這個止痛止血的藥要先吃，再處理傷口！」就幫吟霜餵藥，把酒瓶交給皓禎。

「用酒倒在傷口上？妳會痛死！妳現在能不能用治病氣功先止痛？」

「皓禎，動手吧！」吟霜衰弱的苦笑：「我現在什麼運功的力氣都沒有，你再不動手治療，我會失血過多⋯⋯萬一我有危險⋯⋯」

「皓禎！」大急，急忙把酒倒在傷口上。吟霜大痛，忍不住慘叫一聲⋯⋯

「哎喲⋯⋯痛死了！只要倒一點點，你⋯⋯你⋯⋯」

皓禎一驚，酒瓶落地打碎了。他立刻去擁住吟霜，滿頭冷汗，緊緊的盯著她。

「消過毒了，消過毒了！現在，要縫傷口嗎？」

「你讓開，讓香綺來縫！」吟霜呻吟著說。

「啊？縫傷口？」香綺惶恐的喊：「不不不！我不行！我嚇都嚇死了，我不敢！上藥、拿針過火我還可以！」將針拿給靈兒，推託的說：「靈兒姑娘！妳來縫吧！」

「什麼？要我縫？」靈兒張大眼睛：「我雖然什麼事都幹過，這縫人肉的事，絕對絕對不行！」就望向寄南。

「別指望我！我這大爺從來沒幹過針線活，連針都沒拿過！」寄南拚命搖手。

「你們都讓開，我來。吟霜為我受傷，她爹說過，『心存善念，百病不容』！我現在是『精誠所至，天地動容』！有天地幫著我，有她爹在天之靈幫著我！我來！我仔細看過吟霜縫傷口！香綺快拿針過火，寄南去打水，吩咐常媽媽燉魚湯、雞湯、再準備人參湯！靈兒快裁乾淨棉布條準備吸血！」

皓禎吩咐完，就坐在床前，香綺用烤過的針，遞給皓禎。皓禎額頭盜汗，拿著針線有些遲疑，但眼神堅定。吟霜看著皓禎，眼中也十分堅定。於是，皓禎心一橫，開始工作。他用左手指捏住傷口，右手拿針，從傷口刺了進去。吟霜衰弱的低語：

「如果我暈倒了，你繼續縫，不要害怕，暈倒是身體的自我保護，暈倒就不痛了！」說完，頭一歪就暈了過去。

皓禎看到吟霜暈倒，手一顫，針刺進了自己的左手中指。他看了吟霜一眼，再吸口氣，繼續低頭縫著，又一針，刺進了自己左手大姆指。

靈兒、寄南、香綺、常媽看得驚心動魄。

❀

吟霜這兒雖然流血流汗，畢竟個個關心團結。皇后那兒就不一樣了。

皇后在密室內怒沖沖的踱步，伍震榮垂頭喪氣站在一旁。皇后忍不住大罵：

「又失敗！項魁人呢？他不是向本宮拍胸脯，一定帶回好消息的嗎？」

「那孩子現在可慘了，在家裡發著高燒！說什麼見到鬼了！連農民的武功都練成精！還被一個冷面小子用暗器打得到處傷！這事絕對有問題，袁家和寄南說不定有自己的軍隊！如果下官不把他們滅掉，早晚會栽在他們手裡！」伍震榮越說越憤慨。

「什麼？連農民都會武功？」皇后震驚著：「難道又有人通風報信？咱們不是最機密的行動嗎？他們就算有救兵，怎會知道？」就狐疑的打量震榮。

震榮接觸到皇后懷疑的眼光，一怒，對著皇后陰沉的吼道：

「假若皇后懷疑是下官的人洩密，下官從此就不踏進這房門！說實話，我還懷疑皇后身邊的人呢！」說著，轉身就走。

皇后一驚，急忙拉住伍震榮，立刻換了嘴臉，嫵媚的說：

「妳那個皇帝，就是一個大問題！下官告退！」

「怎麼說著說就生氣呢？知道項魁受傷，刺殺又失敗，你心情不好！本宮心情也不好，口氣重了點，咱們自己人，先別窩裡反！」

伍震榮用手捏著皇后的下巴，咬牙說道：

「下官就是拿妳沒辦法！現在，重要的是怎麼對付這個太子黨！」

「他們連農民都用上了，還有什麼冷面小子？」皇后眼神冷峻：「可見他們有各路人馬！現在刺殺失敗，這事會不會鬧到皇上面前去？項魁有沒有留下痕跡？」

「這事又怪了！」震榮說道：「項魁做事一向粗心，下官知道刺殺失敗，立刻帶人去岩石林清理，誰知已經有人先清理了！現場乾乾淨淨，什麼都沒留下！屍體、傷者，刀槍武器……什麼都沒有！只有一些血跡，打鬥的證據全清除了！」

「誰會這麼做？」皇后驚疑不已。

「這就是下官最想不明白的地方！難道是那些農民？可見他們並不想這事擴大，那麼，這些農民就不是農民！如果這樣，咱們也是草木皆兵呀！」

伍震榮和皇后驚疑互視，深思不解。伍震榮忽發奇想：

「如果皇后和蘭馨講和，讓蘭馨用美人計套牢皓禎，乾脆把皓禎拉到皇后這邊來，那麼不是多了一員大將嗎？何況那袁柏凱在各大將軍裡，影響力最大，在朝廷裡的勢力，也不能小看！殺不死他，就利用他！」

皇后瞪著伍震榮說：

「你想得簡單！那個袁皓禎，是這麼容易中計的嗎？」

「難說！英雄難過美人關，只要蘭馨肯出力！皇后，下官不就是一個例子嗎？」

「廢話！蘭馨自己就是一個標準的擁李派，嫁過去，只是讓皓禎他們更加勢力強大而已！」

那丫頭根本沒把本宮放在眼睛裡！」

皇后無奈的點點頭，長長一嘆。

「殿下也別急，下官還有辦法！寶寄南入住宰相府，世廷會嚴密監控，任何蛛絲馬跡都逃不過他的法眼！先把皓禎和寄南兩人分開也好！至於袁皓禎，看在蘭馨面子上，只能先放手，靜觀其變！」

　　❖

吟霜坐在床榻上，右手吊著三角巾，臉色已經紅潤了。皓禎拿著一碗魚湯，正在餵她喝。皓禎說道：

「妳右手不方便，還是我來餵妳喝！雞湯、魚湯、人參湯……我輪流來，總算把妳臉上的紅潤找回來了！」

「你該回家了！」吟霜不安的說：「你已經三天沒回去，魯超天天來，也不敢說話，我想你家最近一定很忙，找不到你，你爹娘會不會生氣呀？」

正說著，寄南和靈兒跨進了房裡。寄南就說道：

「吟霜，妳別為皓禎操心，他爹娘那兒，我已經讓魯超去備案了！就說我們要去一趟咸陽，來不及回家報備！大將軍也是天元通寶的大將，完全沒有疑心！」

靈兒看看吟霜，鬆了口氣說：

「總算吟霜沒有大礙，那天我看皓禎縫傷口，真是看得我心驚肉跳，把妳縫得暈了過去不說，還差點把他自己的手指頭縫到妳的傷口裡去！」

「什麼？」吟霜匪夷所思的問：「差點把他的手指頭縫到我傷口裡去？」看皓禎：「你縫到自己的手指了？真的？」

皓禎把碗放下，對靈兒瞪眼：

「靈兒，妳別洩我的底，要妳縫，妳逃得比誰都快！」就對著吟霜靦腆的一笑：「第一次縫傷口，手忙腳亂，比上戰場還緊張，何況冷汗直冒，哪兒還顧得到自己的手指？起碼扎了幾十下！」

吟霜不禁憐惜的看著皓禎不語。

寄南咳了一聲，提醒皓禎：

「好了！吟霜有句話說得對，皓禎，你該回家了！吟霜有香綺、常媽照顧著，傷口也癒合得很好，你就別擔心了！再說，我們還有斗笠怪客暗中保護，還有那個奇怪的暗器高

手……」思索不解……「這人來無影去無蹤，暗器用得出神入化，年紀又那麼輕，難道他就是最近江湖上盛傳的『玉面郎君冷烈』？」

「冷烈？」皓禎尋思：「這人十分神祕，連名字都不像真名！我一直認為他只是江湖上的傳言，不是真有其人！可是那天，他暗器之精準，身手之俐落，簡直不像出自人間！」疑惑的問：「你們看，他和斗笠怪客是同一路的嗎？」

「不是！」寄南說：「我看那冷烈是單獨行動，達到目的後就飛一樣的消失了！他和我們每個人都素昧平生，為什麼會幫我們呢？」

「這有什麼稀奇？」靈兒大聲的說：「我就是跑江湖的，江湖裡什麼人物都有！這個冷烈，不見得是要幫我們，而是看不慣那蛤蟆王的狗屁行為，出手教訓他！」

「說得也不錯！但是，他怎麼會預知我們在岩石林有場硬仗？」寄南問。

四人面面相覷，誰都摸不著頭腦。

❖

數日後，天氣晴朗，太子、皓禎、寄南、魯超、鄧勇各駕著馬匹，帶著幾個最親信的衛士，來到了竹寒山。竹寒山，是太子、皓禎、寄南三個人從小的祕密基地，十來歲就在這兒練武，在這兒賞竹，在這兒探險，也在這兒發下豪語，結下兄弟情緣。因而，每年總有幾次，他們會回到竹寒山，策馬談心，交換心得。

太子一馬當先，皓禎、寄南跟隨，穿過無數竹林，蜿蜒盤旋而上，來到竹寒山他們最喜歡的一個高崗上。在這兒，他們可以俯視，整個山坡下，是層層疊疊的翠竹林立。可以遠眺，白雲深處，還有起起伏伏的山巒圍繞。在這兒，他們是遺世獨立的，在這兒，他們可以擺脫宮門、官鬥，呼吸到最純淨的空氣。

皓禎看著壯闊的山巒，深深的呼口氣說：

「啟望！這是我們的竹寒山！還是一樣險峻的高崗，壯闊的竹林，如今各位對當年在此發誓的遠大抱負，是否依然一秉初衷呢？」

「這問題好！」寄南說：「啟望都當上太子了，當年發下要造福蒼生百姓的豪語，轉眼成真！」

「啟望！這是我們的竹寒山！還是一樣險峻的高崗，壯闊的竹林，如今各位對當年在此

「本太子的話，你倒記得清楚……」太子反問寄南：「那你自己發過什麼誓言，可曾記得？」

寄南還沒答話，皓禎就笑著接口：

「他說一不在街上搭訕女子，二不上酒樓，三不打架，結果這三不，通通變成三大嗜好了！」皓禎說完，三人都大笑起來。

「唉！你們別笑我呀！誰叫咱長安街上處處是美女，百姓釀的酒那麼好喝，打架嘛……」

寄南得意：「那是我行俠仗義，專打地痞流氓！」

太子笑容一收，看著兩人，擔心起來：

「說到打流氓，真沒想到伍震榮居然會對你們痛下殺手，這次的殺機，肯定也是不滿蘭馨和皓禎成婚造成的，唉！你們這一樁婚事，居然動輒得咎⋯⋯」想想又說：「或許蘭馨才是你的護身符，名正言順成為蘭馨的駙馬之後，伍家就不敢動你了！」

皓禎真摯的看著太子，坦率的說：

「啟望，今天約你來我們這座竹寒山，其實就是要告訴你一件正事⋯⋯我和吟霜私下成婚了！」

「什麼？」太子大驚：「你怎麼那麼糊塗？趕在蘭馨之前成婚？你準備讓皇上砍了你的頭嗎？」

「別怪皓禎，我也有份，婚禮是我辦的！」寄南說。

「唉呀！你們兩個都瘋了，簡直不要命！」太子大急。「萬一這事傳到宮裡，你們是要讓伍震榮和皇后不費吹灰之力，就名正言順的除掉你們嗎？你們認為寵愛蘭馨的父皇，會輕易饒過你們嗎？你們把蘭馨置於何地？」

「我知道這麼做對不起蘭馨公主，也對不住啟望哥和皇上，但是我更痛心的是我委屈了吟霜。」皓禎說：「皇上賜婚，我無法違逆，但答應給吟霜的承諾，我也沒辦法違背。就像當年我曾在這座山，向天發誓一輩子對以忠孝仁義立國，以天下蒼生為重的皇上和啟望哥效

忠一樣，堅定不移。所以我和吟霜的婚事不能隱瞞你，更希望得到太子的諒解！」

「啟望，皓禎就像這片竹林，他是一個正直的人，雖然事情難兩全，但這一切都是情勢所逼。」寄南說：「我們也知道這事做得魯莽又危險，所以他倆是祕密成婚，除了幾個鄉下老百姓，沒人知道。袁伯父家裡也沒人知道，宮裡頭，你可要幫忙保密啊！」

「你們都說得如此誠懇，我還能說什麼呢？蘭馨真是個執著驕傲的笨蛋公主，連本太子親自出馬，還是點也點不醒，勸也勸不住！」太子又是擔心，又是懊惱，就正色的看著皓禎說道：「幫你保密可以，但也請你再對竹寒山起誓，一輩子善待蘭馨。」

「善待她可以！只怕夫妻之情，心有餘力不足！」皓禎說。

「什麼話？男子漢大丈夫，兩個女子算什麼？將來，你肯定不止兩個！」太子說。

「走著瞧吧！」皓禎苦笑：「當初的我們，在這山上都有許多豪語，現在發展卻各有不同！誰知道以後的我們，又會怎樣？」

「別談以後，目前，皓禎馬上要心不甘情不願的娶公主，本王馬上要心不甘情不願的住進右宰相府！都是災難呀！」寄南嘆氣。

「怎能把蘭馨的婚事說成災難？這也太過分了！」太子煩惱而微怒著。

皓禎趕緊轉換話題：

「啟望，那份真的名單，你預備怎麼處理？」

36

太子眼裡透著堅毅的光，有力的說道：

「密呈皇上，速戰速決！」

三人都嚴肅起來，看著山坡上的層層竹浪，陷進深思中。太子揭發皇后，還牽涉到伍震榮，後果會不會太莽撞？此事會不會太莽撞？要不要仔細考慮計畫一下？皓禎心裡七上八下，但是，看著太子那堅毅的神情，他知道什麼都不用說，太子已經鐵了心，豁出去了！就像他冒著生命危險，也要婓霜一樣！這時，一陣風來，竹葉簌簌作響，竹枝向風吹的方向傾去，隨著風去，又回歸原狀。皓禎明白了，為什麼他們三個，都這麼喜歡竹寒山？竹子有它的特性，隨著風去，又回歸原狀。皓禎明白了，為什麼他們三個，都這麼喜歡竹寒山？竹子有它的特性，

有節骨乃堅，無心品自端，幾經狂風驟雨，寧折不易彎！這，也是他們三個共有的特性！

就這樣，在一個午後，太子手裡拿著一本厚厚的冊頁，只帶了鄧勇一人，進入皇宮，求見皇上。皇上在書房裡接見了他，他又請求密談。皇上不知他葫蘆裡賣的是什麼藥，把曹安、太監、衛士們都打發到門外，鄧勇也在門外等候。書房裡，只剩下皇上和太子兩人。太子見四面無人了，就把手中抱得緊緊的那本冊頁，送到皇上面前。

「父皇！請先看這本冊頁，我再向您稟告原委！」

皇上看到太子神色嚴重，不敢輕忽。就坐在書桌後面的坐榻裡，開始拉開這本層層摺疊的冊頁來看。原來，這是一份賣官和買官的名單，做得詳細而完整。人名地名縣名都有，甚

至，還有注解。皇上看著越驚，臉色越來越白，眼神越來越沉重，連呼吸都越來越急促了。

冊頁太厚，他還沒看完，就把手中張開的，寫滿名字的冊頁一闔，抬眼看著太子，嚴重的說道：

「這個名單，就是你調查出來的？原來朝廷裡真有人賣官？朕太震驚了！樂蓉從小是個多麼溫婉的公主，居然會做這些事？榮王是朕深信的忠臣，朝廷給他的已經夠多了，難道還不夠用嗎？」搖頭，排斥的說：「啟望，你會不會中計了？」

「中計？中什麼計？」太子莫名其妙的問。

「太不可能！朕猜想，有人故意給你很多線索，引你到這條路上去！」

太子睜大眼睛，無法置信的問：

「故意給我線索？目的何在？」

皇上深深看著太子，看得太子驚疑起來。皇上清清楚楚的說：

「目的在離間我們父子的感情，如果朕對你起疑，你的太子地位就不保！」他想明白了，大聲說道：「就是這樣，這是離間計！」

太子大驚，跳起身，激動喊道：

「父皇！鐵證如山呀！您如果還有懷疑，不妨給刑部一個密令，讓他們會合大理寺，去

把這名單上的人都一個個逮捕到案，只要經過審問和調查，真相自然會浮出！刑部不夠，還有御史台，全部出動，父皇就會知道這不是離間計！」

皇上抗拒的瞪著太子，憤憤的大聲說道：

「你知道這份名單直指你的母后涉案！你居然把它交給朕！朕這一生，就喜歡過兩位女子，一位是已經去世的寶妃，一位就是盧皇后！雖然她不是你的親娘，你也該看在她對你的忍讓上，不去參與宮中惡鬥！」

太子頓時氣得發暈，又急又怒，衝口而出：

「父皇的意思是說，因為父皇對皇后的恩寵，我就該睜一隻眼，閉一隻眼，任憑皇后為所欲為嗎？」

皇上大怒，從坐榻上直跳起來，衝到太子面前，就給了太子一耳光，喊道：

「放肆！」拿起冊頁，在太子眼前揮著嚷著：「這個東西一文不值！朕不相信皇后會有任何不法的行為！這個名單，任何人都可以根據本朝官吏的名字，列出幾百個不同的版本！」大喊：「曹安！拿個火爐來！」

門外的曹安和衛士們，聽到門內爭吵聲，個個靠在門邊，驚愕的聽著。曹安被點名，趕緊在門外應道：

「遵旨！陛下！」

太子從來沒有挨過皇上的耳光，真是又氣又痛又傷心，聽到要火爐，急呼：

「父皇！你要做什麼？」

「把這個栽贓的東西，毀屍滅跡！」皇上吼道。

「父皇！你連看都沒有看完！」

「這種東西，根本不值得看！」

話說中，曹安已經捧了火爐進來，皇上就把冊頁丟進了熊熊的火爐裡。太子又驚又痛，撲過去就要從火中搶救名單，驚喊：

「怎麼可以燒掉……」

火舌燒到了太子的手，太子痛得捧著手起立，眼睜睜看著冊頁被火吞噬。

太子含淚看著皇上，咬牙說道：

「你燒掉了我一片忠心和熱血，燒掉了我們東宮忙了一個月的成績……你居然不去細看，就把這一切事實都否認掉！」悲切至極的看著皇上，繼續沉痛的說道：「父皇，你知道『乾澤而魚，蛟龍不游，覆巢毀卵，鳳不翔留……』」他的聲音哽住了，說不下去，衝到門邊，回頭說道：「孩兒告退！」

皇上吼著，追到門邊：

「站住！什麼『乾澤而魚，蛟龍不游，覆巢毀卵，鳳不翔留』！你書唸到哪兒去了？你

40

在咀咒你的父皇和母后嗎？先弄一個名單來陷害你的母后和功臣，再來賣弄你的文采，你要氣死朕嗎？身為太子，怎可如此莽撞？你還是朕重視的啟望嗎？」

「父皇！你身為真龍天子，百姓才是你的活水，沒有活水，蛟龍游不動啊！如果官員壓榨民脂民膏，百姓民不聊生，父皇的活水在那裡？官員要把鳥巢都打掉，再毀去鳥巢裡的蛋，那麼，即使是鳳凰，也不會戀棧這鳥巢！現在父皇面對的就是這個局面！還不正視問題的根本嗎？兒臣直話直說，雖不好聽，卻字字掏自肺腑！」

皇上聽到太子這段話，更加氣得怒上眉梢，對太子吼道：

「你翅膀硬了，來教朕如何當皇帝嗎？你來不及想取朕而代之，來發揮你的能力嗎？左一句百姓，右一句百姓，你以為只有你心裡有百姓嗎？拿著百姓當棋子，鬥掉你的心頭大患，這才是你的目的吧？」

太子氣得發抖，傷痛至極看著皇上，淚水在眼中打轉。他努力不讓淚水落下，挺直背脊，維持尊嚴，對皇上痛楚的說道：

「父皇要冤死兒臣，啟望無言可答！」打開門衝出去，又說了一句：「欲加之罪，何患無詞！」

太子這樣突然把房門一開，幾個衛士跌進門來。趕緊跳起身子站好。皇上也顧不得門外有人，暴怒的對太子嚷著：

「滾！你滾！再也別弄什麼名單給朕！你記住，朕今天能夠立你為太子，也能廢掉你這個太子！滾！」

太子淚在眼眶，忍淚痛喊道：

「兒臣遵命！太子這個身分，我也不稀罕，要廢儘管廢！」

太子怒沖沖往外衝去，鄧勇趕緊追隨，眾衛士太監目瞪口呆的看著。

❖

宮裡這場好戲，皇后當然在第一時刻就都知道了，而且是被「加油加醬」的報告了。她趕緊密召伍震榮進宮，在皇后的密室裡，兩人熱切的討論著。

「什麼？皇上為那名單幾乎跟太子絕裂？有這種事？」伍震榮狐疑的說：「那名單不是被項麒給毀了嗎？」

「不知道是不是那名單？還是另外有什麼名單！」皇后說：「反正，聽說太子挨了一耳光，還被皇上趕出書房！」忍不住笑了出來：「皇上那麼溫和的人，居然氣到打太子，太子那麼高傲的人，居然含著眼淚衝出書房！看樣子，這太子在幫我們的忙！他再多幹幾件事，本宮就不用費心除掉他了！」

「不要太高興！此事可疑！」伍震榮深思的說。

「別可疑可疑了！宮裡好多人看到，不會錯的！」皇后說：「你想，本宮那位皇帝什麼

時候有氣焰高張的時候！一定被太子氣壞了！」

伍震榮瞇著眼睛，看著虛空，深不可測的說⋯

「但願是真的，只怕是假的！名單？這又是什麼名單呢？難道太子手裡，握著很多名單？」

「管它什麼名單，都給皇上燒掉了！」皇后心情良好，一把摟住了伍震榮的脖子⋯「你還信不過我在皇上心目中的地位嗎？那太子腦袋燒壞了，才會說什麼『覆巢毀卵，鳳不翔留』，犯了皇上的大忌！總之，那賣官的事，名單的事，都可以暫時擱下了！」

伍震榮還在深思，想想，驀然轉換臉色。

「嗯！諒妳那個皇帝，也就是這樣一塊料！既然進宮，又得到如此好的消息，我倆就好好的慶祝一下吧！」

伍震榮說著，霸氣的把嬌笑的皇后一抱，抱上了床榻。

23

回到太子府，太子在大廳裡像困獸般走來走去。心裡是火燒油煎般的痛楚著。他怎樣也沒料到如此辛苦做出的名單，竟然換來這樣的結果！不止痛楚，還萬念俱灰。幾天前在竹寒山，和皓禎、寄南還談著彼此的豪情壯志，轉眼間都成泡影！

太子妃陪在旁邊已經好一會兒了，看到太子臉色如此差，嚇得也不敢說什麼。可是，宮裡傳來的消息實在太震撼，她壓抑了許久，還是忍不住心慌意亂的開了口：

「太子！臣妾心裡好慌，皇宮和東宮，向來什麼事都會傳開的！皇上居然公開嚷嚷可以廢太子，我們要不要先把佩兒送出太子府，讓他住到我娘家去！」

太子站住，嚴肅的看太子妃：

「如果事情嚴重到那個地步，妳我和佩兒，就誰都保不住！」說著，沉痛至極：「佩兒才兩歲，也要捲進這場風暴裡去嗎？」更沉痛的說：「唉！什麼造福蒼生百姓，什麼忠心熱

血，今天都被父皇一把火給燒了！」

門外有人敲門，兩人住口。

只見青蘿拿著托盤，托盤裡是兩碗參湯，進門來。青蘿平靜的說道：

「太子！太子妃！人參湯準備好了！趁熱喝了吧！」

「擱在那兒吧！現在沒胃口吃！」太子鬱悶的說。

青蘿便把人參湯放在小几上，抬眼看著太子和太子妃，從容說道：

「太子！太子妃！宮中的事，奴婢和太子府裡的人，都聽說了。青蘿知道太子和太子妃一定很難過，奴婢懇請兩位不要擔心！太子的位子，是不會動搖的！皇上只是一時的氣話而已！」

「妳怎麼知道不會動搖？」太子驚愕的問。

「太子想想，皇上和太子，一向父子情深。儘管今天起了爭執，就算皇上真的想換太子，可是，現在的皇子們，除了太子之外的人選，還有皇子啟端，但他一心學道想當神仙，絕對不能當太子！皇子啟博病榻纏綿，每日離不開大夫，也不能當太子！皇子啟俊才十歲，整天只知道和宮女們鬥蟋蟀，實在不能立為太子！所以，皇上只有太子這唯一的選擇，怎能輕言廢太子？」

青蘿一篇話，深深撼動了太子和太子妃。

太子凝視青蘿，難過的說道：

「分析得不錯！可是，父皇和我嫌隙已經造成，再也不是以前父子情深的時候了！」悲哀的一嘆：「我也不想當太子了，免得父皇認為我想取而代之！真是一番忠心，換得傷心！」

「不會的！父子就是父子！」青蘿誠摯的說道：「皇上對太子一直十分器重，這次大概是太子犯了皇上的大忌，才會引起這麼大的風波。等到皇上想明白了，自然會原諒太子的！倒是太子別對皇上灰心，才是最重要的！」

「妳怎麼知道父皇還會原諒我？」太子問：「妳不在現場，不知道我們鬧得多麼僵！我看，這太子的位置，跟我無緣了！」

「不會的！」青蘿說：「小公子佩兒，前幾天打碎了太子最愛的琉璃花瓶，太子當時震怒，打了他的小屁股，轉眼不就消氣後悔了？反而抱著小公子哄著，嚷著要奴婢們給小公子擦藥！還怪太子妃，怎麼不攔著太子，居然讓小公子挨打！」說著一笑，請安道：「兩位趁熱喝了那人參湯吧！」

青蘿剛說完，外面傳來鄧勇高聲的通報：

「靖威王寶寄南到！少將軍袁皓禎到！」

太子看著青蘿一笑，說道：

「再加兩碗人參湯，送到書房裡去吧！」又有兩個心驚膽戰的兄弟來關心了！」

太子跨進書房，寄南就迎上前去，喳呼的嚷著：

「皇上是不是腦子長蟲了？看到那份名單，非但不感動欣賞，反而要廢太子？」

皓禎努力維持沉穩，臉色也難看無比。

「寄南，你吼什麼？太子已經岌岌可危，你的腦袋也不想要了？什麼腦子長蟲了！你的腦子才長蟲！」

「哎哎！你們看，那天我們在竹寒山，還在討論未來會怎樣，現在幾日之間，變化就來了！」太子一嘆，心裡的痛楚依舊翻騰著。

「皇上正邪不分，善惡不分，輕重不分，是非不分……是要逼得我們走投無路嗎？」寄南火大。

敲門聲傳來，鄧勇去打開房門。只見青蘿捧著三碗人參湯的托盤，笑吟吟進門。

「青蘿見過靖威王！青蘿見過少將軍！」

皓禎、寄南住口，看著青蘿把人參湯分別獻上。太子喊道：

「青蘿別走！」看寄南和皓禎，說道：「關於廢太子這事，青蘿有一番見解！」就對青蘿說：「把妳剛剛那篇分析，說給少將軍和靖威王聽聽！」

這事離奇，居然青蘿有見解？還能得到太子的賞識？兩人趕緊看著青蘿，青蘿就從容不

迫的，把剛剛在大廳裡的分析，再說了一遍。兩人聽得十分動容，寄南說道：

「哇！青蘿分析得雖然頭頭是道，只怕皇上那面子下不來！」

皓禎卻一個勁兒點頭，思前想後，說道：

「有道理！有道理！」在太子肩頭一拍：「先聽青蘿的，你就住在這太子府，少安勿躁！暫時別進宮，更別認錯，因為你沒錯！看看皇上會不會想明白？萬一皇上為了寵愛盧皇后，包庇伍震榮，連親生兒子都不在乎，這太子當起來也沒味道！」

「皓禎最瞭解我！」太子說道：「就是這樣！」

「但是……」皓禎看著太子：「就算太子當起來沒味道，如果可以扳倒朝廷上那些惡棍，宮裡那些蠢蠢欲動的叛賊，你也得忍辱負重！為了天元通寶，為了本朝百姓，為了社稷江山，你也得忍辱負重，就像我必須為了這些，忍辱負重娶公主一樣！」

「就算我願意忍辱負重，恐怕也沒這機會了！」忍辱負重的說。

「那不一定！」皓禎笑看青蘿：「連青蘿都分析得出來，皇上嚷嚷廢太子容易，實行就難了！所以，你就按兵不動，靜觀其變吧！」

寄南忽然想到什麼，大叫：

「皇上就是不想讓我們三個有好日子過，先賜給皓禎一個蘭馨，又在宮裡大喊大叫要廢太子，還要把我送進那右宰相府去受罪！我也沒辦法拖延了，明天必須住進宰相府！這簡直

是我們『三人蒙難記』！還不知道那右宰相預備怎樣折騰我和裘兒！」

皓禎和太子同情的看著寄南，雖然和廢太子比起來，入住宰相府，應該算是小事一樁。何況，寄南的「三人蒙難記」一語中的，三人不禁心有戚戚焉的互視起來。

但是，宰相方世廷是伍震榮的至交，兩人狼狽為奸，這宰相府是寄南能夠入住的地方嗎？

終於，寄南帶著靈兒，到了宰相府。世廷還在宮裡忙著，沒有回府。采文就領著寄南和靈兒，進入為他們準備的廂房，漢陽跟在後面，幫忙接待這位王爺和他的小廝。

采文看著寄南和靈兒，對靈兒好奇的多看了兩眼，但見靈兒眼神明亮，神采奕奕，長得俊眉朗目，唇紅齒白。她心裡暗暗的喝彩，這樣的「小廝」，也是小廝，看起來卻有幾分姑娘樣！說他像姑娘，他又是一副男兒氣概！這種小廝，也是奇了！采文客氣的對寄南和靈兒說道：

「世廷還在宮裡忙著公務，你們就先在這屋裡熟悉一下環境吧！這廂房也夠大的了，有大廳，旁邊那是書房，書房後面就是臥室了，這樣應該夠你們住的了。」

靈兒檢視四周，跑到臥房，看到只有一張床榻。靈兒心裡憂心著，只有一床，難道要和寶寄南共處一室？她走近采文，用很男性的聲音，擔憂的說：

「這裡面只有一間臥房，一張床呀！有沒有兩間臥房的？」

采文詫異看著靈兒，他還挑房間呢！宰相府畢竟不是客棧呀！她就直率的說：

「難道你們想分開住？」終於忍耐不住，誠實的說：「我也覺得你們是應該要分開！你們這樣，本來不該我管，但是皇上把你們交給了世廷，我不管也不成，我就直問你們吧！」

直視著寄南，很真摯的問道：「你們分得開嗎？分開會要你們的命嗎？」

寄南一愣，實在沒想到這位宰相夫人，有此一問！旋即打著哈哈說：

「哈哈！這個……我沒試過，要命大概不至於，分開也沒必要！宰相夫人，妳就見怪不怪吧！這間廂房真好……」故意用胳臂搭著靈兒的肩說：「我們夠用了，本王爺就要這一間！」

靈兒氣得去踩寄南的腳，笑著對采文說：

「夫人，小的有一個壞毛病，睡覺打呼嚕的聲音特別大，我怕吵得我們家王爺睡不好，所以，我這個小廝還是去住小廝的房間比較好！」

漢陽立刻大方的接口：

「你想住在小廝的房間也可以，我們府裡上上下下的僕人、小廝還真不少，如果寶王爺不介意的話，我現在就帶你過去！」

「這樣最好！小廝就該住在小廝房，現在就去看看吧！」靈兒趕緊說道。

「那……請跟我走！」

靈兒跟著漢陽就走。寄南好奇的說：

「本王也去瞧瞧宰相府的小廝房，長得什麼樣子？」

於是，漢陽和采文，帶著寄南和靈兒，來到宰相府的「小廝房」。到了那個偌大的房間門外，向門內一看，寄南和靈兒就傻了！只見小廝房很大，十多個小廝僕人，或躺或坐的在簡陋的通舖上聊天或睡覺。有的小廝衣衫不整，有的小廝光著上身，有的小廝正在換褲子。

漢陽、采文帶著寄南、靈兒，踏入小廝房。漢陽介紹：

「就是這間了，我們的小廝都住在這兒！」

眾小廝看到漢陽和采文到來，趕緊起身，有的抓衣服遮蔽身體，有的拉褲子。一個身材粗壯、光著上半身的小廝喊道：

「夫人，公子！怎麼突然來小的房裡啊！我們……正在午休，個個服裝不整啊！」

靈兒瞪著大眼，看著這麼多衣衫不整的小廝，擠在一間房裡，頓時呆住。寄南看到這種小廝房，也大吃一驚。采文對眾小廝介紹靈兒：

「這是寶王爺府上的小廝，叫裘兒，以後就跟你們大夥兒住在這兒了！」

小廝們看向靈兒，見到靈兒俊俏，個個興奮著，七嘴八舌嚷：

「哦！又有小兄弟進咱們宰相府了，好呀，好呀！歡迎歡迎！」

身材粗壯的小廝就走近靈兒，歡喜說道：

「這位小兄弟長得還挺俊的，挺討人喜歡的，哈哈！來來來！」拉著靈兒往裡走：「你就睡我旁邊吧！我旁邊靠窗，晚上涼快！」

寄南一看情況不對，伸手就拉住靈兒的後方衣領，掩飾的嘻笑著對靈兒說：

「嘿嘿！妳還是在我旁邊打呼嚕吧！要不然，他們十個人打起呼嚕來，妳還能睡嗎？」

靈兒見寄南介意自己，故意裝傻說道：

「沒關係！沒關係！擠擠才熱鬧！」

寄南咬牙切齒，手一鬆，故作輕鬆的說道：

「那麼，妳就和大家擠擠，去熱鬧吧！」加強語氣：「我看這些弟兄們一定會好好照顧妳的，哈哈哈！本王就去獨享那間大廂房吧，哈哈哈！真好！真好！」

靈兒愣了，瞪了寄南一眼，心裡有氣，嘴裡偏偏笑著說：

「王爺這麼說，本小廝就遵命囉！」對那身材粗壯的小廝說道：「你睡在哪兒？我來挑我的靠窗位子！」

「那麼，裘兒就留在這兒跟大夥熟悉熟悉。」漢陽交待完，轉身就走。

「是！」靈兒應著，就往窗前走去。

寄南手一伸，又拉住了靈兒的後衣領，氣得眼中冒火，苦笑說：

「嘿嘿！妳在我身邊慣了，只怕沒妳我睡不著，妳還是跟我住大廂房吧！」

采文見寄南說話露骨，瞠目結舌，這實在超過采文的道德標準，也超過她能接受的範圍。她一向是個溫文儒雅的賢妻良母，斷袖之癖在她看來，就是離經叛道的事，要她面對是很痛苦的。她回頭對漢陽說道：

「漢陽……這兒就交給你了！我看明白了，要治他們的病，可不是一件容易的事，這一定是皇上給你爹的懲罰，不知道你爹做錯了什麼？」采文說完，立刻轉身離去。

漢陽滿臉不以為然的糾正寄南：

「在我們宰相府，你們的行為還是要規矩一點，尤其在我娘面前，不可以這麼肆無忌憚！我娘身體不好，不要到時候，你們沒事，我娘病了！」

漢陽說完追向采文而去。

寄南見漢陽離開，立刻拎著靈兒的衣領，一路拎回廂房，進房就把靈兒摔在地毯上。他關上房門，關好窗子，氣呼呼的說：

「妳糊塗了嗎？難道真要跟十幾個大男人住在一起？妳以為妳是真的小廝？」

「你還知道我是女兒身呀？」靈兒跳起身子，追著他打：「如果你知道，就該幫我要一間單人的住房，我這樣跟你住在一個房間裡，我女兒家名聲不是被你敗光了？」

「反正妳連那個蛤蟆王的大夫人都當過了！還談什麼女兒家的名聲！」

靈兒一聽，氣得跳腳，大吼…

「那是要幫吟霜報仇，不得已的！我這一生最倒楣的就是遇見你，害我現在不男不女，連個像樣的床都沒有！我真是倒了八輩子楣的委屈！」

「妳委屈？」寄南吼回去……「我沒有委屈嗎？我堂堂一個王爺，是被誰害得變成斷了袖子的人？連現在要去酒樓找我的老相好都不方便了，最委屈的是我！」

靈兒壓低聲音，氣極了：

「你還想找女人，老相好？你不怕別人笑話你男女通吃嗎？」

寄南拿起書桌上一卷書，打靈兒的頭：

「妳還知道要小聲的說話啊？現在可不比在我的王府，這兒處處有人會監視著我們，處處有奸細，妳說話還是當心點！」大方的比著床：「妳要那張床，讓給妳睡就是了！」

「誰稀罕那張床，我是小廝，我打地舖睡地毯！你是王爺，你睡床！哼！」

兩人賭氣互不相讓。靈兒就去收拾帶來的東西，寄南也收拾著自己的，兩人誰也不理誰。晚餐是僕人送進房來吃的，看樣子，要見右宰相還沒那麼容易。這豈不是坐監嗎？兩人在廂房裡繞來繞去，還是不說話。轉眼到了深夜，窗上照著月光。

靈兒真的把棉被鋪在地上，打著地舖。她穿著男裝，也不敢放下頭髮，棉被也沒蓋好，就那樣將就著睡在地舖上，居然睡得很沉很香很甜。

寄南睡在舒適的床榻上，卻輾轉難眠，翻身轉頭看著睡在地舖上的靈兒。見靈兒已經

卸下臉上的男妝，沒有化妝的面容姣好素雅。明明看是個純真的姑娘，躺在那地舖上歪著腦袋，似乎睡得不太舒服，他心裡好生不忍，躺在床上嘟囔著：

「這個牛脾氣的傢伙，還真有骨氣，說睡地舖真睡地舖！這麼不舒服，她居然還睡得那麼香！哼！本王懶得理妳了！」轉過身去，決定不再看靈兒。

但才不到片刻，寄南便洩氣的起身下床，毛躁的看向靈兒……

「算了！不跟妳計較！」

寄南走近靈兒身邊，小心翼翼的幫靈兒拉好被子。盯著靈兒的睡容，充滿憐愛之心，猶疑片刻，還是決定把靈兒抱上床榻。靈兒真的睡得很香，被抱起來，也只在喉嚨裡咿唔了一下，完全沒醒。寄南把她放上床榻，再用錦被蓋好她。看著安穩躺在床榻上的靈兒，低聲的罵自己：

「今天算本王爺輸給妳了，妳個臭小廝，本王爺服了妳！」

寄南安心的躺上地舖，很快的睡著了。

「三人蒙難記」裡的寶寄南，進宰相府的第一天，就這樣過去了！

第二天一早，靈兒就把自己化妝好，恢復男兒相貌，兩人雖然住進宰相府，卻是惴惴不安的。尤其寄南，看著他那調皮任性，完全不知厲害，還有點傻呼呼的小廝，心裡七上八

55

下。在他們那廂房裡，他檢查了門窗，還用器具把門窗都弄得很緊密，帶著少有的嚴肅，正色叮囑她：

「裳兒，有件事，妳一定要非常非常注意！」

「什麼事情這麼嚴重？」靈兒瞪大眼。

「現在我們住在宰相府，那個榮王和宰相來往密切，我們一定會常常碰到面！榮王那兒，我們在國宴時已經試驗過了，妳的男裝和聲音，都瞞過了他們！漢陽和他爹也沒認出妳來，算妳運氣！」

「什麼運氣？是我的易容工夫好，本領好，反應好……」靈兒得意的說著。

「好好好！是妳厲害！」寄南打斷：「可是，有個人妳一定要提防！就是那個伍項魁！如果妳跟他面對面遇上，一定要趕快避開，想讓他不認出來，恐怕不容易！」

「咦？」靈兒不服氣：「吟霜受傷那天，我還不是跟他交了手，他也沒認出我來！」

「那是因為我們在作戰，打得天翻地覆，他才沒有注意！」

「好了好了，寶寄南，你別大驚小怪好不好？」靈兒不耐煩了……「我裳靈兒是什麼人物？我會隨機應變啦！」忽然一愣，說：「如果我跟他面對面，我才不會逃，我要把他宰成大八塊，丟到宰相府的魚池裡去餵魚！」說著還比手畫腳，作宰人狀。

寄南上去就捏住靈兒的耳朵，咬牙說道…

「妳當了十幾天的『大夫人』，也沒宰掉他！現在還要說大話，我讓妳避開他，妳就避

開他，知道了嗎？」

「哎喲哎喲，一天到晚捏我的耳朵……」一腳對寄南胯部踢去…「給你點教訓！」

寄南猝不及防，放開靈兒，抱著胯部亂跳。那「高蹺鞋」還真硬！喊著…

「老天！我是招誰惹誰了？弄來一個妳這樣的『小廝』？氣死我了，痛死我了！一點

正經話，妳都聽不進去嗎？還敢踢我！本王爺……」喘氣不已…「從來沒被人踢到這個部

位……」站直身子，就對靈兒迫去…「我掐死妳！」

靈兒偷笑著，繞著房間逃，寄南繞著房間迫。這番「苦中作樂」，也只有寄南和靈兒兩

個活寶，才能做到。

❖

「三人蒙難記」裡的太子，這天也有最新進展。

皇家的馬場，是非常遼闊的，不止遼闊，四周景致如畫。平時，馬場只有皇家子弟，

偶而過來騎馬練馬球，沒有人來時，這兒是非常安靜舒適的，像個與世無爭的世外桃源。這

天，皇上騎著馬，正在馬場中緩慢的跑著馬步，等待著。幾個貼心衛士，遠遠的護衛著，知

道皇上若有所待，都靜悄悄保持距離，不敢靠近。

只見曹安和太子，兩人騎著馬，飛馳而來。

皇上看到太子，就一勒馬韁，停住了。

太子見到皇上，趕緊滾鞍落馬，對皇上行大禮，說道：

「孩兒叩見父皇！」

皇上跳下馬，上前拉起太子，用充滿感性的聲音，親切的說道：

「這幾天，太子委屈了！」

太子委屈未消，也不知皇上意下如何，硬邦邦的說道：

「孩兒不敢委屈！」

「委屈就委屈了！還有什麼不敢委屈？」皇上看看四周，曹安已經策馬奔向衛士們，下馬和衛士們遙遙保護。皇上看到四下無人，才繼續說道：「離開皇宮，朕才有可以說真心話的地方！來吧！跟朕散散步！」

皇上就向前走去，太子跟隨在側，不敢接話。皇上邊走邊凝視太子：

「那天，你手裡握著那麼厚的冊頁，大搖大擺進宮。在朕的書房裡，你就公然把那麼重要的名單交給朕，希望朕馬上定奪！啟望，你知道嗎？那份名單會要了你的命！為了保護你，朕只好大發脾氣，先打耳光，再燒名單！你，實在太大意了！」

「為了保護我？」太子驚喊…「父皇！你相信那名單？你也相信賣官的事？」

「買官賣官，朕早有耳聞，但是沒有如此清楚！看到那名單，確實讓朕心驚肉跳！但是，名單中或者不全然是事實，這事還待刑部私自到各處去祕密訪查，才能知道真相！」

「但是，父皇確實相信名單有相當的可靠性？」太子驚喜的問。

「是！名單做得那麼仔細，當然有可靠性！啟望，你知道嗎？你打擊了朕！」皇上沉痛的說。

太子這才明白，皇上看到那名單，因為相信，所以痛定思痛！因為相信，所以對太子的安危大為擔心，這才迫不得已，演出那場火燒名單的戲！想當時，皇上內心的衝擊有多大，痛苦有多深，對太子的愛護又有多強烈！太子恍然大悟後，想到自己還發表了一篇「蛟龍不游」的大論，不禁痛喊道：

「父皇！兒臣知錯了！兒臣知罪了！」

皇上深深看太子，眼中，充滿了痛楚和無奈，說道：

「你知道嗎？如果照你的意思，把名單上的人，一個個逮捕起來審問，你是要朕大動干戈，引起兵變嗎？整頓必須不動聲色，慢慢的來！名單上那些買官的人，也要分批進行，才不會打草驚蛇！你拿著名單進宮，已經不妥，聲音又大，朕那書房隔牆有耳啊！朕真的被你嚇住了！」

「父皇英明！孩兒要學的事還太多了！」太子驚佩的說。

皇上痛苦的搖搖頭，誠摯坦白的說道：

「朕並不英明，這名單裡，也有你父皇動不了，或者不忍動的人！總之，名單雖然燒了，朕相信你已經調查了一次，不難再做一遍！」

太子心悅誠服的說道：

「父皇！兒臣遵旨！這次一定不再莽撞，慢慢的來！」

「朕心裡也有數了，會小心朕應該小心的人，啟望，你做得好！將來，你會比朕有魄力！不會像朕這樣，該斷不斷！」

「父皇！」太子深刻的說道：「是兒臣太粗心，父皇的該斷不斷，或者正是父皇最珍貴之處，多少皇帝，不該斷也斷，不該殺也殺！是兒臣沒有深入的為父皇去想！而父皇卻立刻想到，該如何保護我？無論反應智慧處理和感情，兒臣都遠遠不如父皇！」

「好吧！」皇上苦笑了一下：「啟望長大了，最起碼，知道如何安慰父皇的失意！朕就接受了你的好意，相信朕也有可貴之處吧！總之，這件賣官之事，讓咱們父子聯手，慢慢消滅，把傷害減到最低程度吧！」

「是！兒臣遵旨！」

皇上伸手，握住太子的肩，重重一握。父子二人，深深對視著，眼中都有無限的感動、瞭解和親情。皇上就一笑說道：

「啟望，陪朕好好的奔一趟馬！咱們父子倆一起奔回皇宮去，讓那些暗中期待『廢太子』的人嚇一跳，如何？」太子笑逐顏開了，大聲說道：

「是！父皇！啟望這就開始了！」跳上身邊的一匹馬，一拉馬韁⋯「駕！」

「呔！你作弊，朕的馬還沒到呢！」皇上喊。

曹安趕緊牽馬過來，皇上躍上馬背，只見太子早就回到皇上身邊。直到皇上也一拉馬韁，大喊：「駕！駕！駕！」時，太子才和皇上並駕齊驅，向前飛奔。

兩匹馬箭一般向皇宮奔去，曹安與眾衛士趕緊上馬，奔來護衛。

太子一面奔馬，一面想著⋯

「居然給青蘿猜中了！而且比青蘿猜測的更加深刻！不知道在宰相府的寄南，和將軍府的皓禎在幹嘛？這樣的好消息，真想讓他們知道！」

皇上卻一面奔馬，一面想著⋯

「是該讓皇后有點警惕的時候了！」心裡隱隱作痛，不解的想著⋯「女人是怎麼回事？三千寵愛在一身，她為什麼還不滿足？」

✣

這晚，宮裡有點奇怪，皇上沒有等皇后自動上門，就派曹安去召她來寢宮。皇后雖然沒有目睹「太子和皇上嘻嘻哈哈，開心的一起策馬進宮」，但是，各種繪聲繪影的述說，都已

聽了好多遍，想必不假！現在，皇上主動召見，她心裡也有點七上八下。進了寢宮，曹安退出房間，皇上才發現，室內只有皇上和她，顯然皇上已把太監宮女衛士都打發了。當然，皇后的貼身女官莫尚宮，也被關在門外。

皇后有點惴惴不安，小心的觀察著皇上。

皇后在室內踱著步子，若有所思。突然，他停在皇后面前，把她的腰一攬，看進她眼睛深處去，那眼神竟然有幾分凌厲，幾乎是陌生的。

「皇后，宮中什麼事都不能保密，朕和太子已經前嫌盡釋，相信皇后也已知道了！」他靜靜的說。

皇后立刻溫柔一笑，若無其事的說道：

「皇上和太子，何時有過『前嫌』？父子親情，斬都斬不斷的！」

「皇后知道就好！」皇上警告的說：「朕也有幾句話，必須對妳說！關於樂蓉和項麒賣官之事，不是空穴來風！皇后身為國母，更加不能捲入！」

「皇上聽了誰的造謠？難道是太子嗎？」皇后驚喊。

皇上伸手捏著皇后的下巴，用力捏緊，捏得皇后痛了起來。

「妳知道朕對妳寵愛備至，千萬不要貪得無厭，關於涉嫌賣官的事，妳最好給朕一份名單，朕會幫妳悄悄處理掉一些，該換下來的人，就立刻換掉！免得皇后一世英名，毀在這個

案子裡，這就是朕對妳的恩賜！」

「皇上認為臣妾真的涉嫌賣官？皇上……」皇后又驚喊。

皇上的手，繼續捏著皇后下巴，加重了力道：

「這件事朕不想再談，鬧下去可大可小！妳自己斟酌著辦！朕相信妳的能力，等著妳的名單！」

皇后不再喊冤，也默默看著皇上，默默凝視。

「放下手，看著皇后，默默凝視。

「臣妾遵命！請皇上念著舊情，不要和臣妾生分了！如果臣妾失去皇上的恩寵，即使貴為皇后，也等於零！在臣妾心裡，皇上一直是那個在邊疆受苦，卻堅毅不拔的皇子！多少苦難咱們一起走過，共患難容易，共榮華反而不易！因為皇上身邊的人多了，臣妾身邊的人也多了！人多必然口雜，臣妾保證，對皇上一片忠心不變，還有一片癡心不變！」說著，眼淚就滑下面頰。

皇后一番話，令皇上的心又軟了。許多準備好的話，在皇后的淚水中融化。不由自主，他用雙手環住皇后的腰，長嘆一聲說道：

「還有一件事，妳和榮王保持點距離。朕對妳雖然深信不疑，就是妳剛剛那句話，人多必然口雜，妳難道不怕『人言可畏』嗎？」

皇后一震，對皇上不得不有了幾分驚懼。臉上，卻依舊梨花帶雨，楚楚可憐，心裡卻在

咬牙切齒的想道：

「那個太子，必須給他一點顏色瞧瞧！」

皇上牽著皇后的手，走到床榻前，帶點傷感的說道：

「該說的都說了！上床休息吧。是啊！咱倆什麼都一起經歷過，前幾年嫁了我倆的樂蓉，轉眼間，蘭馨也要成親了，那個霸氣的公主，朕一定會想她的！」

✦

「三人蒙難記」裡的皓禎，這晚不在將軍府，他在吟霜那鄉間小屋裡，是晚上了，他穿著寢衣，走到窗前，看看外面的月亮。距離和蘭馨的婚禮已經只有幾天，公主院都已收拾好。他的情緒紛亂，那公主院收拾得富麗堂皇，但是，他的心卻繫在這充滿書香藥香的小屋裡。

吟霜拿了一個綁著紅繩，下面垂著一個小瓷壺墜子的飾物過來。她的手臂，在皓禎那胡亂的縫合下，居然也痊癒了。當然，還是因為吟霜自我調理得好，白勝齡留下的藥膏好。吟霜走來，拿著墜子說道：

「上次你送了我狐毛玉佩，我在每件衣服裡都縫了一個暗袋，貼身帶著。現在我也要送你一件東西，這是我爹留給我的小瓷壺！玉佩是你給我的信物，這是我給你的信物！」

皓禎回頭，驚訝的拿起那瓷壺看了看：

「這是什麼？很精緻的小瓷壺！裡面裝了什麼嗎？可以打開蓋子嗎？」

「可以打開，但是不要打開！除非你要用它的時候！」

「什麼情形下要用？妳爹留給妳的？很名貴的東西嗎？」

「我爹說，我從小身體就不好，小時候，有次我病得快死了，我爹把一顆製造了很多年的神藥，餵給我吃，救了我一命。後來，我娘身體也不好，我爹又製造了一顆神藥，想要給我娘吃的！可惜沒有製好，我娘就去世了！」

「難道這小壺裡，是那顆製了一半的神藥？」

「不錯！一顆小小神藥，爹說還差幾味藥，就可以完成了！」

「哦！」皓禎好奇的拿著那小壺問：

「所以這顆神藥有多少功能，沒有人知道？」

「是！沒有人知道！我爹的第一顆神藥，救了我的小命，這顆是怎樣，完全是個謎！我猜想，為了救我娘的命，這顆也包含了很多珍奇藥材和我爹的獨門妙方，我要你掛在脖子上。萬一你的生命有危險時，吃了它，可能會救你一命！」吟霜看著他說。

「哦！」皓禎珍惜的說：「應該掛在妳脖子上吧！我有武功，會保護自己！妳才危險！」

想想：「咦，妳手臂受傷，怎麼不拿出來吃？」

「那點小傷，不是被你這個袁大夫治好了嗎？線也拆了，也不痛了！怎麼會需要用上我

爹的神藥？這顆我想給你！我爹說，平常不要打開看，怕潮了就沒有效力了！」

「好吧！幫我戴上，妳給的信物，我會永遠戴著！沐浴時才拿下來！」皓禎說。

皓禎就把頭低下去，讓吟霜給他繫上那紅繩。吟霜又說道：

「或者這顆神藥一點用都沒有！但是，我爹的兩顆神藥，都為了愛而精心製造，一顆給我吃了，這顆即使沒有作用，卻有我爹對我娘那份心，所以我要把它給你！因為，我對你也是這樣！戴著它，等於戴著兩代的深情！」

皓禎這才明白吟霜的深意，握著她的手，心為之醉。

「有妳那樣的爹娘，才有這樣至情至性的妳！我相信，妳給我的不止是神藥，還是一顆愛的種子，會在我心裡，長成一棵大樹！梅花樹！」

吟霜甜甜的微笑著，這樣的笑容，讓皓禎更加醉了，兩人就癡癡的互看著。這樣的甜蜜，還能有幾天呢？大婚的日子，即將來臨了！

24

這天的長安大街，實在熱鬧非凡。所有的老百姓都出了家門，擠在街頭看將軍府迎娶公主。如此盛況，是許多人一生也碰不到的。街頭熙熙攘攘，萬頭攢動，爭先恐後的擁擠著，喧囂著，喜悅著。

皇家的吹鼓手一色紅衣，吹吹打打向前行。儀仗隊也一律紅衣，舉著各種皇家旗幟和傘蓋，簇擁著一身紅衣禮服，騎在馬背上的皓禎。儘管皓禎面無表情，但是，那身出色的服裝，那份前呼後擁的氣勢，在在顯出他的英挺俊朗，群眾們爭著看，爭著議論，爭著讚美著。

皓禎身後，是宮女和太監組成的隊伍，也是一律紅衣，簇擁著蘭馨那考究至極的花轎。

花轎由二十個紅衣太監抬著，取「十全十美」之意！轎子垂著紅色繡著金鳳的圖案，美不勝收。轎子兩邊，還有六個宮中女官，扶著欄杆。當然，皇后的莫尚宮是一個，蘭馨的崔諭娘

也是一個。轎子裡，蘭馨穿著華麗的新娘服，頭戴金冠，化過妝的臉龐，美麗無比。因為心情良好，眼睛明亮有神，雖然在吹吹打打中，她依舊不安分的拉開垂著的紅幔，向外好奇觀望，看到街頭擁擠熱鬧的情況，唇邊帶著滿意的微笑。

壯觀的隊伍，向前行進。

道路兩旁，羽林軍用紅色棍子，攔住看熱鬧的群眾。

群眾們擠來擠去，指指點點。在這些看熱鬧的群眾中，寄南帶著靈兒也在觀看。靈兒當然是男裝，看到如此壯大的場面，立刻不平起來，用男聲說道：

「真不公平！元配是那麼小小的婚禮，現在是這麼大大的婚禮！」

「裘兒！妳看看就好，少說兩句！」寄南警告著。

「你看皓禎，大概昨晚都沒睡，一點精神都沒有！」靈兒又說。

「唉！不知道吟霜現在心情如何？我們不應該在這兒，應該去陪吟霜的！」

「可是……我喜歡看熱鬧！這種公主結婚，一生也只能看這一次吧！」靈兒說，突然問：

「寄南，為什麼結婚，大家都要穿紅衣服呢？」

「其實，婚禮原來應該新郎穿紅衣，新娘穿綠衣的，所謂『紅男綠女』，典故就出在這兒。可是，紅色確實艷過了綠色，不知何時開始，就變成都穿紅衣了。」寄南解釋：「這就和昏禮變成婚禮一樣！」

他們兩個在談論著，皓禎卻像行屍走肉般，被動的騎在馬背上，讓人牽著走。他的眼光，無意的向人群中掃去，忽然大大一震。只看到人群中，吟霜穿著一身飄逸的白衣，帶著香綺，站在那兒癡癡的看著他。皓禎身子一挺，整個人的神經都繃緊了，無聲的呼喚著：

「吟霜！」

皓禎的眼光，就直直的看向吟霜。吟霜的眼光，也直直的看向皓禎。兩人的眼光接觸了，彼此就這樣遙遙相望，眼光遙遙癡纏著。隊伍繼續前進中，眼看兩人即將錯開。皓禎就用口型對吟霜說道：

「吟霜！」

「晚上——等我！」

吟霜大驚，用口型說道：

「不要——胡鬧！」

吟霜說完，眼淚一掉，轉身穿過人群奔走了。香綺趕快對皓禎揮揮手，轉頭追隨而去。

皓禎整顆心都跟著吟霜而去了。

經過黃昏時節的婚禮，就是晚上了。將軍府大門張燈結綵，客人熱鬧穿梭。宴客廳裡熱鬧非凡，賓客滿席，大家喝酒說笑，一片歡樂。秦媽、袁忠、小樂、丫頭僕人等忙著上菜或是為客人倒酒。忽然袁忠高聲報告：

「太子駕到！」

眾賓客一陣騷動，趕緊去太子身邊行禮，柏凱雪如也迎上前去。

「臣參見太子殿下！」柏凱說道。

「大將軍別客氣，我從小和皓禎玩在一起，今日前來，不是太子，只是啟望！」太子說，就伸頭到處找著：「皓禎呢？」

雪如喊著：

「袁忠趕快帶太子去皓禎那桌！」

太子已看到皓禎、寄南，就擺脫眾賓客，到了皓禎這桌。柏凱來到方世廷身邊敬酒，方世廷禮貌相迎，說道：

受祝賀。翩翩、皓祥也在向其他賓客敬酒致謝。當柏凱來到方世廷身邊敬酒，接

參加貴府的家宴，真是備感榮幸啊！哈哈哈！」

「恭喜！恭喜大將軍，今日在宮裡已經接受了皇上的賜宴，今晚又受到大將軍的邀請，

「宰相公，客氣客氣！」柏凱說道：「您能賞臉來到，也讓我們將軍府蓬蓽生輝，招待不周之處還請見諒！幸相公，喝酒喝酒！」

世廷和柏凱客氣的舉杯，互相一飲而盡。世廷接著說：

「今晚榮王因為白天在宮中喝了太多，酩酊大醉，現在已經回府，不克前來也請大將軍見諒……」斟酒再舉杯：「本官代榮王再敬大將軍和夫人一杯！」

雪如笑著舉杯回禮：

「您客氣了！也請代為轉告榮王，他本人雖然沒到，但是榮王府送給公主院的禮物，將軍府都收到了，謝謝榮王的周到！」

三人彼此客套的敬酒。雪如喝了酒，眼神卻忍不住的望向皓禎，只見皓禎坐在那兒，悶悶不樂，賭氣似的猛灌著酒，寄南和太子坐在皓禎兩旁，不時的阻止皓禎。雪如擔心著，心想，太子和寄南，還有那個小廝裴兒，應該可以安撫皓禎的情緒吧！

太子、寄南和靈兒三個，確實在努力控制皓禎。太子警告的對皓禎說道：

「皓禎！注意注意！今天好歹是你大喜的日子！千萬不能出任何差錯！你這樣愁眉苦臉，像個新郎嗎？當我的妹夫，沒有虧待你！」

皓禎灌了自己一杯酒，對太子說：

「兄弟！你這樣說，對得起咱們的竹寒山嗎？」

皓禎又給自己倒酒。寄南一把搶走皓禎的酒杯。

「你還喝！你是準備灌死自己嗎？」

靈兒用男聲，罵寄南：

「拜託了王爺，整天罵我不會說好話，你也差不多！」回頭對皓禎說：「少將軍，你趕快跟著你爹娘到處去敬酒！我看夫人一直在擔心你！」

皓禎已喝得微醺，又倒一杯酒往嘴裡灌，說道：

「敬什麼酒？這大喜之日，就是我的大悲之日，你們懂不懂呀！」

「哪有這麼嚴重？」太子皺眉說：「你聲音小一點行不行？」

「你巴不得全天下知道，你心不甘情不願當這個駙馬爺嗎？」寄南接口。

「全天下早就知道了！」皓禎醉言醉語：「就只有住在鳥籠裡的那隻金絲雀，腦子一點都不開竅，跟她說了都不相信，偏偏選一個最苦的果子吃⋯⋯」

「皓禎！」太子命令的說：「振作起來，把苦果變成甜果是你的責任和義務！」

皓禎醉眼看太子，說道：

「太子對皓禎不滿意，儘管廢了我這駙馬⋯⋯」

話沒說完，皓禎醉眼矇矓中，忽然看到坐在一旁，失神落魄也在喝悶酒的漢陽，就不理太子，拿著酒杯踉蹌的坐到漢陽身邊。他一手拿著酒杯，一手搭著漢陽的肩膀，醉言醉語的說道：

「漢陽，今天這個日子本來是你們宰相府的，不知道是不是月下老人打瞌睡了，居然弄到我們將軍府⋯⋯」舉杯：「來，我敬你一杯！」

漢陽也已醉酒，失魂落魄的和皓禎碰杯，說：

「既然是月下老人搞糊塗了，你還要敬我什麼？」

皓禎一肚子氣往腦袋裡衝去，說道：

「我敬你……我敬你這個謙謙君子！我敬你……敬你這個一表人材！我敬你……辜負了自己……害我……辜負了……」

靈兒怕皓禎說出不該說的話，趕緊奔來摀住皓禎的嘴，著急的搶走皓禎的酒杯。

「少將軍，你喝多了，別喝了！要敬，裘兒來幫你！」

寄南一把搶走靈兒的酒杯，提醒著：

「妳這小廝憑什麼代表皓禎敬酒，我這王爺還差不多！」勸皓禎：「你行行好，別再胡言亂語了！」

漢陽大口的把酒一飲而盡，又大力的放下酒杯說：

「對！我不爭氣沒出息！我辜負了自己！」對皓禎，忿忿的說：「你以為今晚只有你一個人最悽慘嗎？你以為只有你一個人面對著大悲的日子嗎？」

靈兒和寄南大驚，不知平時溫順的漢陽怎麼突然發起脾氣。

太子也睜大眼睛，好奇的看著。

❖

此時此刻，蘭馨正穿著一身新娘衣冠，在公主院的洞房中，不安的東張西望，有點耐不住性子躁動著，頻問身邊宮女：

「皓禎什麼時候才會來啊？等得本公主不耐煩了！」

一排宮女列隊站著，沒人敢答話。

崔諭娘一身紅色新衣，悄悄的端了一碗食物來到蘭馨面前。

「公主，奴婢知道公主肯定餓壞了，先給公主送點吃的來。」

「對！」蘭馨吞著口水：「本公主真是餓得快不行了！規矩那麼多！」

蘭馨立刻接過食物，大口的吃起來，邊吃邊問：

「那個駙馬怎麼還不來？客人還沒走嗎？」

「是啊！客人今日可多了，駙馬爺是來了，奴婢在外面給您打暗號！」崔諭娘安撫的說：「公主您再等

等，駙馬爺要是來了，奴婢在外面給您打暗號！」

蘭馨笑了，兩人開心的等待著。

❖

宴客廳依然熱鬧滾滾。寄南看著漢陽似乎心情惡劣，也坐到漢陽身邊來。寄南搭著漢陽肩膀，給漢陽斟酒：

「漢陽，看來你似乎也有滿肚子委屈！來來來，咱邊喝邊聊，有什麼不痛快，就像這一杯酒，一口吞下就沒事了！」說完便舉杯飲盡。

「我跟你竇寄南沒什麼好聊的，你照顧好你的小廝！」漢陽也已經微醺，瞪著皓禎：

「我有話對他說！」

皓禎帶著醉意，看著氣勢洶洶的漢陽，不滿的說：

「你今晚氣勢還真不小，怎麼在公主面前，你就那麼不爭氣，現在借酒裝瘋是不是太晚了？」

「借酒裝瘋的人是你！」漢陽大吼：「公主既然已經嫁到將軍府了，你就好好善待她，什麼金絲雀，又是悽慘又是大悲的，你措辭最好小心點！」

「哦！」皓禎驚愕：「你莫非是捨不得公主？在為公主抱不平？唉！看來你對競爭駙馬爺是挺認真的嘛！不過，很抱歉！我袁皓禎要怎麼對待公主，那是我的事！」

「你……敢對公主有一絲一毫的不敬，我不會饒你！」

喝醉了的漢陽突然起身，就壓倒了也喝醉了的皓禎，兩人居然在地上扭打起來。

太子拿著酒杯，看得稀奇，說道：

「漢陽這是怎麼了？辦案你還行，打架你不行！趕快起來，這樣太不成體統！本太子命令你起來！」

「太子哥！這事你管不了！他倆是宿敵！」寄南說。

皓禎對漢陽僅僅是以防守的方式和他糾纏著，並未真正出手。他壓著漢陽的身子，兩人在地上打滾。皓禎醉了，大笑著說：

「你這個文弱書生，我就陪你玩一玩吧！哈哈哈！我們這樣在地上滾，有個詞兒叫『懶驢打滾』！」

太子推著寄南，急道：

「你趕快拉開他們兩個！什麼『懶驢打滾』，簡直是天下奇觀！」

寄南和靈兒手忙腳亂，拚命想拉開兩人。靈兒喊著：

「別打了，兩位公子！怎麼聊著聊著就打起來了呢？」

「哎喲！漢陽，你平常彬彬有禮，今天怎麼沉不住氣了！快起來！」寄南拉著。

賓客們都被皓禎和漢陽給吸引了，全部圍過來，嘖嘖稱奇。雪如、柏凱、翩翩、皓祥、方世廷也緊急趕來一探究竟。方世廷一見從未失態的兒子漢陽，居然滾在地上打架，還是和新郎駙馬在打架，大驚失色，吼道：

「方漢陽，住手！」

漢陽一震，清醒停手，醉得搖搖晃晃無法起身。世廷感覺丟臉，命令道：

「寄南、裘兒，先把漢陽帶回宰相府！」

寄南和靈兒一人攙扶一邊，把漢陽帶離了宴會廳。靈兒一邊走，一邊嘆氣說：

「本小廝喜酒也沒喝到幾口，肚子也沒吃飽，新房也沒看到，婚禮也沒看完……居然要護送宰相府公子回府，真是流年不利！弄不清到底我是誰的小廝？」

「妳還埋怨？」寄南說：「我這王爺，現在也變成小廝了！住進宰相府，地位跟著矮一截，妳以為我就吃飽了嗎？」

漢陽、寄南和靈兒走了之後，小樂、袁忠趕緊扶起醉醺醺的皓禎。柏凱氣得想給皓禎一巴掌，卻被雪如緊緊抓住，壓抑了下去。柏凱對皓禎發怒：

「這是什麼日子？什麼場合？你這是成何體統！簡直想氣死我！何況太子在此，你有點規矩行不行？」

太子趕緊笑道：

「大將軍別生氣，皓禎這『懶驢打滾』，讓啟望開了眼界！婚禮上如此熱鬧，也是喜事！」

大家見怪不怪，就當是喜事隨著懶驢滾滾來！」

眾人聽太子如此說，全部笑開了。

❖

崔諭娘今晚可是忙壞了，將軍府和公主院兩邊跑，到處打探著最新狀況。此時，她摀著嘴忍著笑衝進洞房，直奔蘭馨身邊。

「崔諭娘，發生了什麼事情了？這麼慌張？」

「公主，奴婢真是哭笑不得！」崔諭娘憋著笑。「咱駙馬爺和宰相府的漢陽公子，兩個人在酒席上打起來了！」

「啊？打架？漢陽又不會武功，怎麼會打架呢？」蘭馨驚訝。

「聽說……聽說是為公主爭風吃醋，那個漢陽肯定是吃不到葡萄，對我們駙馬說了什麼不敬的話，所以兩人就打起來了。這都是剛剛聽那些將軍府的僕人說的。」

「那駙馬爺有沒有怎麼樣？」蘭馨關心的問。

「駙馬爺應該沒事。我們駙馬爺底子好，受傷的應該是那個方漢陽吧！」

「那就好，如果誰打傷了本公主的駙馬，本公主一定不饒他！」蘭馨說。

崔諭娘諂媚的輕喊：

「公主啊！您今日都成親了，那無緣的駙馬還來爭風吃醋，這就說明駙馬爺有多喜歡公主，可見公主是多麼招人喜歡呀！」

最重要的是，駙馬爺在喜宴上還為公主打架，這就說明駙馬爺有多喜歡公主了！」

蘭馨甜蜜的想著，心裡勾畫著兩人爭風吃醋的打架場面，唇邊滿是笑意。

終於，喜酒結束了。皓禎必須進洞房，完成婚禮最後的環節。

蘭馨坐在床上，崔諭娘急忙奔進，整理整理蘭馨的服飾，小聲的說：

「駙馬來了！但他喝醉了，公主心裡要有數！今晚八成沒法洞房了！」

蘭馨趕緊正色坐好。崔諭娘就急忙出門去迎接皓禎。

皓禎醉醺醺，在小樂和另一個小廝扶持下，進了新房。

立刻，捧著葫蘆酒的兩個宮女上前。葫蘆都經過裝飾，外面包著紅色錦緞，還有金線刺

78

繡著囍字，富麗堂皇。崔諭娘響亮的喊道：

「合巹之禮開始！請駙馬爺和公主飲『合巹酒』！」

皓禛被小樂按在公主右邊坐下，葫蘆酒遞了上來。皓禛看著葫蘆，想起和吟霜那樣實的葫蘆，醉意的嘰咭……

「宮裡排場大，連葫蘆也要穿衣服嗎？」

蘭馨不禁偷笑。合巹酒喝完，蘭馨換上華麗而單薄的寢衣，頭髮用極漂亮的紅縷繫著。

崔諭娘把蘭馨牽到矮榻上坐好，又高聲說道：

「請駙馬行『解縷結髮之禮』！」

小樂趕緊攙起已經昏昏欲睡的皓禛，低聲提醒：

「公子！解縷結髮之禮！解縷結髮之禮！」

皓禛搖搖晃晃站起身，眾宮女趕快去扶。皓禛不耐的想挣開……

「什麼解縷結髮之禮？今天這個禮，那個禮，還不夠嗎？」

「解縷結髮之禮，是婚禮最後一道禮儀……」崔諭娘急忙說道：「然後……」竊笑的說……

「駙馬就可以和公主行『洞房合歡之禮』了！」

皓禛便被眾人半拉半扶半拖的帶到蘭馨身後，站在那兒發呆。

崔諭娘急死了，指著蘭馨頭髮上的紅縷……

「駙馬爺！請親手解開這紅縷，然後把這紅縷繫在腰帶上，或者揣在懷裡，永遠留著，這解縷結髮之禮象徵永結同心！結髮就由奴婢代勞，解縷一定要駙馬親手來解！」

小樂就把皓禎的手抬起來，送到紅縷上去。宮女們催促的喊：

「解縷結髮之禮！解縷結髮之禮……」

皓禎醉得東倒西歪，不耐的說：

「怎麼如此囉嗦？」對宮女們一凶：「這頭髮上的紅帶子，妳們侍候的人不會解嗎？還要我來解？」被動的讓小樂扶著手，就是不去碰那帶子。

崔諭娘趕緊幫忙，動手解開了紅縷，歡聲的說：

「恭喜恭喜！解縷結髮之禮完成！」把紅縷塞在皓禎手中，急忙指揮眾宮女：「趕緊幫駙馬爺更衣！」

紅縷也飄飄落地。皓禎大叫：

「本公子難道連換衣服都不會嗎？別碰我！」

宮女們倒了一地，急忙起身，崔諭娘就把蘭馨扶上床，在她耳邊低語：

「駙馬醉了，怎麼辦？」

蘭馨偷笑著，低語⋯

就有幾個宮女上前，要為皓禎解衣。皓禎一驚，手一揮，把幾個宮女摔得跌了出去。那

「不怎麼辦！妳們都退下，本公主見招拆招吧！」

崔諭娘急忙指揮宮女退出房間。再大聲喊道：

「現在，請新郎、新娘行『洞房合歡之禮』！」

小樂急忙把站在房中發愣的皓禎推向床前，說道：

「公子！洞房合歡之禮！洞房合歡之禮！小樂下去了！」

皓禎到了床前，定睛一看，忽然放聲大叫。

「不得了！不得了！」

蘭馨大驚，也顧不得害羞了，急忙抬頭看皓禎。皓禎氣呼呼喊著：

「那些宮女到哪兒去了？趕快進來，通通進來！」

崔諭娘帶著宮女們趕緊奔入。皓禎指著蘭馨，斥責著：

「公主的衣服怎麼穿那麼少？受涼了怎麼辦？趕快給公主加衣服！」

崔諭娘啼笑皆非，恭敬的說道：

「駙馬爺，公主正等著您行洞房合歡之禮呢！」

「不管什麼禮，總不能受涼呀！」怒瞪崔諭娘：「妳們會不會侍候公主？」

「是是是！奴婢該死！」崔諭娘俯向蘭馨，求救的問：「怎麼辦？」

「妳們都出去吧！」蘭馨低語。

崔諭娘就彎著身子倒退，揮手要眾宮女出房。大家才退了一半，就看到皓禎拿起床上的錦被，自言自語：

「這個禮那個禮就是折騰本公子！穿這麼少，累了一整天，還有什麼合歡之禮？用錦被包緊一點才是重要！那些宮女諭娘都是廢物！」

皓禎一面嘰咕，一面就飛快的用錦被把蘭馨包住，手腳俐落的幾下，已經把蘭馨包得像一顆三角形直立的粽子，頭露在錦被之外，錦被的一角豎在頭後面。

皓禎就對蘭馨說道：

「好好坐在這兒，妳像個粽子菩薩！很莊嚴很神聖的菩薩！別亂動壞了形象……妳那些沒用的宮女，什麼都要我做，害我手忙腳亂，現在頭昏腦脹，我必須去睡覺了！」

皓禎說完，就大步衝出新房去了。

剩下包成粽子般的蘭馨，在崔諭娘和眾宮女驚訝的注視下，哭笑不得。

❀

皓禎溜出公主院的洞房以後，就直奔將軍府的馬廄，牽出他那匹「追風」，他還穿著新房裡那身服裝，就想從後門溜出去。小樂尾隨而來，死命拉住皓禎的衣袖，輕聲喊：

「公子，你洞房合歡之禮還沒完成，這半夜三更，你要到哪兒去？」

皓禎低語：「你別吵醒家裡的人，我要去找吟霜！」

「噓！」

「今晚是公子和公主的新婚之夜，你怎麼能去找吟霜姑娘呢？」小樂大驚。

「噓！」皓禎又噓著他，堅定的說：「你知道，現在就算有一千匹馬拉著我，有一萬把刀擱在我脖子上，我都要去找吟霜，沒人能阻擋我！你如果貼心，就去我房裡，把棉被包成一團放在床上，守在房間門口，不要讓人進去，有人來，就說我大醉特醉睡著了，知道嗎？」

「可是，現在外面烏漆抹黑的，你要騎馬走夜路，又喝了這麼多酒，萬一摔了怎麼辦？如果公主那邊，要找公子怎麼辦？」

正說著，魯超牽了另外一匹馬出來，對小樂說道：

「小樂！你聽公子的，去守在公子房門口！至於公子這趟夜行，就交給我吧！」

皓禎已經上馬，魯超也急忙上馬。

小樂只好悄悄溜回將軍府，把後門關好。

❖

雖然夜深了，吟霜還沒睡。她正在燈下，拿著皓禎送她的玉佩，心碎神傷的看著。如果說，她不曾因今天是皓禎大喜的日子而難過，她就是虛偽的！黃昏時，她目睹了那婚禮的場面，接觸了皓禎和她的四目相對。她以為自己是很堅強的，才會帶著香綺到長安大街上去觀看，畢竟，這是皓禎的婚禮！可是，和皓禎眼神接觸的剎那間，她就心碎了！回到鄉間小

屋，她也沒吃晚膳。看著窗外月光，想著他！看著玉佩，想著他！看著燈火，想著他！看著自己手臂上的傷痕，想著他……此時此刻，他應該正和公主洞房吧！這是皓禎應盡的義務和責任，她早有準備，但是，她為何如此心痛呢？

「梅花在這兒，梅花樹呢？」她在自言自語。

忽然間，門外一陣馬蹄雜沓，皓禎那酒意未消的聲音，就大喊大叫的傳來……

「吟霜！吟霜！我來了！」

怎麼可能？吟霜的心怦怦跳著，立刻起身，奔向大門，一陣乒乒乓乓，房門打開，吟霜衝到房門口來。她的身後，跟著睡眼惺忪的香綺和常媽。常媽睜大了眼……

「公子，魯超？不是我老太婆眼睛花了吧？」

「公子！您怎麼來了？今天不是您大喜的日子嗎？」香綺驚喊。

吟霜不敢相信的看著皓禎，兩人的目光再度交纏。皓禎就翻身下馬。

「你真的來了？不顧一切的來了？」吟霜顫聲問。

「今天在大街上，我對某人說了今晚會來！我不能失信！」皓禎振振有詞。

吟霜身不由己的迎上前去，含淚驚喊：

「你一定發瘋了！你喝醉了嗎？大家怎麼會放你出來？」

魯超下下馬，拉著皓禎的馬去馬廄，說道……

「公子說，就算有一千匹馬拉著他，有一萬把刀擱在他脖子上，他都要來找吟霜姑娘！現在小樂在家裡隨機應變，明天是什麼狀況，大概公子也不管了！」

吟霜眼圈漲紅，淚水盈眶，撐著歪歪倒倒的皓禎進房去。

兩人一進臥房，皓禎就熱情奔放的把吟霜摟在懷裡。吟霜掙扎了一下，就不由自主的依偎著他，把面孔埋在他那厚實的胸前。半晌，皓禎用手托起她的下巴，凝視著她。

「不許哭！」

「是！」吟霜順從的說著，慌忙用袖子擦眼淚。

皓禎就回頭對外胡亂的大喊：

「常媽！香綺！我要紅緞帶，紅絲帶，紅繩子，紅纓帶，紅綢帶……不管紅色的什麼帶子，都給我拿來！快快快！」

吟霜驚奇的看著他：

「你這時候要紅緞帶做什麼？你醉了！我去給你弄個醒酒的藥！你一定醉得糊塗了，才會跑到這兒來，想到你明天會面對的情況，我都幫你捏把冷汗！」說著就要走。

皓禎一把攬住她。

「別走！我好不容易來了，妳一刻也不能離開我！我們上次結婚太匆忙，忘了有個『解纓結髮之禮』，妳要把頭髮用紅纓繫著，我親手解開才行！」

吟霜簡直不知道該說什麼好，只是淚汪汪的看著他，半晌，才輕聲說：

「那天不是忘了，只是臨時來不及準備，我也覺得這些禮數都用不著，有心就夠了！那麼……」就小小聲的問：「你今晚幫……新娘『解縷』了？」

皓禎一瞪眼，氣呼呼說：

「沒幫妳做的事，怎麼幫她做？這個『解縷結髮之禮』我也不懂，如果關係到『永結同心』，那一定要幫妳解！」就又亂喊一通：「香綺！妳們聽到了嗎？紅緞帶！紅絲帶！紅花！紅繩子，紅流蘇……」

吟霜急忙也對外喊：

「香綺！別理他！妳們都睡覺吧！他醉了！」再看向皓禎，請求的說道：「改天再行解縷結髮之禮行嗎？半夜三更，別吵她們吧！」

皓禎就醉醺醺的握著吟霜的手，重重說道：

「今天是我大喜的日子！我說過，我的新娘只有一個！不管什麼禮，應該都是屬於妳的禮！我，就是老天送給妳的禮！妳，也是老天送給我的禮！」

「是！是！」吟霜輕聲應著，看了他一會兒，就把頭偎在他的肩頭，臉頰靠著他的臉頰，抬眼看著窗外的夜空。她就對著夜空，低聲喊道：

「爹！娘！你們在天之靈保佑我，也見證我這一片心！風霜雨露我都不怕，名分地位也

86

不在乎，我只要和皓禎相守，只要和他在一起！」

窗外的夜空中，許多星星閃爍著，似乎每顆星星，都在見證著這對人兒的愛意。

25

天濛濛亮，小樂坐在皓禎臥室門口的地上打瞌睡。皓禎已把他的新郎服換下，包著小包裹拎在手裡，他穿著一身不起眼的便服，在魯超掩護下，用輕功潛入將軍府，再人不知鬼不覺的悄悄出現在房門口，捏了捏小樂的耳朵。小樂驚跳起來，半睡半醒的喊：

「公子醉了，還在睡！還在睡！不能打擾！」

「公子回來啦！趕快讓我溜進門去！」皓禎急忙低聲道。

小樂這才拍著胸口，站起身，四面看看，讓開身子打開門，皓禎一閃入房。小樂跟進去，立刻關上房門。皓禎把包袱拋給小樂，吩咐著：

「這是那件新郎禮服，你收著，說不定進宮時還要用！」

小樂接過包袱，哭喪著臉，害怕的說道：

「公子！你準會害小樂一命歸天的！」

皓禎給了他腦袋上一巴掌。

「會不會說點好話？」再低聲問：「沒事嗎？有人找我嗎？公主那邊……」

「那邊安安靜靜的……」小樂也低聲回答：「嫁過來第一晚也不好意思說什麼吧！公子昨晚是過關了！」

「那就好，我要睡了！」皓禎解著衣扣，脫下便服。

「現在睡什麼睡？今天公子要陪同全家去見公主，然後有很多人要來賀喜！公子一定還沒用早膳，用完早膳還有一堆禮節呢！」

「吟霜強迫我喝了醒酒藥，酒醒了哪還睡得著！跟吟霜談了一夜都沒睡，現在真的睏了，必須休息一下！」說著，就倒上床。

「公子，以後還有很多很多天，日子長得很呢！」小樂擔憂的說：「公子的『洞房合歡之禮』是賴不掉的。今晚……」對皓禎拜道：「拜託公子別再出花樣，就跟公主馬馬虎虎合歡一下吧！」

皓禎又打了他腦袋一下。

「什麼馬馬虎虎合歡一下？你這小廝懂什麼？這是很嚴重的事，是不能馬馬虎虎的事！我不會跟公主合歡的，你別說了！」就拉開棉被，蒙頭大睡。

「啊？那公子每晚都要賴啊？那我小樂慘了！」

皓禎翻身向著床內，真的倦極入睡了。

大概只睡了一個時辰，他就被小樂拉起床，一疊連聲的催促著：

「公子，趕快梳洗！也不能用早膳了，大將軍和夫人都等著公子，你假裝是從公主院出來，去接將軍、夫人、二夫人、二公子沒在公主院過夜，大家都不知道，你假裝是從公主院出來，去接將軍、夫人、二夫人、二公子的，公子明白了嗎？」

「明白了明白了！」皓禎一面穿上吉服，一面打哈欠。

接著，皓禎就陪著不知情的柏凱、雪如、翩翩、皓祥，一起走進公主院大廳。

蘭馨盛裝，已在宮女們簇擁下等待著。

「公主，將軍府太簡陋了，委屈了公主，不知昨晚睡得可好？」柏凱問。

「大將軍別客氣！」蘭馨瀟灑的回答：「應該是我去你們那邊見公婆的吧？說真的，不管是民間禮儀還是宮中禮儀，本公主都弄不清楚！」

雪如誠摯的笑著說道：

「莫尚宮過來好幾次，告訴我們禮儀規矩。我們袁家，第一次有人當駙馬，也是什麼都不懂，有欠缺之處，還請公主包涵。」

「夫人不要跟蘭馨客套，本公主一向不會客套。」蘭馨大方的說：「既然嫁過來了，就是一家人了。」

一個個的看著眾人：「皓祥我在宮裡見過的，」看翩翩：「這位是……」

翩翩急忙說道：

「我是皓祥的娘！大將軍的二夫人！公主缺什麼，有任何需要，就讓崔諭娘找我吧！在這家裡，我是大事小事，通通要管的那種人！」

「那妳就是一家總管囉！崔諭娘，記住了！」蘭馨吩咐。

「是！」崔諭娘應著。

皓禎聽著這些談話，感到百無聊賴，又沒睡夠，悄悄打了個哈欠。

蘭馨就看著皓禎，似笑非笑的說道：

「駙馬爺，昨晚本公主是『粽子菩薩』，今晚請駙馬清清醒醒來這兒，別再喝太多酒！蘭馨不會跟你打馬虎眼，有什麼說什麼。」看柏凱和雪如：「公公婆婆也監督他，別讓他喝醉，要管著他一點。」

「粽子菩薩是什麼？」柏凱有點糊塗的問：

宮女們偷笑著。崔諭娘一臉尷尬，蘭馨眼裡閃著一絲絲警告的意味。雪如一驚，也不知昨晚怎樣，趕緊回答：

「公主！今晚客人鬧酒，一定不讓他多喝，昨晚都是那位大理寺丞方漢陽，拉著皓禎喝，一定喝多了！今晚不會不會！」

皓祥挑著眉毛，看好戲似的說道：

「那可不一定！除非寄南不來，如果寄南來，還是會喝的！」

皓禎聽得不耐煩了，心裡翻騰著對這個婚事的不滿，哪有這樣點不醒、一廂情願的公主，害他辜負了深愛的吟霜！看著蘭馨，他眉頭一皺說道：

「蘭馨！如果我想喝酒，那是我的事！喝醉了，也是我的事！在我家，我爹最大，我娘第二，我輪第三！妳進了門，就算是公主，不要對我娘發號施令，更不可對我爹不敬，也別管我喝酒的事！」

蘭馨似笑非笑的看著皓禎問：

「駙馬這篇訓話，是給我下馬威嗎？」

「還沒呢！妳剛進門，先讓妳三天！」皓禎板著臉說。

「你知道嗎？本公主就欣賞你這股霸氣！記得你跟寄南進宮來找我，把我捧了十幾個勛斗，本公主就栽在你的武功和霸氣下，這才選了你！」

柏凱、雪如等人驚愕的看著皓禎。崔諭娘瞪大眼睛，宮女們個個訝異。翩翩和皓祥彼此互看，不知道皓禎在做什麼。

蘭馨被皓禎的氣勢鎮住了，略略呆了呆，就忍不住噗哧一笑，對皓禎說道：

「你知道嗎？本公主就欣賞你這股霸氣！記得你跟寄南進宮來找我，把我捧了十幾個勛斗，本公主就栽在你的武功和霸氣下，這才選了你！」

皓禎怔住了，心裡懊惱，原來如此！他對自己生氣，決定再說清楚一點：

「還有，把妳那個開口閉口的『本公主』改一改，用蘭馨或者是『我』字就可以了！稱

呼也改一改！」就一個個攤著手介紹：「這是爹，這是娘，這是二娘，這是皓祥，我的名字

不叫駙馬，叫皓禎！知道了嗎？」

蘭馨一笑，心情良好的、清脆的回答：

「知道了！」就對柏凱雪如說道：「爹娘多指教！」

眾人全部一愣一愣了，就連皓禎也愣了。

❖

正當皓禎全力應付他那不情不願的駙馬身分時，宰相府裡的右宰相方世廷，也決定開始

「管束」寄南和靈兒。

他把兩人叫進了書房。隔著一張書桌，世廷坐在坐榻裡，寄南和靈兒不情不願的站在書

桌前。世廷看著他倆，滿眼矛盾為難之色。漢陽在一邊陪著。雙方對看了半晌，世廷才清清

喉嚨，凝視寄南說道：

「皇上讓本官管束你，是對本官的信任，也是本官的榮幸，但是，你是不是能配合本官

呢？」

寄南眼睛頓時一亮，擊掌說道：

「配合？宰相這配合兩個字就說對了！只要本王在貴府打擾幾天，宰相大人您就對皇上

93

覆命，說我那個病被管束好了！我也配合著說，以後只愛美人，不再斷袖，您想皇上那麼忙，還會追究嗎？哈哈！這樣就兩全其美啦！」

「那麼，你是不是真的就不再斷袖了呢？」世廷眼睛一瞪問。

「宰相大人何必強人所難？」寄南笑著說：「如果本王捨得裴兒，就把他送給吐蕃王子了！」

「看了靈兒一眼：「就是捨不得嘛！宰相不是我和裴兒這種人，不知其中滋味！本王對裴兒，也是情深義重的！」突然瞪著世廷說：「對了，宰相不是寫過忠孝仁義論嗎？」臉色一正：「本王就是忠孝仁義的擁護者，拋下裴兒，就是不義！」

世廷臉色跟著寄南的歪理變化著，問道：

「這麼說，靖威王是要本宰相和你一起去欺騙皇上？你難道不知欺君大罪是要砍頭的嗎？」

「方宰相！皇上忠厚仁慈，他不會動不動就要砍人腦袋！」寄南正色說道：「那些被冤枉砍掉腦袋的人，都是被皇上身邊那些掌權的大臣給陷害的！這些掌權大臣，才犯了欺君之罪！至於本王的斷袖，何足掛齒？」

「掌權大臣，也包括本宰相嗎？」世廷臉色一變，聲音提高了…

「怎敢怎敢？」寄南賠笑：「也不是個個掌權大臣，都陽奉陰違！但是，宰相您心裡大

概也有數吧？誰是忠臣，誰是奸臣？」眼光突然銳利起來⋯「您身居右宰相，是皇上最信任的人，要睜大眼睛，幫皇上除害，那才是忠孝仁義！」

漢陽再也聽不下去，挺身而出⋯

「寄南！你不要太囂張，今天是我爹在管束你，不是你在這兒對我爹訓話！為了掩飾你自己的毛病，你居然扯出忠孝仁義、忠臣奸臣的，太過分了！如果你繼續指桑罵槐，侮辱我爹，我不會坐視不理的！」

寄南轉向漢陽⋯

「哎呀哎呀，我說漢陽，不要太認真，本王真的沒有不敬之意！有感而發的說了幾句真心話而已！」忽然深思的看著漢陽，語氣一變⋯「你聽過街頭的歌謠嗎？」就唸道⋯「兔子好欺負，帽子壓頭顱，左邊有豺狼，右邊有惡犬，言之鑿鑿誰在乎？」盯著漢陽⋯「聽過嗎？這是『冤獄』兩個字！你現在官拜大理寺丞，慎之慎之！」

漢陽啼笑皆非，瞪著寄南說⋯

「你教了我爹怎樣做宰相，現在輪到教我怎樣做大理寺丞嗎？這『左有豺狼，右有惡犬』，是指左右宰相嗎？」

世廷大怒，一拍桌子喊⋯

「放肆！大膽！」

寄南急忙接口：

「不是不是！怎麼你們父子總是想歪呢？這是街上的歌謠，就是拆字編字謎，做得也粗糙，沒什麼學問，聽聽就好了！你們整天上朝廷住宰相府，聽不到老百姓的聲音，我聽得多，唸給你們聽聽罷了！還有其他的……」

「算了！別唸！」漢陽趕緊阻止。

靈兒見氣氛不佳，也聽不懂寄南那些兔子帽子的，趕緊上來，笑著插嘴：

「大人別生氣，我家王爺的『斷袖病』，跟他講道理是沒用的啦！你們說的那些話根本救不了我們的病！因為感情這東西，說來就來誰也擋不了，就像我們家王爺喜歡吃瘦肉，五花肉絕對看不上眼，我現在就是他的瘦肉！」

寄南趕緊嘻笑著，和靈兒默契的一搭一唱：

「哈哈哈！這比喻太妙了！」胳臂搭著靈兒的肩膀，眼睛睨視著靈兒說：「妳就是我最愛吃的瘦肉！」

世廷被寄南刺激了，又看到兩人不可救藥狀，看向漢陽，大聲說道：

「漢陽，這兩個頭痛的人物就交給你了，那個病你去治！我出門去了，大理寺那邊，我會幫你打點！」瞪著寄南和靈兒，搖頭自語：「皇上啊皇上，這個『管束』，微臣恐怕要繳白卷了！」說完，憂心忡忡的離開書房。

漢陽責備的看著靈兒寄南說：

「你們就不能正經一點嗎？非要氣了我娘，再惹惱我爹嗎？還挾槍帶棒，把我也訓一頓？」

靈兒和寄南對視竊笑。兩人退出了書房，你看我，我看你。

「這管束還好！」靈兒說：「課上完了吧？我們現在是去皓禎那兒呢？還是去吟霜那兒呢？」

「唉！」寄南嘆氣：「皓禎那兒的熱鬧，我們湊不上，吟霜那兒的悲傷，我們幫不上……」

✿

忽然關心的想道：「太子那兒，不知道是否平靜？」

太子那兒，是不可能平靜的。皓禎大婚第二天，伍震榮就帶著手下，直接到了太子府。太子正在書房看左右春坊呈上來的奏書，聽到伍震榮親自來到，就在書房內接見了他。太子心中有數，闔上奏書，抬頭看著他，開門見山的問：

「榮王來到太子府，難道是為了樂蓉公主和項麒駙馬的事情而來？」

伍震榮眼神凌厲帶著威脅直視著太子，說道：

「太子最近對朝廷百姓，真是處處關心！小小一些賣官傳聞，也能驚動太子親自查辦！既然太子這麼關心朝廷百姓，那麼，不知太子敢不敢辦戶部太府寺的財政弊案？那才是動搖國本

的大事，太子可知道？」

太子一驚起立，看著震榮，銳利的問：

「太府寺可是朝廷的大掌櫃，憑你左宰相在朝廷的勢力，怎麼會讓動搖國本的事情發生？這是不是說明，宰相你失職了？」

「是！這點老臣無可否認，責無旁貸，但力不從心的原因是一句話，為了皇室的安寧，多有顧忌，不敢行動。」伍震榮居然承認了。

太子匪夷所思，看著伍震榮。這老賊在玩什麼花樣？

「榮王，你今天真是太詭異了，平常八面威風的，居然還有你顧忌的事情？你說為了皇室安寧，莫非動搖國本的關鍵，就在我們皇宮裡？」

「太子天資聰穎，智慧過人，老臣就算說破了嘴，太子也未必會相信三分。或許唯有太子親自到太府寺查證，眼見為憑，才知道如何挽救我大天朝的國庫危機！」伍震榮注視著太子，眼光中充滿挑戰的意味。

太子思索著，心想：「這老奸巨猾的狐狸，從不讓我干涉太府寺的財政，今天居然要我去查帳？但不管他在搞什麼名堂，先入虎穴再說。」

「既然榮王如此憂國憂民，本太子就去太府寺一探究竟！」太子自信堅毅的說道，忽然想起什麼，一愣說：「太府寺的出納使不是義王和孝王嗎？」

「正是！」伍震榮看著太子，銳利的問：「怎麼？義王是太子的皇叔呢！太子有忌諱嗎？」

太子臉色一正，大聲說：

「忌諱？本太子什麼忌諱都沒有！」

伍震榮不懷好意的笑了。

❖

太子不敢耽誤，真的進了太府寺，甚至沒有跟寄南和皓禎商量。在太府寺大廳，伍震榮和方世廷帶著太府寺官員，都在大廳恭迎。方世廷望望大門，不滿的說：

「這都什麼時辰了，義王和孝王居然還沒出現？」

伍震榮掌控全局的對官員說話：

「從今往後，太府寺裡各科的監察都必須配合太子的視察。太子若有疑問，各員絕對要對太子知無不言，言無不盡，盡快幫助太子對財政方面入手。現在就請各監將最近五年的帳冊送到為太子準備的書房。」他對太子有禮的說：「本王帶路，太子有請！」

就在這時，義王和孝王匆匆趕到大廳。兩人立刻行禮：

「臣叩見太子，太子金安！」

「皇叔快起，免禮！」太子謙和的說。

「今天太子第一天到太府寺，臣等不克迎接，還請太子原諒！」義王說。

「太子這麼重要的事情，您二位怎能遲到了呢？」方世廷不解的問。

「請太子原諒！」孝王說：「因為聽說忠王突然病倒了，臣與義王就先去探望他，所以時辰耽誤了⋯」

「忠王生病了？嚴不嚴重？有沒有派宮裡的太醫去診治呢？」太子關切。

伍震榮和方世廷彼此互視，頗為不屑。

「請太子放心，太醫看過了也開了藥，我們離開的時候，他老人家睡下了。現在太子正事要緊，我們快進去向太子稟報財政。」義王說。

孝王急忙對伍震榮和方世廷說道：

「兩位宰相辛苦了，太府寺由我和義王來侍候太子即可，二位要是忙的話，可以先去忙了。」

「不急、不忙！太子重要，我們可以多陪一會兒！」伍震榮和顏悅色說。

「我們先到書房去吧！」方世廷接口。

❖

寬闊的書房裡，一張長直形的大桌子擺在屋子中央，官員們將一卷卷的文卷和帳冊，一綑綑的放到大書桌上。太子立刻展開工作，在書房一隅的書桌前，檢視著帳目，義王和孝王分立兩側指導著太子。伍震榮和方世廷指揮官員進進出出，不停的搬運文卷進書房。伍震榮

隨手翻翻一卷帳冊說：

「這帳目都是人做出來的，有人就必有假帳，這真真假假，還得明鑑秋毫才能看出端倪，太子，你可要細細核實呀！」

「若說明鑑秋毫，還有人比得上榮王嗎？」義王接口，看著那些不斷搬進來的帳冊吃驚著，難道伍震榮要太子累死嗎？這些帳冊如何核實起？就直率的說道：「如果從朝廷起草目開始就是爛帳一筆，那假帳也就變成真了。」

太子一怔，看向伍震榮：

「爛帳？莫非起草開始就是浮報了嗎？」

伍震榮臉色鐵青，怒視義王一眼，故作鎮定，嘴角淡淡的一抹邪笑。

「說朝廷起草爛帳可要有憑有據啊！」方世廷接口：「義王是皇上的胞弟，講話自然灑脫，但可不能誣衊了正直守法的官員。」

「數字可以假，貨物可假不了，貨物還得需要和數字相符！」孝王拿起帳冊說：「太子，先不論過去財務的進出情況，但你必須先知道，咱們國庫現在有多少存量。走！到庫房盤點，即可一探真假。」

於是，義王、孝王帶著太子伍震榮、方世廷又到各個庫房盤點，官員手拿著筆墨跟隨著太子記錄。他們先去了金庫，太子認真的核實著裡面堆滿各式寶物、金塊、元寶、銅幣……

等。一時之間，也核實不完，就被伍震榮和方世廷帶進了酒窖，義王、孝王倒著小杯酒給太子和伍震榮、方世廷品嚐。

孝王對太子解釋：

「這酒越醇越香，但和醬料一樣，壞掉的也有，所以偶而還是要檢查品質，壞了的東西要丟棄，帳目就必須出帳做報廢。」

太子品酒，拿起筆認真的標記。

然後到了麵粉庫房，剛好遇到出貨，僕役進進出出搬運麵粉，好生熱鬧。太子一看，立即捲起衣袖，上前幫忙搬運麵粉上馬車。義王、孝王只好也出手跟著搬。方世廷見太子爬上馬車推貨，阻止喊著：

「太子，快下來，這事情不適合你出手，這樣太失禮統了！」

伍震榮威嚴的喊著僕役：

「不准讓太子動手！」抬頭向太子喊著：「太子請快下來！」

太子用衣袖擦汗，結果麵粉沾上了臉。他熱心的說：

「這些都是要運給宮裡用的，本太子出點力也應該！」就對伍震榮、方世廷命令道：

「你們別光是站著，也幫個忙呀！」

伍震榮和方世廷傻眼，不好抗拒，只好硬著頭皮也上前幫忙搬麵粉。

太子站在馬車上的高處，沒抓好有破洞的麵粉袋，突然麵粉四散從馬車上撒下，無巧不巧，全部灑在馬車下的伍震榮和方世廷身上。兩位宰相措手不及，已經滿頭、滿臉麵粉，又是噴嚏又是咳嗽，眼睛也睜不開了，狼狽不堪。太府寺的隨從官員，全部憋著笑。太子卻吃驚的喊：

「這麵粉袋居然有破洞！是不是老鼠咬過？老鼠會把疫病帶進宮，此事重大！記下來，立即檢查庫房有沒有老鼠？為何袋子有破洞？兩位宰相也得監督著，有時小事會闖大禍！」

「是是是！」孝王一疊連聲說，交待著官員：「仔細檢查！」

「太子教訓得是！」世廷只好抹去臉上麵粉說：「任何小事，都不能馬虎，是臣等失職了！」

伍震榮按捺下心中怒氣，拍掉身上的麵粉，正色說道：「現在，我們就跳掉其他庫房，直接去鑄金房吧！」

「這兒還有鑄金房？」太子詫異的問。

⁂

走進鑄金房，讓太子大開眼界。只見房內忙忙碌碌，僕役官員鑄金監川流不息，房內熱氣撲面。一口陶製的大黑鍋傾斜著，裡面的熔液咕嘟咕嘟響，從鍋口中流下滾燙的液態黃

金，流進下面的容器裡。這流動的液態黃金，像一條金色的瀑布，也像一條火龍。四周還有許多小金液飛濺，像是金色的焰火，甚是壯觀。無數僕役們半裸著，在高溫下汗流浹背，匆匆忙忙的鏟著煤，在大黑鍋下面的火爐裡添煤。太子從未見過這等場面，驚奇無比，喊道：

「原來金元寶金器是這樣鑄造出來的！」

鑄金監見太子等人進房，趕緊上來行禮。

「不知太子駕到，這兒工作忙碌，大家無法停工前來行禮，請太子見諒！」

「你們忙你們的！我見識見識，也長知識！千萬不要多禮！」太子說道。

伍震榮也急忙說道：

「鑄金不能停！讓本王幫太子解釋吧！這邊請！」

義王看著飛濺的金液，對鑄金監鄭重交待：

「注意那些濺開的金液，都要收集起來，流掉的更要小心……」

太子好奇的走到大黑鍋旁邊，察看究竟，說道：

「這口黑鍋也太厲害了，不知道這融化的金子有多燙？居然裡面能夠承受火熱的金液，底下還要承受烈火的燃燒！這金子，還真是『真金不怕火煉』啊！」

太子說著，已經很靠近黑鍋的鍋嘴，專注看著那流出的金液，如何正確的流進容器裡。

那容器有一個掌控的僕役，扶著鍋柄，控制方向。這個工作一定須要很大的體力，太子心

想。忽然間，鍋子一歪，鍋嘴竟然偏向太子，金液立刻飛向太子，火熱的流金四濺，都撲向太子而來。

義王、孝王、震榮、世廷和官員等都脫口驚呼：

「太子小心！」

事發倉卒，太子眼見金液與飛濺的液態金屑撲面而來，立馬一式「黑雄翻背」緊急跳躍後翻，撞倒了一排送煤燒火的僕役，僕役像骨牌般往後跌成一團，許多都被液態金子濺到，燙得哎喲哎喲亂叫。太子也被燙到，摔著手，卻見金液像一條河流，流向僕役，大驚嚷道：

「大家閃開！大家閃開！」

除了那條金色河流，還有很多液態的碎金，飛濺著往僕役身上灑去。

太子顧不得自己了，救這些僕役要緊！他隨手抓了一個陶盤，就奮力擋著金液，試圖把金液引向安全的方向。看到金液真的轉向了，他趕緊丟掉陶盤，飛躍過去，把那些僕役從地上拉起，一個個拋向安全地帶，自己手上都被燙傷，金液又流了過來，燃起了太子衣服下襬。孝王大喊：

「水！趕快拿水來！救太子呀！」

義王找來一盆水，就潑向太子的衣服下襬。

太子跳到安全地帶，身手靈活的就地一滾，撲滅了身上的火。抬頭一看，金液依舊歪斜

的從鍋嘴中流出，眼看又要傷人，太子緊張喊道：

「快扶住那口黑鍋！」又一躍上了架子，推開掌控黑鍋的僕役，用力把黑鍋扶正，急

呼：「快快快！義王！孝王！榮王……你們趕快檢查那些運煤的兄弟，看看有多少人受傷？

這個鑄金房，也太危險了！」

被點名的伍震榮、義王、孝王都趕緊去檢查僕役。

義王心痛太子，喊道：

「太子！你的傷勢如何？」又急喊：「趕快傳太醫！傳太醫！」

太子忍著痛，仍然牢牢的扶著大黑鍋的柄。雖然是第一次操控這大黑鍋，卻正確的讓金

液流向容器。他手裡忙著，嘴裡喊著：

「宣太醫也對！讓太醫趕快來，治療一下這些受傷的兄弟們！」

僕役們太感動了，被太子親手相救，還被太子稱為「兄弟們」，頓時感動得落淚，七嘴

八舌喊道：

「先救太子！先救太子！」

「太子忙著救小的們，肯定受傷了！」

「小的們皮厚，經常被燙到，沒關係的，先救太子！」

然後，全部匯合成一句驚天動地的喊聲：

「先救太子！先救太子！先救太子……」

一片「先救太子」聲，驚動了整個太府寺，其他官員們也急忙來看太子。

鑄金房內亂成一片。

伍震榮和方世廷彼此交換著視線，兩人都有些驚怔。怎麼會弄成這樣？

26

方世廷急急沖沖走進宰相府的花園，只見漢陽陪著寄南和靈兒，迎面而來。世廷滿臉著急，懊惱的說：

「這個太子也太粗心了！看到那口鑄金鍋，不躲得遠遠的，還跑過去察看究竟！現在被燙傷了！如果皇上追究起來，就算榮王和本宰相，都得進宮請罪！」

漢陽等三人大驚失色。寄南驚呼⋯

「什麼？太子被燙傷了？被什麼燙傷了？」

「鑄金鍋？難道太子去了太府寺？」漢陽疑惑的看著世廷問⋯「太子怎會去太府寺呢？」

「別管他怎麼去的，燙傷得嚴重嗎？」靈兒著急的喊⋯「哪兒燙傷了？千萬別燙傷臉，

太子長得英俊，如果臉毀了，就糟大糕了！」

寄南打了靈兒的頭⋯

「妳這口沒遮攔的笨小斯，會不會說話？」

「太子是去太府寺調查什麼弊端嗎？」漢陽卻固執的問世廷。

世廷挺著背脊往屋內走去，邊走邊說：

「太子最近活動多得很，動作也很大！榮王說，太府寺遲早是下個目標，不如請太子先去視察！」

寄南衝口而出：

「這進去一視察，就被燙傷了？」

世廷收住步子，銳利的看著寄南，板著臉問：

「你這話是什麼意思？燙傷是意外！難道你以為他被陷害了？當心『禍從口出』！」

「我才不怕禍從口出！」寄南氣急敗壞的說：「我只怕太子會被你們那個太府寺生吞活剝！陷進水深火熱裡，明天可能就是水！」

漢陽看世廷臉色鐵青，急忙打斷寄南，說道：

「寶王爺！你和太子情如手足，這會兒還不趕快去太子府探視一下？」

寄南被提醒了，與其在這兒和方世廷吵架，不如直接去看太子！就十萬火急的喊：

「喪兒！趕快跟我去太子府！」說著，往門外就走。靈兒跟著向大門外跑。

漢陽看著兩人的背影，再看看父親走進屋內的背影，眉頭深鎖的深思著。在花園一隅

的綠蔭深處，采文靜悄悄的站在那兒，目睹了這一幕。她哀嘆了一聲，轉身走進了她的避難所，她心靈的歸依處──方家祠堂。

❖

寄南帶著靈兒，騎著快馬，幾乎是用衝鋒陷陣的速度，趕到了太子府。在花園裡，就撞到正在徘徊深思的太子身上，寄南一見到他，就著急的喊：

「你居然在鑄金房被燙傷？太子，你要急死本王嗎？這個絕對有詐！一定有詐！以前拚死了也不讓太子過問太府寺的事情，現在八成是想報復你！而你居然中計！也不派鄧勇來找我，讓我這個有勇有謀的兄弟幫你拿個主意！」

太子雙手都包紮著，拚命對寄南使眼色，低語：

「別嚷嚷好不好？不過是一點點燙傷而已，不礙事！」

靈兒衝口而出：

「怎麼不礙事？我聽吟霜說，受傷最痛就是燙傷！太子大人，要不然你去給吟霜治療一下如何？你們那些太醫御醫可能都是些窩囊廢！」

「跟妳說過了，太子是殿下，不是大人！」寄南瞪視靈兒，再看太子…「到底傷得如何？兩隻手都傷了，你要怎麼使劍用劍？」

「你們不要小題大作！」太子看著寄南和靈兒，走到幽僻處，小聲說：「傷是傷了，我

故意包紮得這麼大，讓他們不防我！那左右宰相誘我進鑄金房，說不定想把我鑄成金人，沒想到我逃得快……」

「萬一你不夠快，現在就是金太子了！」靈兒驚嚇的說：「哎呀，我說寶王爺，以後我和你一起當太子的小廝，去那個太府寺當太子的保鏢吧！」

寄南稀奇的看靈兒：

「妳有幾兩重的本事？還能當太子的保鏢？如果妳在那個鑄金房，恐怕已經是金小廝了！何況我們還是被管束的犯人！」

太子搖頭笑道：

「你們這兩個假斷袖，簡直是一對寶！」就對寄南正色說道：「明知有詐，我也得把握這次的機會，進入太府寺，才能查出更多有關國庫的弊端。」

「確實！這個機會真是難逢，太府寺疑案重重，國庫虧空屢見不鮮。伍震榮明明是最大虧空的嫌疑人，他居然要讓你去查他自己？」寄南問。

「依我判斷，他想利用我掩護罪狀，若本太子都查不到他的弊案，那麼也等於幫他洗清在朝廷貪污的嫌疑。」

「真是老謀深算一把手！太子呀！你可要當心，千萬不要中了他的圈套。需要幫手的時候，立刻通知我和皓禎，不能吃虧知道嗎？皇后虧空國庫的應該也不少！現在很多地方災荒

水患都需要救濟，她和樂蓉公主還到處大興土木蓋行宮。太子既然鋌而走險，一定要想辦法阻止。

「放心！」太子篤定的說：「我知道自己的責任，你的叮囑我都放這裡了！」比著胸口。

「皓禎剛剛大婚，我也不好去打擾他！還真不知道，他這個駙馬當得如何？你別為我操心，我比你們年長，自有分寸！你還是多多操心一下皓禎吧！不知怎麼回事，我對他這個婚事，覺得隱憂重重呢！」

「皓禎應該會解決他的問題，我擔心的還是你！」寄南嘀咕。應付女人有什麼難？應付如狼似虎的左右宰相和皇后，才是用性命在賭博！

❖

但寄南確實該擔心皓禎。因為又到了深夜時分，那個洞房合歡之禮還沒解決。蘭馨換了一件更加華麗的寢衣，挽著頭髮，端坐在床上等著。崔諭娘和宮女們都在房裡列隊侍立。終於，門外，小樂和清醒的皓禎大步走來。崔諭娘伸頭一看，急忙跑去對蘭馨說道：

「來了！來了！今晚好像沒喝酒！」

蘭馨微微一笑，趕緊正襟危坐。皓禎進房來，小樂在門口觀望著，悄悄的想退下。皓禎喊道……

「小樂！在門口等著！別跑走了讓我找不到人！」

「是是是！」小樂無奈的應著，拚命對皓禎遞眼色。

「還不上來幫駙馬爺更衣！」崔諭娘趕緊喊道。

這次皓禎也不抗拒了，伸著雙手，讓宮女們幫他換了內褂。蘭馨悄眼偷看，心中竊喜著。換好衣服，宮女們就把皓禎拉到床前，在崔諭娘示意下，一個個退到門外。皓禎看了蘭馨一眼，又大驚小怪的嚷道：

「怎麼還是穿這麼少？」一本正經的說：「妳知道男女授受不親，妳穿這樣成何體統？」

我到底是個男人！

蘭馨抬眼看皓禎，顧不得害羞了，衝口而出：

「什麼男女授受不親？我是你的新娘，你現在該做什麼總知道吧？」

「我該做什麼？」皓禎裝傻：「睡覺吧？可是我會認床，習慣我臥房那張床，睡這兒我肯定睡不著！又怕擠到了妳！」

「那你先上床試試看！」蘭馨咬牙說。

皓禎就要上床，忽然間，摀著肚子彎腰大叫：

「哎喲哎喲，不好！我就說酒席太油了，我肚子痛！」大叫：「小樂，趕快扶我回去，我要如廁！快快快！」

113

小樂衝進房，就去扶著皓禎。崔諭娘帶著宮女也衝進房。崔諭娘不可思議的看著皓禎

說：

「駙馬爺！要如廁就在公主這兒吧！我讓宮女趕緊準備！」

皓禎摀著肚子，怒道：

「胡說八道！我堂堂男子漢，怎能在公主面前如廁？哎喲哎喲，小樂，快走！再不走我

就忍不住了！」

小樂扶著皓禎，就急急出房去了。

蘭馨和崔諭娘，面面相覷著。蘭馨困惑的低問：

「崔諭娘，這是怎麼回事？他不會⋯⋯不會不懂吧？」

「聽說他從來不近女色，那皓祥公子，房裡已經有了兩個收房丫頭青兒翠兒，他一個也

沒有！說不定⋯⋯真不懂！」崔諭娘低語。

「啊？」蘭馨驚愕⋯⋯「這事也不好聲張，再觀望兩天看看！」想想又說：「真不懂也是他

的優點吧！」

「優點？崔諭娘可不敢說，此事太可疑！看公主一廂情願的相信所有詭異的事，她這個身

分是奴婢，名義上是女官的小小諭娘，還是多觀察少說話為妙！

皓禎帶著小樂，回到將軍府自己的臥房，立刻直起身子，肚子也不痛了，如廁也免了，

一切恢復正常。小樂看著他，呼出一口氣來說：

「公子！你這樣過一夜是一夜怎麼辦？你要如廁就去如廁，完事了就去合歡！」說完，搗著耳朵喊：「別扯我耳朵，會被公子扯掉的！」

「反正不能跟她合歡！絕對不能負了吟霜！」皓禎嘟囔著。

「吟霜姑娘不會怪你的！」

「可是，我過不了自己這一關！我沒辦法！」

「哎喲哎喲！上了床，女人都一樣，你就把公主當成吟霜姑娘……」

小樂話沒說完，皓禎追過來就打他，怒形於色喊：

「閉嘴！怎可這樣比喻？簡直侮辱了我對吟霜的感情！你不懂就少開口！不說話沒人會怪你！」

小樂不敢再說話了。

❖

第二天夜裡，紅燭依舊高燒，蘭馨依舊坐在床上等待著。皓禎換了內褂，卻拿著一本佛經，坐在桌前唸經：

「觀自在……照見五蘊皆空，度一切苦厄……

「色不異空，空不異色，色即是空，空即是色……

「諸法空相，不生不滅，不垢不淨，不增不減……

「無色、聲、香、味、觸、法……無無明，亦無無明盡……

「無苦、集、滅、道……」

蘭馨的耐力快磨光了，氣惱的喊：

「皓禎，你過來！」

「不要！」皓禎說：「妳每次穿這麼少的衣服，我看著很不舒服！除非妳把衣服穿整齊，

我們聊天聊到天亮都成！」

「我哪有那麼多話跟你說！」蘭馨生氣了。

「那麼，妳穿好衣服，我們到院子裡練武去！要不然，我就在這兒唸經……」又埋頭在

佛經裡：「色不異空，空不異色，色即是空，空即是色……」

蘭馨氣得牙癢癢，卻無可奈何，這種事，總不能由公主來強制執行吧？

再一晚，小樂扶著大醉的皓禎進房。皓禎站都站不穩，東倒西歪。

蘭馨依舊在床上等待著。小樂喊：

「崔諭娘！崔諭娘！公子大醉，站著就睡著了！怎麼辦？是睡在這兒呢？還是我扶他回

房呢？」

正說著，皓禎作嘔，顯然要嘔吐，小樂急不得了，又喊……

「公子要吐了！是吐在這兒好呢？還是帶出去吐……」自己作主……「還是先帶出去吧！」

扶著皓禎急忙出門去。

再一晚，皓禎還沒換衣服，站在公主房裡苦思對策。蘭馨也不再坐在床上等待，逕自走到皓禎面前來。她緊緊盯著他，有氣的說：

「我不管你是裝傻呢還是真傻，今晚你別想逃！本公主不耐煩了！」

皓禎倒退了一步，戒備的看著她問：

「妳想做什麼？」

「做我們早就該完成的事！這樣吧！你就站著別動，我來侍候你！」

蘭馨就伸手幫皓禎解領子上的扣子。皓禎急叫：

「怕癢也沒辦法，我已經碰了！」蘭馨說。

「我的脖子不能碰！我怕癢，絕對不能碰！」

「我的肩膀也不能碰！」

「不能碰不能碰，哎呀，我的肩膀也不能碰！我警告妳喲，我的胸口也不能碰，妳再碰

皓禎開始笑，一笑就咯咯不停，邊笑邊說：

再碰……」

蘭馨一面解開他的衣服，一面伸手輕觸他的胸口。

「你別害羞，我們已經是夫妻了，夫妻該做的事，一定要完成……」

117

皓禎大叫：

「我說不能碰，不能碰！妳怎麼不聽？哎喲……」

皓禎崩咚一聲，竟然暈倒在地。蘭馨大驚，小樂、崔諭娘、宮女們都奔進房。小樂趕緊去看皓禎，說道：

「公主！他太緊張，暈過去了！」

蘭馨納悶、懊惱、又狐疑的問：

「怎麼會暈過去呢？」

「公主對他做了什麼？公子怕癢，渾身都不能碰！」小樂硬著頭皮說。

「前兩晚宮女們幫他換衣服，他也沒有怕癢，沒有暈倒呀！」蘭馨瞪眼。

「他只對尊貴的人怕癢……」小樂胡謅：「我們這些下人沒關係！公主是公主，就不一樣了！」

說著說著，皓禎悠悠醒轉，小樂趕緊扶起他。皓禎急促的說道：

「快扶我回房！趕快把我的藥熬給我，我不能呼吸了！」

小樂就急忙扶著皓禎出房去。

蘭馨一急，想上前阻止，崔諭娘悄悄拉住了她，低聲說：

「公主別急，這洞房中事，別鬧得人仰馬翻的，實在不好看！奴婢再想辦法，弄明白是

「怎麼回事？」

蘭馨只得按捺著，眼睜睜看著小樂扶著皓禎出門去。

❖

皓禎雖然沒跟蘭馨合歡，可是，也不便溜出將軍府。這樣一夜一夜的挨過去，每個晚上都是煎熬。最痛苦的，是見不到吟霜。應付蘭馨是苦，見不到吟霜是更苦。真是：「有美人兮，見之不忘，一日不見兮，思之如狂」。

這天，皓禎終於找了個機會，一個人都沒帶，快馬來到吟霜這兒。他奔到花圃，不見吟霜，奔進大廳，不見吟霜。奔到臥室，才看到吟霜正在那兒整理藥草。被他的聲音驚動，她從桌前站起身子，驚喜的、兩眼發光的看著他。他一步上前，就把她緊緊擁在懷裡，感覺到她身子更纖瘦了，就心痛起來，一句話都不用問，也知道這些日子她是如何捱過去的！他的頭貼著她的，就在她耳邊深情的低語：

「我沒跟她圓房，我還是完完整整屬於妳的！」

吟霜驚訝的把他推開，睜大眼睛看著他，不敢相信的問：

「什麼？都這麼多天了，你一直沒有跟公主圓房？」

皓禎點點頭，握住吟霜的手。

「每天都想溜來看妳，實在沒辦法，家裡賀客不斷，我一面應付賀客，一面想妳！晚

上又要想盡辦法逃避圓房，真是各種辦法都用盡了！實在太煎熬，這種日子根本不是人過的！」

吟霜怔怔的看著他，一語不發。

「怎麼不說話？怪我太多天沒來？我知道我知道，上次我五天沒來，就就派猛兒來找我，現在妳也不敢讓猛兒出現在我家，只能在這兒等我，妳的煎熬也不會比我少！我都明白的。」

吟霜依舊看著他不說話。

「不要這樣！難得見一次面，別不理我。」皓禎把她拉進懷裡。

吟霜又推開他一些，深深看進他的眼裡。她的眼神嚴重而緊張，開口了……

「皓禎，你對我的心，我都瞭解！可是這件事你做得大錯特錯！你如果對我好，就不要讓我著急擔心！」

「什麼事大錯特錯？」皓禎聽不懂。

「你怎能每晚裝瘋賣傻呢？你要裝到什麼時候？你把公主當成傻瓜嗎？還有公主身邊的諭娘、宮女都是傻瓜嗎？這事如果傳回宮裡，你以為皇后和皇上能夠放過你嗎？你太幼稚了，這樣逃避怎麼是辦法呢？你明明就是要急死我、嚇死我！」

「我答應過妳，我要信守承諾！」皓禎大聲宣告。

「沒有人要你答應我，也沒有人要你信守承諾！你已經娶了她，就要好好待她！那才是一個君子的作法！」吟霜急得快哭了。

皓禎以為，只要告訴吟霜，他沒跟蘭馨圓房，吟霜就不會那麼傷心，就會感動，會安慰，會更加愛他！沒想到吟霜的反應是這樣！他每夜逃避圓房，已經心力交瘁，見不到吟霜，已經度日如年。結果見到了，她居然責怪他不和蘭馨圓房，就「不是君子」！他這一怒非同小可。甩開了她，他恨恨的說：

「如果連妳都不瞭解我為什麼這樣做，那我真是白費心機，自找苦吃！我不想跟妳解釋我的心態，我走就是了！」

皓禎說著，往門口就走。吟霜死命拉住了他，喊著：

「你氣沖沖的回去，不知道又要出什麼事？好不容易來一趟，我才不放你走！」

皓禎站住，回頭看她，沉痛的說：

「我們之中，如果會有任何爭端，都是同樣一個原因！妳太寬大，可以和公主共享一個我！我卻做不到，共享兩個女人！對妳是不忠，對她是不義！忠孝仁義，一直是我做人做事的根本！」

「不不不！」吟霜搖頭：「你這樣對她才是不義！婚姻裡，行房是義務！皓禎，不是我寬大，我也會嫉妒，我也會吃醋！可是，我更怕你遭遇不幸，這樣下去，我知道一定會出問

題！」就哀求的看著他說：「皓禎，為了我的擔心著急，勉為其難吧！」

皓禎凝視她，悲哀的說：

「妳認為我做得到？當我滿心都是妳的時候，我還可以對她有那種舉動？當我看到她穿著薄薄的衣服，坐在那兒等我，我想到的是妳，是妳用哀怨的眼神看我，我對她，就一點慾望都沒有了！妳懂嗎？」

「我懂！」吟霜祈求的說：「那你就把她當成我吧！」

皓禎摔開她，往門外就走，怒沖沖說道：

「妳的話跟小樂一樣，簡直氣死我！」

吟霜呆呆的站著，皓禎衝到門口又站住了，瞬間掉頭，把她再度擁進懷裡，柔聲的說：

「用了好多工夫，連小樂都不能帶，才能溜出來看妳！我不是來跟妳吵架的，妳說的我都明白！我只是管不住我自己，說來說去，都是妳害的！只要我能不想到妳，我大概就可以做到！只要妳不從我心裡冒出來，我大概可以做到？都怪那朵石玉曇！都怪護送祝大人重逢，都怪東市為妳打架，都怪那陣颶風，都怪……妳是梅花我是梅花樹！」

吟霜眼淚掉了下來，心裡翻騰著，痛楚著，感動、擔心、害怕揉合著最深刻的愛，像扭麻花一樣，把她的心絞扭成一團。

27

在皓禎溜去見吟霜的時候，秦媽聽到了一些閒話，困惑的對雪如悄悄說：

「那個公主院的崔諭娘也真奇怪，有什麼事情應該來找夫人您商量，結果她居然跟二夫人說了一些奇奇怪怪的話。」

雪如心裡一震，嚴肅的問：

「崔諭娘和二夫人說些什麼？」

「她告訴二夫人，大公子皓禎……到現在都沒有和蘭馨公主圓房，每天晚上都有各種狀況，各種理由拒絕同床，幾乎天天都不在公主房裡睡覺。」

雪如大驚，怎會這樣？頓時又氣又急，說道：

「皓禎這個孩子，居然這麼對待公主，這……要是傳到皇上那兒去，咱們將軍府不就大難臨頭了嗎？」越想越氣：「妳快去把小樂找過來！皓禎幹什麼事，小樂最清楚，快去把他

「叫過來！」

秦媽還沒動，皓祥的聲音，就大聲的傳來：：

「不必了！小樂我給大娘帶過來了！」

小樂砰的一聲，被皓祥摔到雪如面前。翩翩也跟著踏進門，對小樂吼著：：

「還不跪下！你自己告訴夫人，皓禎為什麼冷落公主？」

小樂跪著，嚇得兩眼發直，驚恐的說：：

「二夫人，小樂真的不知道大公子的事情，小樂什麼都不知道！」

皓祥上前，對著小樂就惡狠狠的踢了一腳：：

「你還裝蒜！你是他的心腹小廝，你還敢說你不知道？」

雪如控制著脾氣，威嚴的喊道：：

「小樂，你好好的老實交代，你要是包庇皓禎，等於害了我們袁家一大家子的人。皓禎

每天晚上不在公主院，到底都到哪裡去了？快從實招來！」

「就在他原來的房裡睡覺，沒有出門！」小樂只得說了。

「已經成親了，怎麼還在自己房裡睡覺？」雪如著急：：「為什麼不在公主房？你還不說？

難道要等大將軍回府，讓大將軍親自來審你嗎？快說！」

小樂腦子不夠用了，不能出賣公子，不能說出真相，就想把問題推給比自己聰明的人，

也沒細想，就說道⋯

「好好！夫人，我說我說⋯⋯大公子他沒跟公主圓房，大概⋯⋯大概寶王爺比較瞭解！」

「什麼？寶寄南？」雪如驚訝。

「寶寄南不是因為行為不檢，有斷袖之癖，被送到宰相府去管束了嗎？」翩翩疑惑不解。

皓祥一想，恍然大悟，這下可找到皓禎的罩門了！就挑著眉毛喊：

「哦！這下我可明白了，」看著雪如和翩翩：「原來皓禎一直不和公主圓房，因為他和寶寄南是同一路的人！也有那個毛病！」

雪如一聽，臉色慘白，立刻心慌意亂，滿腹狐疑。

翩翩逮到機會，怎能不大作文章，拚命點頭說道：

「我就說嘛，皓禎跟寄南也走得太近了！簡直是如膠似漆，形影不離！原來是這回事啊！大姊，皓禎從小就不近女色，妳就該留意了！現在怎麼辦？」

小樂著急，搖著手解釋⋯

「不是的！不是的！大公子不是那種人，不是大家想的那樣，大公子和寶王爺只是好兄弟！」

「是啊！好兄弟！恐怕好得太過分了！」皓祥嘲諷的說。

雪如怒極了，對翩翩和皓祥厲聲一喊⋯

「閉嘴！皓禎的事情，還輪不到你們母子說三道四，你們再胡說八道，我可不饒你們！」

怒瞪小樂，大聲的說：「去把寶寄南給我找來！」

寄南和靈兒忽然被魯超叫到將軍府，魯超也不知道原因。到了將軍府，就被帶進一間偏廳，雪如、皓祥、翩翩都面色凝重的坐著，小樂卻眼淚汪汪的跪在旁邊。兩人感受著屋裡一股肅殺的氣氛，糊糊塗塗的彼此對看。靈兒悄悄的踢踢寄南：

「怎麼回事啊？叫咱們過來將軍府幹嘛？皓禎去哪了？」

「妳問我，我問誰去？」寄南踢回去，不解的望向跪在旁邊的小樂：「發生啥事啊？」

小樂跪在那兒，不敢吭聲，默默的用嘴型對寄南說話，寄南卻看不懂。

雪如深吸了一口氣，打破沉默，嚴重的問道：

「寄南，我今天就跟你打開天窗說亮話。你和皓禎之間，是怎樣的感情？你坦白告訴我吧！」

寄南莫名其妙的回答：

「就是兄弟一樣的感情，還能有什麼其他的感情？」

皓祥在一邊插嘴：

「我代我家大娘問你吧！因為大娘說不出口！我哥和你，是不是也和你跟裘兒一樣？你

們三個都玩在一起嗎？」

靈兒腦筋沒繞過來，看小樂一直求救使眼色，急忙回答：

「是啊！我們三個常常玩在一起！沒錯！」

雪如聞言倒進坐榻裡，如遭雷擊，臉色大變，呻吟著說：

「完了！這下完了！皓禎怎會這樣呢？」

寄南瞬間明白了，張大眼睛。

「哦……你們是說……我和皓禎，也是『那個』？」

「難道不是嗎？」翩翩咄咄逼人的說：「把公主那樣的新娘子冷落著，碰都不碰！原來是因為你！」輕蔑的看看靈兒：「你身邊已經有一位了，難道還不放過我們皓禎？你的胃口可真大呀！」

靈兒憋著氣，忍住，發出「噗！」的一聲，又繼續憋著笑。

寄南滿臉委屈，怒瞪靈兒，心想：

「妳還笑！我簡直跳進黃河都洗不清了！」心裡暗暗叫苦：「皓禎啊皓禎，我真會被你害死了，一個靈兒不夠又要搭上你！」

雪如還抱著一線希望，嚴肅哀懇的看著寄南，問道：

「寄南，你一直不說話，難道是默認了嗎？你真的和皓禎有不正常的關係嗎？」催促著……

「你說話呀！」

寄南一副苦瓜臉，迅速的衡量著目前的局面。萬一吟霜曝光，皓禎不但犯了欺君大罪，整個將軍府都不保！吟霜是祕密，是和「天元通寶」同樣重要的祕密，如果雪如知道了真相，將軍府和皇室都容不下吟霜！他心裡默唸著：

「皓禎，為了保護吟霜，我這好兄弟就做到底了！你也別怨我呀！」想著，就忧忧的對著雪如說道：「伯母，就算我說不是，你們也不會相信，那我只好順應民意，我和皓禎就是你們想的那樣！」

翩翩和皓祥勝利的譁然起來，小樂呆住大喊不是，秦媽叫著天，靈兒又在那兒「噗噗噗」忍笑，寄南瞪大眼不知如何是好……在這各種反應中，雪如接受不了，咕咚一聲，倒地昏倒了。

滿屋子人全部撲向雪如，又喊又叫。秦媽扶著雪如喊：

「夫人，夫人，您醒醒啊！夫人！」向外喊：「袁忠，快找大夫呀！」

小樂急忙跪倒雪如身旁，哭著說：

「夫人，夫人，不是這樣的，不是這樣的！您醒醒啊！」

靈兒不「噗」了，慌亂的問：

「怎麼辦？這承認也不是，不承認也不是，這下會不會鬧出人命啊！」

「伯母！伯母！」寄南嘆氣：「有這麼嚴重嗎？早知道這麼嚴重，我就打死不承認了！」

大家喊的喊，叫的叫，急的急。皓祥和翩翩母子站在一旁幸災樂禍。

靈兒在眾人的慌亂中，一拉寄南的袖子，在他耳邊低語：

「趁亂逃走吧！趕快去找皓禎商量要緊！」

於是，在吟霜那鄉間小屋前，寄南和靈兒找到了皓禎，把經過都說了。皓禎一聽，這還得了？上來就是一招「流星趕月」，一個「上步右撐掌」，追著寄南打，寄南也不敢還手，只是沒命的逃。吟霜面色慘淡，有如大難臨頭。靈兒看到皓禎打寄南，不知道興奮什麼？還在一旁搧風點火，只有幾匹馬兒，悠閒的在旁邊吃草。

皓禎氣急敗壞，追著寄南大罵：

「你什麼不好說，偏偏說這個，什麼斷袖之癖，你讓我這少將軍還要怎麼見人啊！你氣死我！」

「皓禎，你用力打，順便幫我教訓他，老是欺負我這個小廝！」靈兒喊。

寄南對靈兒喊著：

「喂！我床榻都讓妳了，哪裡欺負妳？」一面閃躲皓禎的拳頭，一面對皓禎嚷著：「你也怪我？我不都為了保護你和吟霜嗎？我硬著頭皮承擔一切，我好受嗎？你們想過我的委屈

「沒有！」

「那你應該抗辯到底，說不是那種關係，何必說我們是那種關係！現在我娘昏倒了，你說到底要怎麼收拾？」

皓禎說完，又一拳一腳的對付寄南。寄南不敢反擊，只是又跳又閃的躲避著。吟霜內疚的看著他們，傷心的說：

「你們有話好好說，別打了，別打了，我知道，所有的錯，都是因為我，你們不要再打了！」

皓禎和寄南聽到吟霜自責，兩人立刻停手。靈兒趕緊安撫著吟霜：

「這事情，跟妳有什麼關係，妳不要自己瞎說啦！反正我們一定會保護妳，不會讓妳被發現的！」

「不讓我被發現？」吟霜悽然說：「對，我是應該躲得遠遠的，我不該讓皓禎陷入這樣兩難的局面，我甚至害皓禎的娘昏倒了！現在問題這麼多，我不如遠走高飛算了！」

皓禎大驚，趕緊抓住吟霜的雙臂搖著：

「什麼遠走高飛！這念頭想都不能想！」

寄南敲了靈兒一記：

「妳看，妳又說錯話！妳呀！少開金口！」

靈兒懊惱，猛敲自己腦袋瓜。

皓禎握著吟霜的胳臂，繼續對吟霜挖心挖肝的說道：

「我現在千頭萬緒，焦頭爛額。唯一的安慰，就是和妳之間的這份感情。只要想到妳，即使我在困境裡，也能越戰越勇！妳不支持我，也不要說什麼遠走高飛來嚇我行不行？」

吟霜看皓禎說得如此懇切，忙不迭的點頭，懊悔的說：

「剛剛是我急了，衝口而出說了那句話，有了你，我也捨不得遠走高飛呀！可是你和公主的問題，越是不解決，你的麻煩就會越大，我不想再看到你過著蠟燭兩頭燒的日子！」

「反正都已經燒了，就讓它繼續燒吧！我袁皓禎不是一個輕易放棄和退縮的人。我和公主的事情，妳也不要逼我，我有我的原則，我會想辦法應付她。」想想，不禁嘆氣：「只是……沒想到這節骨眼，我娘……昏倒了！」

寄南趕緊調和氣氛：

「其實，伯母昏倒是我害的，和吟霜一點關係都沒有，我等下再去探望她，順便跟她講清楚，一切就沒事啦！」

靈兒看著身邊的馬兒，樂觀的說道：

「船到橋頭自然直！哈哈哈！咱們四個難得在一起，我們再去騎馬狂奔，讓這些不愉快的事情，暫時都拋到九霄雲外吧！」

「我沒辦法跟你們騎馬狂奔！」皓禎說：「我現在必須趕回去看我娘！寄南，靈兒，你們就在這兒陪陪吟霜吧！」

皓禎說完，雙手緊握了吟霜的手一下，就跳上「追風」，飛騎而去。吟霜趕緊喊道：

「寄南、靈兒，你們也去將軍府，跟皓禎一起面對，解鈴還須繫鈴人，他一個人怎麼說得清楚呢？」

「唉！說的也是，我會被你們累死！」寄南喊：「靈兒，上馬！剛剛從將軍府飛騎到這兒來，現在，再飛騎到將軍府去解釋吧！」

寄南和靈兒也上了馬，跟著皓禎飛騎而去了，吟霜站在那兒焦慮的目送著。

皓禎寄南他們，誰都沒有想到，就在他們四人又打又吵，商量對策的時候，將軍府裡面卻出現戲劇性的轉折。

雪如醒來了，半坐半躺在床榻上，身子後面墊著枕頭，拿著手帕，不住的拭著眼淚。秦媽在一邊侍候著。小樂在門外伸頭張望，充滿了犯罪感。雪如邊哭邊說：

「秦媽，妳說這可怎麼好？幸好將軍出遠門，不知道這回事，如果給將軍知道了，他一定會氣死！但是，皓祥和翩翩都知道了，等到將軍一回來，他們肯定去告狀，不知道會說得多難聽！」

132

「夫人，別哭了，您已經哭了好久。公子可能只是好玩，不是認真的！」

雪如更是淚不可止：

「別安慰我了，連公主都不肯碰，這麼多天都不圓房，肯定就是這麼一回事！當初聽到賜婚就不樂意，原來也是因為這個，現在我才明白了！哦……還有公主那兒，怎麼辦啊？皓禎……那孩子，怎麼會有斷袖之癖呢？」

在門口的小樂，看到闖了這麼大的禍，再也承受不了，衝進門去，就在雪如床前跪下了，流淚說道：

「夫人！不是的！不是的！公子沒有那樣，都是我沒轍了，搬出寶王爺來，我以為他比我聰明會說話，誰知道弄成這樣！公子沒有那個斷袖之癖啊！」

「你怎麼知道他沒有？他明明就是有！」雪如依舊哭著。

「沒有沒有！真的沒有！」小樂一急，衝口而出：「公子不和公主圓房，是因為吟霜姑娘……」一說出口，立刻張口結舌…「糟了！我說出來了！夫人啊！」大哭起來，喊著…

「您可要保護吟霜姑娘，保護公子！保護我小樂啊！」就咚咚咚的磕下頭去。

雪如身子一挺，臉色一變，精神全部集中了，喊道…

「吟霜姑娘？」

❖

所以，就在皓禎他們趕回將軍府之後沒多久，一輛豪華馬車停在了吟霜屋外。

小樂跳下駕駛座，大難臨頭般，顫聲喊著：

「吟霜姑娘！吟霜姑娘！我家夫人來了！」一面喊，一面和秦媽，扶著雪如下車。雪如站在那兒，看看花園，看看馬廄，看看周遭環境，看看鄉間小屋。挺直著背脊，現在她不哭了，她莊重而嚴肅，集中所有精神，要保護她深愛的獨子——皓禎。現在她是一個準備作戰的母親！

吟霜、常媽、香綺全部奔出房。吟霜大驚失色的問：

「夫人？」

小樂哭喪著臉上前說道：

「吟霜姑娘，這是我家夫人，皓禎公子的親娘，小樂該死，沒辦法保密，一不小心說出來了！」

雪如就走向吟霜，凝視吟霜。吟霜被動的站在那兒，迎視著雪如。

兩人眼光一接觸，雪如心中怦然一跳，心想：「這姑娘怎麼如此面熟？怎會讓我心頭發熱、血脈加快？」

吟霜看到莊重高貴，典雅威嚴的雪如，知道人難已至，上前一步，立即跪下了，帶著微微的顫抖，說道：

134

「吟霜叩見將軍夫人！」就在花圃前，磕下頭去。

常媽和香綺叩見將軍夫人！」兩人戰戰兢兢的說道：

「常媽、香綺叩見將軍夫人！」

雪如這才一震，回過神來。心想，這姑娘如此飄飄若仙，如此脫俗而雅致，難怪皓禎著迷。自己一定要堅定，不能被她那楚楚可憐的眼神打動，不能為她心頭發熱，更不能有任何憐憫的情緒！就武裝了起來，對吟霜鄭重的說：

「吟霜是吧？我有話跟妳單獨說，我們進房去！除了秦媽，其他的人，都留在屋外，不要進去打擾我們！」

吟霜抬頭看著雪如，眼神真切而悽楚，雪如竟被吟霜這樣的眼光，再次震撼了。她用手壓住心口，壓住那顆狂跳的心，不能同情！不能妥協！不能軟弱！她要快刀斬亂麻，為皓禎和將軍府，除去這個白吟霜！

所有的人都留在外面，雪如走進大廳，坐進坐榻中，秦媽站在雪如身邊。

吟霜顫顫巍巍的捧出一杯茶，放在雪如面前的矮桌上。

雪如努力讓自己維持尊嚴，不被吟霜哀哀欲訴的眼神影響，說道：

「吟霜，我今天才知道妳的存在！我不跟妳客套，直接表明我的立場……」秦媽就上前，把一箱裝著金塊的紅木箱，放在桌上，雪如打開箱子，讓吟霜看到裡面的金子，再把箱

135

子關上。「這些金子，足夠妳到任何地方去過一輩子，我以皓禎親娘的身分，請求妳放過皓禎，離開他，去找妳自己的幸福！」

吟霜臉色慘變，撲通一聲跪落地，跪在雪如面前了。她抬頭看著雪如，堅定的、請求的、哀懇的說道：

「夫人！請不要拆散我和皓禎，我們彼此情深義重，實在無法分開！如果夫人一定要拆散我們，只怕會釀成大禍！」

雪如身子一挺，色厲內荏的喊：

「什麼釀成大禍？妳在威脅我嗎？」

吟霜趕緊磕頭，心碎心亂，失魂落魄，不知所云了：

「夫人不要誤會，我怎敢威脅您？我和皓禎已經……已經……我沒有回頭路，我跟定他了！我不怕夫人笑話，離開他我寧願不活，我不要名分，不要地位，不要進府，就讓我在這兒默默的生活。他偶而來一次，我也就心滿意足！我不會構成威脅的……」

雪如為自己居然有不忍之心而生氣，大聲喝道：

「胡說！妳已經構成威脅了！妳知道他現在已經是駙馬爺了嗎？妳知道他為了妳，他居然不肯和公主圓房嗎？我想妳對皇室規矩是不瞭解的，妳威脅到的，不止是皓禎一個人，還有我們全家！如果皓禎這樣執迷不悟，皇上皇后會放過他嗎？我們將軍府全家上下的生命，等

於都握在妳手裡！」

吟霜一震，點頭，急切的說道：

「我會跟皓禎好好談的，我去跟他說，他會聽我的！我已經在這麼做了，現在他還接受

不了，等我繼續跟他分析厲害，他會明白的……」

雪如打斷了她：

「我想妳還沒弄清楚我的意思！妳以後不會再見到皓禎了，他也不需要妳跟他分析厲害！

只要妳跟他一刀兩斷，只要妳從他生命裡消失！我有把握他會回到我們身邊，變成我原來那

個好兒子皓禎！」

雪如這幾句話，徹底把吟霜打敗了。吟霜嚥著氣，看著雪如，眼神絕望而慘淡，悲切

而堅定。雪如也看著吟霜，同樣被吟霜這樣的眼神打敗了，怎有這樣姑娘？那眼神會勾出雪

如內心最深的脆弱，她盡量武裝著自己，不能心軟！不能心軟！她不斷提醒著自己，卻無法

把眼光從她臉上移開！兩人的眼神糾纏了好一會兒。兩人心裡，也波濤起伏般翻滾了好一會

兒。半晌，吟霜才顫聲的問：

「夫人，您有把握，只要我消失，皓禎就會變回原來的皓禎嗎？」

「是！」雪如堅定的說：「妳口口聲聲說妳是愛皓禎的，如果妳真心愛他，妳不會願意

他家破人亡吧？他現在為妳昏了頭，完全沒有理智，做事和行為，都變得荒唐無比！我是他

的娘，我知道，只要妳不存在，他會回到正常的生活，他會變成原來的皓禎，回到我們的身邊來！那個皓禎，是我們全家和皇室，都引以為傲的！」

吟霜深深凝視雪如，認真的問：

「那個皓禎，才是真正的皓禎？」

「是的！而且，那個皓禎是快樂的，是積極的，是每個人都尊重的！妳如果真心喜歡他，就不要毀了他！」雪如說著，不知怎的，武裝撐不住了，淚水衝進了眼眶，哀聲的說道：

「吟霜，把他還給我們吧！如果我說服不了妳，就只能以一個娘的立場，來祈求妳！」

吟霜喃喃的重複雪如的句子：

「原來的他是快樂的，是積極的，是每個人都尊重的！」再看雪如問：「您確定只要我消失，原來的他就會回來？」

雪如心一橫，一疊連聲說道：

「是的是的是的！我確定確定確定！」

吟霜點點頭，從地上站起來了，深深的看著雪如，說道：

「好！我相信一位親娘的信心！如果我的親娘活著，一定也會對我有這種信心！原來我的存在，只是皓禎的災難，我明白了！」就直直看著雪如說：「請您告訴他，無論我在何方，我對他的心不變！」

吟霜說完，掉頭就對門外疾衝出去。雪如一驚起立，喊道：

「妳要去哪裡？」

吟霜衝出房，小樂、香綺、常媽全部驚動了。小樂喊：

「吟霜姑娘！妳要去哪裡？」

只見吟霜跳上一匹馬，就對著曠野疾馳而去。馬廄裡已經沒有馬了，除了雪如來時的那輛馬車，所有的馬兒，都被皓禎等人騎走了。眾人趕緊追著跑，各喊各的：

「吟霜姑娘！吟霜姑娘……」

雪如和秦媽也奔出房外。雪如不解的問：

「她要跑到哪兒去？」

常媽看著吟霜的背影，喊道：

「那方向，是三仙崖啊！」不祥的預感，立刻讓常媽大急，落淚喊道：「夫人，您跟她說了什麼？那三仙崖……三仙崖……」急得舌頭打結。

「三仙崖？公子說過！小樂追她去！」小樂大急要跑。

常媽穩住情緒，急忙喊道：

「用馬車追吧！總不能用腳追，三仙崖那麼高，上馬車！我帶路！」

雪如驚怔了一下，讓大家緊急上了自己來時的馬車。小樂駕著馬車飛馳。

在雪如和吟霜談判的時候，皓禎、寄南、靈兒三人快馬奔到將軍府門口，就看見魯超牽著馬，和袁忠在慌亂的討論著。魯超說道：

「小樂招出吟霜姑娘了，現在夫人帶著小樂和秦媽，已經去了吟霜姑娘那兒！」魯超急急的說。

「小樂招了什麼？」靈兒不解的問。

「公子！小樂招了！」袁忠急喊。

「什麼事？你們在門口談什麼？我聽到吟霜姑娘幾個字！怎麼了？」

皓禎急忙催馬上前，問：

「你去沒有用啊！要找到公子才行吧！」袁忠說。

「那我就不要耽誤了！我趕快去吟霜姑娘那兒，看看情況如何？」

「皓禎，我們趕緊再『飛騎狂奔』到吟霜那兒吧！你娘不知道會跟吟霜說什麼？」

寄南大叫：

皓禎臉色大變，掉轉馬頭，已經飛騎而去。靈兒、寄南、魯超趕緊跟去。大家誰都沒說話，在曠野中瘋狂的疾馳，騎著騎著，皓禎抬頭，忽見猛兒在天空中盤旋哀鳴。皓禎大震，大叫：

「不好！猛兒……那是三仙崖！」

皓禎一夾馬腹，超前狂奔。寄南駕著馬，緊追著問：

「三仙崖？那是什麼地方？」

「就是皓禎和吟霜定情的地方！」靈兒喊著：「吟霜怎麼不在家裡？跑到三仙崖去幹嘛？」

皓禎、寄南、靈兒、魯超用盡全力，隨著猛兒盤旋的方向奔騎前進。

❖

不錯，吟霜騎著馬，來到當初與皓禎一吻定情的三仙崖。她跳下馬背，站在高聳危險的懸崖邊上。滿面淚痕，抬頭向天，她心碎的向峽谷曠野大喊：

「爹！娘！這人間容不了我，為了皓禎我應該走！我不該牽絆住他！爹娘帶我走吧……帶我走吧……」

猛兒在天空狂叫。吟霜抬頭看著猛兒，悽然說道：

「猛兒，請你幫我保護皓禎……對不起，爹娘走了，我也要走了！留下你一個，對不起！我要皓禎好，他的親娘說了，沒有我他就會好……」

遠處皓禎已策馬來到三仙崖，赫然看到吟霜站在崖邊上。皓禎驚慌的悽厲大喊：

「吟霜！妳要幹什麼？妳站在那兒別動！我來了……」

皓禎催馬，急速的奔向吟霜。到了崖下，皓禎跳下馬背，不顧一切的施展輕功，衝向山

崖。遠處寄南、靈兒、魯超也看到吟霜危險的站在崖邊，驚呆了，紛紛奔來。

吟霜滿臉淚痕，聽到皓禎的聲音，就轉身對著追來的皓禎，悽喊著：

「皓禎，原諒我！沒有我，你才能幸福！來世再讓我報答你！」

皓禎一邊狂奔飛竄，一邊大喊：

「什麼沒有妳？妳別做傻事，沒有妳還有我嗎？吟霜，我不該離開妳跑回將軍府！妳別動……妳為我堅強一點……求求求妳求妳……」奔上了懸崖，就向吟霜竄去。

「不要過來！」吟霜對皓禎說道：「過來我就跳下去！」

皓禎緊急站住，停在她身邊不到五尺的地方，也在懸崖的邊緣。

「吟霜！」皓禎語無倫次的喊著：「妳說過，妳是為我而存在的！妳必須為我活著，為我堅強！是我太多事對不起妳，我都聽妳，妳過來妳過來……」

吟霜悽絕的看著皓禎，喃喃的唸了幾句話：

「不恨世事，

不怨蒼天，

魂魄總相依，

不復來相見！

142

此心煎，

此夢斷，

此情絕，

願三生石上，

再續來生緣！

「吟霜，妳在唸什麼？」聽不清楚的皓禎急促哀聲的問：「什麼再續來生緣？妳不要動，

妳等我……我不要來生……我只要此生……」

就在這時，雪如的馬車疾馳而來，小樂和常媽在駕駛座上大喊：

「吟霜姑娘和公子都在懸崖邊上！」緊急勒馬。

「老天爺啊！救苦救難的菩薩啊！」常媽看到那麼高聳的懸崖，脫口驚呼。

雪如、秦媽、香綺都跳下馬車。雪如看到懸崖上的兩人，大震，急喊：

「吟霜，不要……千萬不要……」

吟霜再回頭，看到雪如，悽然說道：

「夫人，我把原來那個皓禎還給您！」

吟霜說完，轉頭便毫不考慮的縱身一躍，跳入深谷。皓禎衝向崖邊，伸手一拉，連吟霜

的衣角都沒拉到。皓禎悽厲狂喊：

「吟霜！妳回來！回來……」

皓禎探頭一看，只見吟霜墜落懸崖，身子翻滾飄浮，白衣飄飄，像一隻飛去的大鳥。皓禎想也沒想，立刻跟著縱身一躍，也躍下了懸崖。他伸著手，想抓住那隻大鳥，卻搆不著。皓禎用力向下飛躍，跟著砰然落水，激流立刻將他也一起捲走。

然後砰的一聲，吟霜落水，身子迅速的被捲入激流，不見身影了。

寄南、靈兒、魯超急急奔竄到崖邊，眼見著皓禎吟霜雙雙跳下，三人驚恐萬分，往崖下看去，只見萬丈懸崖下，激流洶湧中，兩人在水中已不知去向。

雪如此時，才感到椎心刺骨的痛，哭著痛喊：

雪如等人在馬車邊，目睹了這一幕。雪如身子搖搖欲墜，秦媽香綺扶著，眾人震撼已極。

「秦媽！我殺了他們兩個！」

魯超看看懸崖下面的激流，急喊：

「大家去下游，上馬！趕快追著這條河去下游！或者還有救！」

吟霜在水裡，很快的順水而下，她完全不諳水性，一任激流將她的身子，沖向巨石，捲向瀑布，快速下降，再捲入漩渦……原來死亡就是這樣的，強烈、刺激、奔放、淹沒……她

144

失去了知覺。

皓禎躍進水裡，就飛快的游向吟霜，同樣撞到巨石，衝向瀑布，快速下降，再捲入漩渦。皓禎心裡在吶喊：

「吟霜！不許死！以前在颶風裡，我沒放手！今天在這漩渦裡，我也不會放手！我來了！」他心急如焚，一招「金樽撈月」，右手暴伸，抓到吟霜的衣襬，奮力一抓，隨著捲動的水，逆向往外衝去。居然，他用盡此生所有的功夫，把她的身子，和自己的身子，衝出了水面，把她也拉出了漩渦，正要游過去抱住她，嘩啦一聲，衣襬裂開，吟霜再度脫手而去，載沉載浮的衝向下游。

終於，吟霜、皓禎兩人被激流沖到下游，水勢因地勢而減緩。

吟霜已經失去知覺，任憑河水漂流。皓禎在洶湧的急流中，艱難的、拚命的游向前方的吟霜，一面在心中向吟霜慘烈的大喊：

「吟霜！吟霜……不要拋棄我！為了我挺住！」

漂流在河面上的吟霜，毫無動靜，任憑河水沖刷旋轉。

馬車趕到，雪如等人面色如死的伸頭看著。

魯超策馬趕來，一看，就大喊著縱身下水。

「公子還活著！公子公子，卑職趕到了！我們一起救吟霜姑娘！」

皓禎拚命游向吟霜。魯超下水，也拚命游向吟霜。

雪如、小樂、香綺、常媽、秦媽，看到水中危急的情況，都驚呆了。

靈兒推著寄南喊：

「你趕快跳下去幫忙魯超！」

「可是，我不識水性啊！」寄南扼腕的說。

雪如臉色慘白，震撼已極，嘴裡喃喃說道：

「這樣跳下懸崖，能沒事嗎？秦媽，他們……他們……」

「吟霜！吟霜……我來了，我來救妳了！求求妳，也救救我！」

「公子！卑職抓到她的衣服了！」魯超從水裡冒出頭，喊著。

「公子！吟霜！吟霜……還有救……還有救……」秦媽顫聲的說。

水中，魯超和皓禎終於千辛萬苦的游向毫無知覺的吟霜。皓禎喊著：

皓禎奮力游去，抓住了吟霜一隻手臂，趕緊游到她身子下面，用手托起吟霜的頭，讓她的臉孔露出水面。他掙扎著從水中冒出頭，吐了一口水，哀聲喊道：

「吟霜，呼吸！呼吸！求求妳呼吸！」

「公子！」魯超趕緊說：「你抬吟霜姑娘的頭，卑職抬她的腳！救她上岸去！」

皓禎和魯超，就小心翼翼的，兩人合力救起了吟霜，將吟霜放在草地上。大家都奔過去

看。只見吟霜雙眼緊閉，臉色慘白，一動也不動。

皓禎渾身滴著水，拍著她的面頰，心魂俱裂的喊道：

「吟霜！不要嚇我！醒來看著我！吟霜，求求妳趕快醒來！」

小樂、香綺都連滾帶爬的撲向吟霜。魯超熟練的壓著吟霜的胃部，想把水壓出來，卻毫無效果。寄南急忙去試吟霜的呼吸，靈兒抓住吟霜的手腕測脈搏。

皓禎不斷拍著吟霜的面頰，哀懇悽絕的喊道：

「吟霜！醒來醒來，我再也不離開妳，我再也不讓妳面對任何問題，妳醒來給我機會！醒來原諒我！求妳求妳⋯⋯」

「吟霜！」寄南慘切的說：「吟霜已經去了！」

「她沒有呼吸了！」靈兒哭著，俯身聽著：「也沒有心跳了！」

小樂伏地放聲痛哭，左右開弓打著自己的耳光，香綺也哭倒在小樂身邊。

皓禎兀自拍著吟霜的面頰，搓著她的手，千呼萬喚喊叫著她的名字。

雪如看著這一切，只覺得自己整顆心都被撕裂了，說不出來有多痛！她看著地上吟霜那張毫無血色的臉孔，悲痛、不忍和震撼讓她已經沒有思想的能力。只希望，自己不曾來過那鄉間小屋，不曾說過那些話！

儘管大家都宣布吟霜死了，皓禎依舊堅持著，喊著⋯

「不會的！吟霜不會離開我，她一定不會死……」慌亂的想著：「一定有什麼辦法救回她！一定有的……」忽然想到了…「神藥！她給我的神藥！」

皓禎就手忙腳亂的從脖子上，拉出吟霜給自己的瓷壺墜子，手發著抖，竟然打不開瓶蓋。寄南上前說道：

「我來幫你！這小瓷壺裡有什麼？」他搶過瓷壺。

「有一顆救命神藥！」看著吟霜說：「吟霜！等我，神藥來了，妳爹的神藥，它會讓妳活過來！等我等我……」雙手重疊，放在吟霜的心臟上，語無倫次的喊…「吟霜……我不管我的氣功有用沒有，我把我的生命力都貫注給妳……」就雙手運功，壓著吟霜的胸口，一面壓著，一面痛喊著…「我們不是說好生生世世當共度，妳是梅花我是梅花樹嗎？」

好像是回應皓禎的呼喚，吟霜忽然大大的咳了一聲，吐出幾口水，睫毛閃動著。靈兒驚喜的、小聲的說…

「她醒了，她醒了！她沒有死，她活了！用不著神藥了！」

「是嗎？是嗎？」皓禎顫聲問，看著睫毛閃動的吟霜。

寄南趕緊把小瓷壺戴回皓禎脖子上。

皓禎停止運功，看到她有了呼吸，趕緊拉起她的手，驚喜喊道…

「她的手熱了！她沒有死！」急喊道…「吟霜！吟霜！」

吟霜睜開眼睛，看到了皓禎。吟霜就衰弱的，顫抖著，做夢般的說道：

「皓禎，原來那個你，是快樂的，積極的，每個人都尊重的……我走了，原來那個你……才會……才會回來……」

皓禎立刻瞭解發生什麼事了，心中大痛。他就坐在地上，把吟霜上半身拉了起來，擁入懷中，緊緊抱著搖著，淚水奪眶而出，痛哭說道：

「吟霜！妳明知道妳上天下地，我都會追隨著妳，妳怎麼會做離我而去的事？我要怎樣才能讓妳相信我？怎樣才能證明我對妳的心？我知道，我為妳做的一切都不夠，最不該就是娶公主，才會逼得妳跳下懸崖，我要怎樣做才夠？怎樣做才夠啊……」

所有人都哭了。

雪如後悔已極，早就淚流滿面了。

149

28

濕淋淋的皓禎抱著濕淋淋的吟霜，從門外一直穿過大廳，往臥室奔去。後面，寄南、靈兒、香綺、雪如、常媽、秦媽、小樂、魯超都慌張跟隨著。

皓禎看著臂彎裡在發抖的吟霜，急說：

「到家了，我馬上會讓妳暖和起來！妳撐著，千萬別再昏倒！」

雪如滿臉的不忍和著急，跟在後面緊張的看著吟霜，忍不住喊道：

「秦媽！趕快讓他們多砍一點柴火燒熱水，她最好泡在熱水裡，讓身子暖了再穿上乾衣服！」

震撼而心痛的說：「怎麼性子那麼烈，居然會跑去跳崖呢？」

「我去砍柴！」魯超喊著，匆匆奔去了。

「那我去井邊提水！」小樂喊著，也匆匆奔去了。

皓禎已經喉嚨都啞了，緊張的交待⋯

「常媽，趕快煮薑湯！要煮一大鍋！香綺，來幫忙給小姐梳頭，這頭髮濕成這樣要怎麼辦？還要把所有治傷的神藥都拿來，她一定遍體鱗傷！」

「我來我來！小姐的頭髮我會弄！藥箱在這兒，來了來了！」香綺奔走著。

「薑湯！薑湯！我去煮薑湯！」常媽嚇傻了，聽到吩咐，才匆匆奔去。

一團忙亂中，皓禎把吟霜放上床。吟霜顫抖著，牙齒和牙齒都在打架，面無人色。

秦媽急忙上前想幫忙：

「這濕衣服要趕快脫掉？哪兒有乾帕子？越多越好！」

「我也來幫她換衣服……」靈兒眼眶紅紅的上前。

寄南趕緊一手拉下靈兒，提醒的喊：

「妳這小廝不能幫忙換衣服，到底男女有別！我們還是出去幫忙燒熱水吧！這房裡人已經太多了！」

靈兒這才想起雪如在場，自己還是男裝，急忙跟著寄南退出房間。

雪如看著顫抖的、衰弱的吟霜，覺得心如刀絞。站在吟霜床前，她伸手想去摸吟霜的臉，嘴裡喃喃說道：

「吟霜！妳要振作一點，我……」

雪如話沒說完，皓禎緊張的一攔，隔開了雪如和吟霜，聲音嚴峻的喊：

「秦媽！把娘扶到外廳去休息，這兒的人夠了，不用妳們幫忙！」

雪如聽出皓禎語氣裡的憤怒，頓時怔住了。從小到大，皓禎還沒用過這樣的語氣跟她說話。她的心抽搐著，眼中充淚了。秦媽看了皓禎一眼，不敢反抗，扶著雪如去外廳。雪如一面退出去，一面不由自主的回頭張望著。

緊接著，整個小屋都陷在一片瘋狂忙碌中。

柴房外，魯超還穿著濕衣服，卻拚命的砍著柴。井邊，小樂拚命從井裡提水出來。寄南急忙拎著水，送到廚房去。廚房裡，靈兒不住地往灶裡送柴火，自己弄了滿臉黑。一鍋熱水在冒煙，另一個灶上煮著薑湯，寄南來來回回的提水進廚房，看到靈兒依舊惶惶不安的樣子，放下水桶，拿出帕子幫她擦去臉上的髒污。

「放心，人已經清醒了！就不會再有事了！」寄南安慰著靈兒。

「可是我很害怕，看她那麼蒼白，又一直在發抖！吟霜居然敢從那麼高的山崖跳下去，那想死的決心是有多大呀！皓禎也不要命的跟著跳！他們真的嚇壞我了！」

「我知道！」寄南心有餘悸的說：「不是妳一個人嚇壞了，大家都嚇壞了！我還很擔心皓禎，跳下那麼高的懸崖，拚命救吟霜，下面都是大岩石，不知道他自己有沒有受傷？現在，他只顧著救吟霜，完全不管自己！」

「是怎樣深的感情，才會讓他們這麼不怕死？」靈兒喃喃著。

大家川流不息的從臥室出出入入，個個緊張忙碌。只有坐在外廳的雪如和秦媽無事可做，看著忙碌的人群，雪如不禁落淚。秦媽輕輕拍撫著雪如的手背，無言的安撫著。因為她也嚇住了，這種情意，她一生也沒見過，她真擔心，萬一這姑娘還有個三長兩短，皓禎公子怎麼辦？

臥室裡，皓禎把一個大木盆注滿了水。香綺和常媽脫去了吟霜的衣服，只見吟霜遍身都青青紫紫，手肘腳踝腿上還有很多傷口在流血，皓禎這一看，簡直快要暈倒了。香綺把勝齡留下的治傷藥都抱了過來，常媽急忙說：

「先泡熱水，她的身子冷冰冰，身子熱了，洗乾淨了才能擦藥！」

「可是這麼多傷口，泡熱水不是會痛死嗎？」皓禎問。但他看到吟霜嘴唇都變成紫色了，也顧不得她傷口的問題，抱著她，輕輕放進浴盆裡。

吟霜進了浴盆，熱水一浸，頓時呻吟起來。皓禎恨不得以身相替，香綺拿著帕子，不住擦著她的身子，寄南從門外喊：

「皓禎！檢查她的頭！懸崖下那麼多大岩石，不知道有沒有撞到頭？」

一句話提醒了皓禎，急忙把吟霜交給常媽和香綺，自己去放下吟霜的頭髮，細細檢查著髮根，看到頭部沒有傷口，這才大大鬆了口氣。

接著，香綺又來梳洗著吟霜的頭髮，一盆熱水轉眼就涼了，新的熱水提進來，換掉涼

的，香綺、皓禎、常媽不斷用熱帕子，搓揉著吟霜的手腳。這番忙碌，簡直無法形容。終於，吟霜弄乾淨了，手腳也熱了。皓禎把她抱上床，再仔細用治傷藥幫她擦藥，換上乾淨的衣服，用棉被緊緊的蓋著。在整個過程中，吟霜始終沒開過口。

「公子！」常媽提醒著：「現在輪到您梳洗換衣服了！」

「是！」香綺說：「您身上一定也有很多傷口，不要吟霜姑娘好了，您又病了！」

「讓魯超把熱水提到浴室去，治傷藥給我，我去馬馬虎虎弄一下就好！」

皓禎就深深的看著床上的吟霜，握了握她的手，說道：

「妳睡一下，我馬上就來！」

皓禎確實用最快的速度，把自己弄乾淨了，也換了乾衣服，隨便梳洗的頭髮，濕濕的隨便束著，就趕回吟霜的床邊，這才在吟霜的床沿坐下。

皓禎凝視著她，眼裡傳遞著嘴裡說不出的千言萬語。用雙手握著她的手。吟霜迎視著他的眼光，依舊默默無語。皓禎忽然害怕起來，說道：

「妳是神醫，妳是大夫，妳會縫傷口，妳有治病氣功……妳一定知道自己的身體怎樣？告訴我，妳有沒有內傷？有沒有我忽略的地方？不能瞞我！」

吟霜這才手回握著他的手，眼淚滾落下來。

「和你在一起，我注定會有內傷……」她這才衰弱的說：「現在最大的內傷是，我該把

你如何是好？」

「那是我的內傷……」皓禎啞聲說，反問：「我該把妳如何是好？」

兩人互視，喉頭都哽著硬塊，死裡逃生，兩人震撼之餘，想說的話都無法出口。然後，吟霜開始咳嗽，這又嚇到皓禎。不管怎樣，他知道她元氣大傷，身體的、內心的，恐怕他怎樣都治不好！在他揪心擔心中，她忽然想起什麼，驚惶起來，無力的喊道：

「我要……我要……」

「妳要什麼？」皓禎急問。

「玉佩，玉佩……我怕弄丟了，你給我的玉佩！」

香綺急忙忙拿著玉佩過來說：

「小姐，玉佩在這兒，剛剛從妳衣服內袋裡拿出來，都清理乾淨了，那些狐毛不怕水，淹了水馬上就乾了！」

皓禎接過玉佩，趕緊交給吟霜，吟霜就緊緊攢著。皓禎柔聲說：

「把它放在枕頭下面吧！一定不會掉的，現在不能塞到口袋裡，睡覺時會弄痛妳！何況

妳身上都是傷！」

皓禎說著，從她手裡取走了玉佩，塞到枕頭下面。

吟霜順從的躺在枕頭上，安心了。皓禎看她如此，輕輕一嘆，盯著她說：

「那玉佩不重要，我才重要！知道嗎？我知道妳現在衰弱到連說話的力氣都沒有！跳崖落水昏迷再醒來，妳就什麼話都別說，我現在必須去廳裡跟我娘說幾句話，馬上就回來！等會兒薑湯來了，一定要喝完！」

皓禎就從床邊起身，吟霜握住他手不放。

「妳不要我走？那我就坐在這兒陪著妳！」

吟霜搖搖頭，眼睛看進他的眼睛深處，費力卻清晰的說道：

「不要跟你娘生氣！她是個很愛很愛你的娘！」

皓禎一愣，閉了閉眼睛，用額頭抵在她額頭上，說道：

「能把你看得這麼透，只有一個妳！」抬頭看她：「是！我在生氣，生很大很大的氣！想到我差點失去妳，我不止生氣，我心驚膽顫！請妳以後也別這樣，跟我站在同一條陣線上好嗎？別讓我這樣擔心害怕好嗎？」

吟霜拚命點頭，眼淚盈眶，輕聲說：

「以後，再也不會了！我要你生，不要你死！」

「將心比心，我也要妳生，不要妳死！」皓禎鄭重的說。

吟霜點點頭。

兩人再互視片刻，皓禎吻了吻她的額頭，又吻了吻她的唇，才從她身邊起身，出房去面對雪如。

驍勇少將軍袁皓禎，曾經上過戰場，曾經為了護國大業，出生入死。曾經和寄南太子，大戰朝廷裡的大鱷魚……這些，都不是什麼難題。一邊是生死相許的吟霜，一邊是生我育我的慈母。直到今天，他才碰到了生命中最大的難題。

居然把她逼上懸崖！經過搶救吟霜的種種過程，他知道，他絕對不能沒有吟霜！他欠吟霜太多，也沒有力量再承受一次今天這樣的事！他能為吟霜做的，就是坦白告訴雪如，吟霜才是他今生注定的人！才是他無法失去的人！到了大廳，他在雪如面前，端然跪坐，沉痛的說：

「娘！妳對她說了什麼？妳把她逼到絕路上去了，妳知道嗎？她是堅強的，能夠面對任何困境的女子，但是，今天她選擇了一條不歸路！妳怎麼忍心這樣對待她？怎麼忍心要逼死她？」

「我沒想到那麼嚴重，我只是想讓她離開你，並沒有想逼死她！怎麼知道她會去跳崖呢？」雪如惶然後悔的說。

皓禎一眼看到桌上那裝著金子的木箱，抬頭不可思議的看著雪如。

「妳帶了金子來？妳想用金子打發她？妳以為她是誰？我在風月場合中弄來的女人嗎？妳用金錢就可以解決的女人嗎？妳就那麼小看吟霜？妳侮辱她也侮辱了我！」

「我能怎麼辦？突然知道你在外面有女人，又不肯跟公主圓房。我只想快刀斬亂麻，解

「吟霜！」

「吟霜不是我『外面的女人』！」皓禎有力的說：「她是我拜過堂的正式妻子！」

「什麼？」雪如大驚。

「娘！讓我坦白的告訴妳，吟霜是我這一生唯一的女人！除了她，我生命裡再也不會有第二個妻子！公主和我那個被迫的婚姻，我根本就不承認！」

「什麼叫你不承認？」雪如驚喊：「皇上御旨賜婚，怎能不承認？你說你和吟霜拜過堂，這是怎麼回事？」

寄南急忙說道：

「伯母！我們都是那個婚禮的見證！在四月十五日那天，他們拜堂成親了！比公主的婚禮，早了好多天呢！」

在門外偷聽的靈兒、寄南、小樂、魯超都忍不住了，一擁而入。

「那天吟霜也是紅色大禮服，少將軍也是紅色大禮服，鄭家鄰居都來奏樂道賀，只有『吉祥豬』被吟霜取消了！」靈兒接口。

「沒有媒妁之言，沒有父母之命，這算什麼婚禮？」雪如抗拒的問。

「雖然沒有世俗的那些東西，我們有天地為證，日月為憑！還有我們最親信的人，為我們祝福！在我們心裡，那就是最最隆重，最最完美的婚禮！」皓禎堅強有力的說。

158

雪如心裡浮起了怒意，壓抑著，瞪著皓禎說：

「你們最親信的人裡，居然沒有爹娘嗎？皓禎，你要娘承認這樁婚姻嗎？」

皓禎還沒回答，魯超對著雪如崩咚一聲跪下了，熱切的說道：

「夫人！魯超知道這兒沒有小的說話的餘地，但是，請夫人接受吟霜姑娘！因為她是個神一樣的姑娘！她對所有的人都充滿了慈愛，她是位神醫，治病，扎針，縫傷口樣樣精通！這樣的姑娘，一定是上天派下來救助蒼生的！請夫人接受她！」

魯超說完，就磕下頭去。

小樂見魯超如此，也跪下了，跟著磕頭，落淚喊道：

「夫人！都是小樂不小心，說出了吟霜姑娘！今天，如果吟霜姑娘死了，我小樂一定跳到那河裡跟她一起死！」

香綺和常媽也奔來跪下了，一起磕頭。

「我也是！我也是！如果小姐死了，我也不要活！」香綺落淚說。

「夫人啊！」常媽也淚流不止：「少將軍有了吟霜姑娘，是他最大的福氣！老太婆我看過多少姑娘，沒有一個比吟霜更好！她的醫術那麼好，還救活了難產的鄭家母子！她那麼勇敢，血也不怕，苦也不怕，痛也不怕！為了公子，還受過傷！」

雪如太驚愕了，看著跪了一地的人。

這時，一聲門響，臥室門開了，吟霜披了一件外衣，搖搖晃晃的走了過來。

皓禎跳起身子喊：

「吟霜！妳怎麼從床上爬起來了？」衝上前去扶住她。

吟霜來到雪如面前，恭恭敬敬的跪了。抬眼誠誠懇懇的看著雪如，祈求爹娘保佑我，除了皓禎，我在這世上，什麼都可以不要！請夫人成全我們吧！」就顫巍巍的行大禮：

「夫人！我爹娘都去世了，每次我去給我爹上香，都會跪在那兒祈求，說道：

「我想我是為皓禎來到這世間的，沒有皓禎，我活不下去呀！」

皓禎見吟霜如此，就在吟霜身邊跪下了，同時用手扶起仆伏於地的吟霜，撐著她搖搖欲墜的身子。他的聲音，從憤怒不平轉為肺腑之言：

「娘！吟霜跪了，我也跪了！現在娘已經知道真相，如果成全我們，就幫我把吟霜弄回府裡去！這樣我也不會天天往外跑！如果不成全我們，我只好去向公主坦白一切！要砍頭就砍頭，要送命就送命！」

寄南手足無措的喊道：

「小的袞兒也請夫人高抬貴手，接受吟霜吧！」

靈兒熱情迸發，也衝過去跪下了：

「這……這……本王是不是也要跪一跪才算夠義氣呢？」就看著雪如說道：「伯母，您

「還不點頭嗎?」

秦媽早就在擦淚,這時喊道:

「夫人,不管怎樣,接受吟霜姑娘,還是好過眼看他們跳崖好!他們是大難不死,一定有後福!」

雪如一聲長嘆,眼淚落下來,沉吟說道:

「好了好了!你們都起來吧!要進府,也得讓我安排一下!沒有那麼容易,總不能在大婚幾天之後,再變出一個妻子來吧!吟霜如果入府,只能算是我的丫頭!」

皓禎抗拒,喊道:

「什麼?丫頭?……」

「當丫頭,吟霜已經心滿意足!」吟霜急忙磕頭謝恩。

「那我也要進府,我侍候小姐已經習慣了!我也要進府!」香綺喊著。

「丫頭還要帶丫頭?」雪如心亂如麻。

「夫人!」秦媽提醒:「這事要做就要快!趁大將軍沒回來以前,把她們兩個弄進府吧!」

「雪如就臉色一正的看著皓禎,說:

「府裡多了兩個丫頭,誰也不會注意的!」

「皓禎!娘同意把吟霜和香綺接回家當丫頭,但是有個條件,你一定要和公主圓房,你

161

同意嗎？」

「啊？」皓禎一驚，還想說什麼，看到吟霜跪久了，臉色更白，身子搖搖晃晃。想到她膝蓋上還有傷，連說話都沒力氣，是硬撐著下床出來的。他心裡一急一痛，什麼都顧不得了，急忙把吟霜拉起來，橫抱著她，匆匆的說：「她支持不住了！就知道她元氣大傷！」對雪如：「妳怎麼說就怎麼辦！只要趕快把吟霜弄進府！她在這兒太不安全，我會被她嚇死！這四、五天，我都不能回府了，我要在這兒陪著吟霜！公主那兒，隨便娘跟她怎麼說！」

皓禎說著，抱著吟霜就進房去了。

雪如一臉驚怔，心裡想道：

「還要我去跟公主說？我該怎麼說？」

❖

事實上，吟霜這兒天翻地覆的時候，公主院裡的蘭馨和崔諭娘，也陷在震驚的情緒裡，因為她們從翩翩那兒得到了驚人的消息。

「斷袖之癖？這怎麼可能？」蘭馨瞪著翩翩，無法置信的問。

「公主啊！」翩翩奉承的裝著歉意：「我……我這個二夫人還真沒臉來見您，但是夫人都因為這件事情氣得昏倒了，現在又出門去……大概去觀音廟為皓禎燒香去了！大將軍又不在家，我也只能暫時當個家，來向您通報！」

「是是！」崔諭娘心慌意亂的說道：「進了將軍府就只有二夫人最照顧公主，這種事情當然不能瞞著我們公主啊！」看著蘭馨，著急的說：「公主，咱駙馬選來選去，是不是真的選錯了？」

蘭馨回憶著皓禎種種，在屋裡繞著圈子，並沒有被翩翩這個消息嚇倒，說道：

「我不相信，皓禎絕對不是這種人，他霸道、他正義、有思想，他是一個頂天立地的大男人，絕對不會和寄南亂來！」

皓祥在一邊插嘴：

「可是寄南他自己都承認了，他的小廝裘兒也承認了！」

蘭馨想通了，突然笑了起來。

「寄南那張嘴，我最清楚，一定是他不正經在胡說八道！他和他的小廝怎麼回事，本公主不管，但是和皓禎一定是清清白白的！」說著，就對著翩翩和皓祥，臉一板，氣勢洶洶的喊：「你們不准再到處說皓禎的閒話，要不然本公主割了你們的舌頭！」

翩翩和皓祥一驚，自討沒趣的委屈著。兩人氣呼呼的，趕緊離開公主院。

「這公主也太不識抬舉！」翩翩氣得臉色發青：「咱好心給她通風報信，還要挨她的罵！」

「公主八成被皓禎迷得團團轉，什麼話聽不進去就算了，還威脅我們！」皓祥越想越生

「真是好心沒好報！」

氣：「這事情等爹回來，我一定要抖出來，讓爹爹認清皓禎的真面目！」

翩翩看著皓祥，想著皓禎與寄南的怪事，忽然對皓祥警告：

「你呀！也小心點，離寄南遠一點！」懷疑的說：「這斷袖之癖，難道會傳染？皓禎那個從小就上戰場，被皇上封為『驍勇少將軍』的袁皓禎，怎麼會斷袖呢？」

蘭馨在公主院裡，雖然嘴上對皓祥翩翩說得漂亮，心裡卻是七上八下，暗中下了決心，今晚，就算用強迫的，也要把圓房的事完成。她派崔諭娘穿梭於公主院和將軍府，等著皓禎回來，等來等去，沒等到皓禎，卻等到了雪如。

雪如從吟霜那鄉間小屋回來，不知該跟公主怎麼說，也得硬著頭皮去說。看吟霜那樣子，確實幾天都不可能復元。回到將軍府，雪如就帶著秦媽，直接去了公主院。見到蘭馨，她也不兜圈子，乾脆的說道：

「公主！這幾天皓禎出門去，不會回家，所以晚上請公主不必等他！」

蘭馨一怔，疑心頓起，眼神銳利的看向雪如：

「皓禎去哪兒了？是不是和寄南在一起？」

雪如硬著頭皮撒謊：

「不是的！是大將軍派人來把他叫去了！」

「那……大將軍去哪兒了？」蘭馨問。

「這個我也不清楚！男人在外，總有很多大事要討論，總有很多男人的聚會！我們女人知道得越少越好！平時我都待在家裡，偶而出門上香，對大將軍和皓禎的行蹤，是不太過問的！」雪如一板一眼的說道。

「哦？」蘭馨一挑眉毛：「婆婆是在教訓蘭馨，少管丈夫的行蹤，是嗎？他出門也不需要向我報備，是嗎？」

「教訓不敢！」雪如不亢不卑的回答：「咱們將軍府的規矩，一向就是這樣！公主想，那男人有自己的腿，愛去哪兒就去哪兒，要管也管不了呀！」就喊道：「秦媽！我們走吧！別打擾公主！」

「是！」秦媽應著，趕緊扶著雪如出門去了。

蘭馨目送雪如離去，眼光頓時銳利起來。回頭在床邊找到自己的鞭子，一鞭子抽在桌子上，把桌上的茶杯都抽到地上去了，一陣杯子破碎聲，令宮女們全部嚇了一跳。

「公主！少安勿躁！」崔諭娘喊道。

「什麼少安勿躁？我現在可躁得很！」蘭馨恨恨的說：「每晚在房裡，什麼狀況都有，現在更好，乾脆不回家！崔諭娘，妳說這中間沒問題，我是死也不相信的！」咬牙切齒的咒罵：「袁皓禎，你磨光我的耐性了！我等著你呢！有種，就一輩子別回來！」

29

太子燙傷的手已經好得差不多了，這些日子，他可沒有閒著，在太府寺，他認真的核對著每本帳冊，檢查著每個漏洞，真是一絲不苟！伍震榮和方世廷冷眼旁觀，由著他去調查。

孝王、義王陪著他，被他弄得團團轉，兩人也心甘情願陪在旁邊，就怕再發生鑄金房的事。

至於太府寺那些僕役，對於太子，個個恭順佩服，看到太子，全部行大禮，就像看到皇上一樣，至於送茶送水送點心，更是發自內心的殷勤。伍震榮不禁有點徬徨，把太子誘進太府寺，會不會又助長了太子的威望？一切只得靜觀其變！

這天，太子來到伍項麒的駙馬府，在大廳內，拿著攤開的帳冊，對樂蓉說道：

「樂蓉，雖然妳是我姊姊，我也得公事公辦！在太府寺發現這帳冊，妳欠下的五百兩銀子，請馬上歸還吧！」

樂蓉聞言，怒上眉梢，喊著說：

「什麼！要本公主歸還五百銀兩？你開什麼天大的玩笑？辦不到！」

伍項麒趕緊上前，恭敬的說道：

「公主先別生氣，咱們先聽聽太子的說法，相信太子一定會秉公處理的。」

「太府寺奉令撥款給駙馬府的款項，每一次都是樂蓉拿著令條，親自蓋印簽字領取的。但是，三月十日這一天的五百銀兩，是樂蓉說先取款，後補令條，至今已經時過多日，也沒把令條拿來。這還只是近期的一筆，還有數筆以前的也交代不清……」

樂蓉傲慢的說：

「你這是打算清算駙馬爺嗎？是誰給你權力讓你上府來抄家的？」

「抄家可是言重了！」太子淡定的說：「本太子也是看在家人一場，尚未訴諸朝上，只是代表太府寺拿回公主借用的錢銀罷了！」

「是父皇賜給本公主的錢銀，是父皇忘了下敕令給太府寺，難道還是我的錯？本公主沒有借用的，一概不認帳！」樂蓉開始要賴。

「這些帳目和金額都記得清清楚楚！」太子說：「公主先別生氣……」

「我就不還，你能拿我如何？」樂蓉怒吼。

「妳取錢都有蓋印簽字，怎麼樣也賴不掉！」太子威嚴的說。

「敬酒不吃，就別怪本太子不客氣！」太子大喊：「來人！把樂蓉公主和駙馬爺帶到大

167

理寺調查！罪嫌是詐騙和貪瀆！」

鄧勇立刻帶著許多衛士衝入大廳，抓住了公主和伍項麒。鄧勇說道：

「太子殿下！卑職這就押著公主駙馬去大理寺！」

「大理寺哪兒管得了本公主？」樂蓉大喊。

太子義正詞嚴的說：

「大理寺管不了，還有刑部呢！難道要我直接送刑部？」

「太子！」伍項麒鎮定的說：「有話好好說，我們怎麼會是詐騙貪瀆了呢？大家都是一家人，怎麼可以把我們帶到大理寺？」與鄧勇、衛士掙扎著：「放手！」又沉穩的一嚷：

「太子，公主不認帳，我認就是了，不就是五百銀兩的事！」

「不可以認帳！」樂蓉大吼：「你若認了，你爹也不會原諒你！」

說時遲那時快，伍震榮已聞訊趕來，一腳衝入大廳，威嚴的喊道：

「通通住手！借債還錢是天經地義！」一眼見到太子行禮：「臣叩見太子，一聽說太子突然造訪駙馬府，老臣就盡速趕來，就怕小犬怠慢了太子！」

「榮王宮裡宮外真是消息靈通啊！本想是家務事一樁，找公主解決便了，並不想驚動榮王的，結果還是又讓你辛苦了！」太子說著，心裡有點狐疑，怎麼伍震榮榮立刻趕到？

「太子客氣了！剛剛說是駙馬府應還太府寺五百銀兩，我們即刻就還！」伍震榮喊著：

「項麒！」向伍項麒使眼色：「快進去連本帶息拿出六百銀兩。」

太子從容的、氣勢不凡的說：

「利息就不用了！咱們太府寺也不是放高利貸的地方！」看著項麒：「借五百兩就還五百兩！」又命令鄧勇：「先放開公主和駙馬！」

鄧勇和衛士就放手站立一旁。

伍項麒見風轉舵，識時務的拉著氣壞的樂蓉進屋：

「是是！下官立刻去拿錢，太子請坐稍候！」大喊：「來人！好好侍候太子！」

「果然老臣沒有看錯，太子真是賢能呀！不出幾天就查出不符帳目的事情，不過公主只是沒把銀子交代清楚，還請太子對今日之事網開一面！」他狡詐的注視著太子說：「千萬別鬧到皇上面前去！」

太子看著伍震榮，心想：「這個老狸到底葫蘆裡賣的是什麼藥？怎麼突然如此謙卑？我就跟著他走，看看他想做什麼？」說道：

「多虧榮王明事理，及時趕到化解糾紛，本太子也不願家醜外揚！」

「太子說得極好！就是這個道理，家醜不外揚，哈哈！太子請用茶！」

太子小心應付著伍震榮，眼神犀利的注視著他。兩人互視，眼神中似乎有什麼火光正在交戰。

樂蓉回到臥室，從櫃子裡拿出裝滿五百銀兩的寶盒，笑著對伍項麒說道：

「真虧你給爹獻了這一策，看來太子真的上鉤了，一步步照著我們的計畫走。」

伍項麒從容的笑著：

「今天他拿回去的，早晚我們還是會要回來的！只有太子，會斤斤計較這五百兩！妳今天表演的可真精彩！」

「我是真的生氣了！」樂蓉說：「你和公公鋪了那麼多條線，太子居然先對我下手，果然不是同一個娘生出來的，一點感情都沒有，日後我也不會對他仁慈！」

「這世上妳只能相信我，別指望別人了！連父母兄弟都不一定信得過，這點妳清楚就好！」伍項麒說，指著寶盒：「去吧！給太子嚐點甜頭，讓他越陷越深！」

樂蓉點點頭，開心笑著。

❖

於是，太子「成功」的要回了樂蓉虧空的五百兩銀，回到太府寺繼續查帳。他心情良好的伸了個懶腰，看著面前的帳冊，給自己打氣：「來！再接再勵！」查過帳冊，又去金庫房，仔細清點一箱箱的銀兩、元寶。

一盒盒鑄造出的金塊，被官員盤點裝箱，貼上寫有重量的官印封條。太子清點剛鑄好的金塊，發現實際數字和敕令詔書上核准鑄造量不同，喊道：

「鄧勇！趕快去把鑄金監傳到書房來！本太子有話要問！」

官員們立刻七嘴八舌喊道：

「太子傳鑄金監！太子傳鑄金監！」

鑄金監來到，恭恭敬敬站在太子面前，行禮說道：

「微臣鑄金監劉成叩見太子，太子金安！上次太子貴體受傷，不知好些了沒有？」

「那點小傷，不礙事！」太子指著敕令詔書：「問你一件事，這上面核准鑄造一千兩，為何你鑄造了一千兩百兩？」

鑄金監劉成一聽，甚為惶恐，趕緊翻出身上的鑄造工條，一看說道：

「不對啊！太子！我拿到的鑄造工條是一千兩百兩沒有錯啊！」湊近將工條交給太子：

「請太子過目。」

太子一看，工條上書寫得很清楚，是鑄造一千兩百兩。太子疑惑的問：

「這工條是誰發給你的？」

「一直以來，工條都是由出納使義王和孝王簽發給鑄造房的，上面有他們兩位出納使的大印才能開爐。」鑄金監說道。

太子看著工條上義王和孝王的清楚印鑑，心裡大驚，想著：

「義王和孝王？不應該啊！皇叔義王和孝王都是清廉之人，怎會出此差錯？」立刻喊

道：「鄧勇！備車！」

事情牽涉到義王和孝王，就事關重大。太子不敢耽誤，驅車到了義王府，才知道義王和

孝王結伴去探視忠王了，太子立即趕到了忠王府。幸好忠王只是小恙，已經痊癒，忠孝仁義

四王，都在大廳裡說說笑笑。太子心急，也不客套，立刻問到重點：

「本想只是找義王和孝王問點事情，沒想到大家都來探望忠王，那麼就長話短說。」拿

出敕令和工條給義王看，說：「皇叔，你下的工條怎麼會和敕令不相符呢？相差兩百兩？」

義王仔細端詳看著工條，說：

「這確實是微臣下的工條，是前日拿到的敕令，我清楚記得敕令寫著一千兩百兩沒錯

呀！怎麼太子手上的敕令變成一千兩呢？」

孝王也認真看著敕令日期：

「微臣是和義王一起接到敕令的，我們兩個人四隻眼睛，絕對沒有看錯！太子這份敕令

哪來的……」疑惑著：「不可能同一天會有兩份鑄金的敕令。」

「以往照慣例，七天鑄造一爐，皇上只會下一道敕令。」義王說。

「這麼說來，有一份敕令是假的？」太子思索，明白一笑：「原來有人刻意考驗本太子。」

忠王憤怒的接口：

「應該說，有人故意讓太子來質疑我們四王的操守，朝廷上下都知道，四王是一體的，

誰出錯了，就有理由可以把我們幾個，羅織罪名一網打盡！」

「就算太子拿到了假的敕令，可是庫房終歸是沒少金塊呀！對方的目的是什麼呢？」仁王不解的問。

太子在廳內踱步想著，這又是一步什麼棋？目標確定但又聲東擊西？他對義王說道：

「皇叔，在太府寺，你們還有什麼把柄在他人手上？孝王，你也想想啊！」

義王一怔，變得心虛猶豫，和孝王面面相覷，說：

「這……這個……」

「吞吞吐吐，難道你們真有問題？」太子一凜，嚴重的問。

忠王大力拍桌，豁出去了！大聲說道：

「義王、孝王！咱們也不是龜孫子，太子我信得過，你們老實告訴太子吧！咱們問心無愧！」

突然間義王、孝王匍匐跪下。義王惶恐說道：

「稟告太子，微臣每次在鑄造金塊的時候，皆會收集殘餘的金液，再打成金葉子，集成一定數量之後，轉賣黑市換取糧食。」

太子大驚，震怒說：

「什麼？你們好大的膽子，這是盜取公物貪瀆呀！你們怎敢如此膽大妄為？」激動起

173

來……「你們怎麼對得起皇上的信任？難道連那幾位鑄金監都是你們同夥？整個太府寺在包庇你們？還是說……你們控制了太府寺？」

「太子！」孝王說道：「請你聽我們解釋，金葉子換回的糧食不是我們自己拿去享用，是全部拿去賑災了！」

仁王也跟著下跪訴說：

「漳州水患、平陽乾旱、柊嶺山崩皆害死了不少村民，百姓沒有了家，到處流離失所，挨餓受凍，民間百姓各種疾苦，真是慘不忍睹呀！」

忠王也從櫃子裡拿出許多卷軸，散落在桌子上，說道：

「這些都是各地的災情報告，上面也標注了我們賑災出去的金錢數目，太子親眼看看吧！每一條都經得起調查，我以自己的項上人頭保證！」

太子又驚又急的看著一卷卷的文卷，震撼的說：

「民間居然發生了這麼多苦難？為何都沒有朝臣稟報？」

「當然是有人刻意隱瞞，讓皇上過著歌舞昇平的日子，才能控制更大的權力。何況就算有人稟報了，最後賑災的糧食和金錢，也是落入貪官的手裡。」義王無奈的說。

孝王悲從中來，說道：

「我們一點一滴收集鑄造房殘留的金液，根本換取不了龐大的賑災物資，我們四王每月

的俸祿幾乎都全部捐出去了，但還是餵不飽飢餓的災民。」

太子趕緊扶起身，都跪著的王爺們。

「各位王爺快起身，剛才是我失禮了，沒想到四王為朝廷和百姓做了那麼多事情，真是錯怪你們了！現在我終於明白，伍震榮會讓我進太府寺，就是想藉由本太子的手，揭發金葉子的事，以貪污偷盜名義，除掉四王！」

四王面面相覷義憤填膺。太子繼續踱步深思，這事，要不要和皓禎寄南討論一下？

※

但寄南管不了太子，他全心都在吟霜和皓禎身上。這天，他和靈兒終於從吟霜那兒，回到了宰相府，兩人滿懷心事的走在庭院裡。靈兒憂心的問寄南：

「你說，我們現在回宰相府，吟霜安全了嗎？我們是不是應該在吟霜那兒多陪她幾天？」

「吟霜現在需要的不是妳也不是我，是皓禎！皓禎陪在那兒，比誰都強！何況魯超守著，我們還是安安分分回宰相府比較好。」寄南說。

「吟霜住進將軍府這事情，可靠嗎？」靈兒又擔心的問：「我怎麼感覺很不安呢？那公主就住在隔壁的公主院，能不被發現嗎？」

「總比把她一個人放在鄉間小屋裡好呀！」寄南直率的說：「萬一她又胡思亂想，又想消失了，那下回我們恐怕怎樣都救不回吟霜了！」

「唉！」靈兒煩惱的說：「我應該進去將軍府當小廝才對呀！這樣我才能就近照顧吟霜！」扯寄南的衣服：「你這個臭屁的王爺，快想辦法讓我去將軍府吧！這個宰相府真的快憋死我了！」

「妳以為我喜歡待在這兒，憑我寶王爺，哪是一道聖旨就可以擺布我的？」寄南看看四下無人，低聲的說：「咱們進宰相府是『將計就計』，妳懂嗎？」

「什麼『將計就計』？你快說啊！」

寄南更加謹慎，看著四周，確定無人之後，悄聲的說：

「咱們進宰相府有三個任務：第一，監視漢陽在大理寺的行動！第二，策動漢陽，加入我們的『天元通寶』。第三，探聽宰相和伍震榮的動靜和密謀。」

靈兒恍然大悟說：

「啊？有這麼多原因呀？你還想吸收漢陽加入我們？他會願意嗎？這右宰相和左宰相就像你和皓禎一樣，是分割不開的兄弟。」

「所以要見機行事啊！他們在監視我們，我們也要監視他們！」

兩人說著說著，在花園中一個轉彎，差點撞到帶著女僕的采文，寄南趕緊拉住不安分的靈兒。采文莊重的對寄南說：

「你們上哪兒去？到處找不到人。」看向靈兒：「袞兒，不管你和寶王爺的關係如何，

你的身分畢竟是一個小廝，不可以在人前人後和寶王爺勾肩搭背的，太不像話！」

靈兒委屈的搔頭搔腦，低頭低語：

「是！夫人！」

寄南見靈兒委屈，就直言不諱的說：

「夫人，您也別生氣，我的小廝，還是讓我自己調教。」

采文一臉莊重，決定要幫世廷調教一下二人，就不苟言笑的說道：

「我們宰相府是奉旨辦事，要管束你們兩個，裘兒既然在我們宰相府，就要守宰相府的規矩，現在開始……」看著靈兒命令：「你和那些小廝僕人一樣，該打掃庭院的就去打掃，該清馬槽就去清馬槽，不要整天黏著你們家王爺。」

「啊！還要打掃？還要去清馬槽？」靈兒詫異，轉眼偷瞪寄南，低聲嘰咕：「我真命苦……」

「夫人，反正本王閒著也是閒著，我也去打掃和清馬槽吧。」寄南嘻皮笑臉說。

「不必了，你是王爺之尊，還是在房裡多看一些聖賢書，多檢討自己的行為吧。」采文一本正經的說。

三人正在說著，庭院一角，漢陽和世廷帶著伍震榮走進屋裡。漢陽禮貌的說著：

「榮王，那麼到我書房裡去密談吧。」

寄南、靈兒、采文同時望向漢陽他們遠去的背影。采文匆匆說道：

「我有客人來了，裘兒，快去幹活去。」

靈兒機靈的拿起牆角的掃把，爽快明朗的回答：

「是的，夫人，小的立刻掃地去！」

見采文離開，靈兒挨近寄南，悄聲對寄南說：

「這個伍震榮不知為啥突然來宰相府？我去打探打探如何？」

寄南敲敲靈兒腦袋，欣喜的笑道：

「聰明！不過妳要小心行事，雖然妳現在是男裝，但千萬不要被伍震榮認出來！」

靈兒點頭，一溜煙的跑向漢陽的書房方向。

❀

書房裡，漢陽正無法相信的看著伍震榮說：

「榮王說，太子發現了四王在太府寺偷金子，卻把案子壓下來了？沒跟皇上備案，也沒通知大理寺查案！這消息可靠嗎？」

「難道本王還會誣陷太子不成？」伍震榮看漢陽，威脅的說：「你這個大理寺丞，倒是給本王一句話，這案子你接手還是不接手？」

漢陽挺直背脊，嚴肅的回答：

「太府寺又不歸大理寺管！這事應該上呈到刑部才對！除非皇上有令，讓漢陽接手，否則漢陽有何資格接手查辦？畢竟牽連到四王和太子，層級太高，這是會天翻地覆的大事！」

門外，靈兒一面掃著地，耳朵幾乎已經貼到門上。聽到一些零零碎碎的話，已經十分震驚，暗中想著：「四王和太子？偷金子？天翻地覆的大事……」更加靠近門。

門內，世廷看著震榮，打著哈哈，嘴角帶笑的說：

「榮王！顯然這次太子進太府寺，掌握了很多不為人知的祕密吧？」

「可不是！」震榮難掩得意：「太子連太子府都不回，整天埋在太府寺找弊端，累了就在書房打盹，這樣下去，只怕皇室很多機密，都會落到太子手裡！」

漢陽憂心的說：

「太子身分不同，親自去太府寺查案，實在不妥！何況查到的都是皇室的機密，他這樣查下去，不是得罪皇后，就是得罪公主，聽說樂蓉公主對他已經很生氣！再查下去，太子會面臨四面楚歌的境地。不知是誰把太子帶進太府寺裡去的？」

「漢陽！你不要死腦筋！」伍震榮得意的說：「每次讓你辦事，就拉扯出一大堆律法！那太子進太府寺的這步棋，可是你爹右宰相出的主意！」

漢陽大驚，看世廷，著急問：

「什麼？爹！你為什麼要蹚這渾水？幹嘛讓太子去得罪皇上皇后呢？」

「你多長點腦筋，少做點書呆子的事！」世廷瞪著漢陽：「你爹自然有道理。那太子是個閒不住的人，讓他多瞭解點世事，也是好的！」

漢陽一呆，忽然有力的說道：

「榮王！只要你給漢陽一個命令，漢陽就去接辦四王偷金子的事。」

「那可好！但是，你不會偏袒太子吧？」伍震榮一愣，問。

「公事公辦，天子犯罪也和庶民同罪！」漢陽硬邦邦的回答：「如果太子果真和四王有勾結，漢陽一定查辦到底！」

「好！不過目前還不急，等太子繼續調查下去再說。」伍震榮拍著漢陽的肩，看世廷，若有所思的笑著：「若是太子繼續包庇四王貪贓枉法，那廢太子也就近了。」

門外的靈兒耳朵貼著門，憤憤不平想著：「貪贓枉法？還想廢太子？這混蛋！」

門內伍震榮拿出一個紙卷遞給漢陽，說道：

「現在本王就向漢陽你這位大理寺丞舉報，仁王貪贓枉法，販賣私鹽的證據就在這兒，有了這個鐵證，你立刻可以將他打入大牢，滿門抄斬！」

「仁王？」漢陽一震：「四王已經牽涉到太府寺的案子，怎麼還會販賣私鹽？」

伍震榮眼神凶惡，說道：

「朝廷那四王，就是朝廷裡的亂源，漢陽是聰明人，本王相信你知道該怎麼辦！話不必

180

挑得更明白，你就按證據辦事吧！本王知道，你辦案一向講究證據，為了讓你師出有名，證

據也到你手上了，就先辦私鹽案吧！」

「榮王，這事情就交給本官吧。」世廷篤定的說：「小犬會懂得怎麼辦事的，請您安心！」

「世廷啊，咱就像親兄弟一樣為朝廷盡忠，這一切就看你的了。」伍震榮笑，突然感覺

門外有人，立刻打開門，大喊：「什麼人？」

依著門口偷聽的靈兒聽得太專心，來不及反應，便撲倒在伍震榮的懷裡。伍震榮沒看清

靈兒，抓住靈兒的手腕，開罵：

「你是誰？竟敢在門外鬼鬼祟祟！」

靈兒即使男兒裝扮，也怕被認出，死命低著頭，立即跪地求饒，用男聲說道：

「大人，對不起，對不起，小的在掃地，沒有鬼鬼祟祟，沒有！沒有！小的忙著掃地呢！」

「你分明是躲在門外偷聽！」伍震榮凶惡的抓起靈兒，想看清靈兒的臉：「說！你這渾

小子聽到了些什麼？」

「裘兒？」

伍震榮看清了靈兒，立刻認出是寄南的小廝裘兒。漢陽和世廷也一驚，漢陽喊：

「原來是你？寶寄南身邊的小廝？」伍震榮瞪著大眼，大怒：「好啊！好大膽的小廝，

來人啊！把這個小賊給我抓回去榮王府！」

剎那間，書房四周被大批衛士包圍，兩名衛士進房準備抓走靈兒。靈兒掙扎求饒：

「王爺！寶王爺！寶

「大人！大人！我又沒有犯錯，你要把我抓走幹嘛？不要不要！」大喊：

王爺！快救命啊！寶王爺！」

寄南聞聲衝進書房，但是一進門就被衛士攔阻。他對著伍震榮凶悍的說：

「喂！榮王，你快放了我的人，他只是本王身邊的小廝，聽從夫人的命令在宰相府打

掃，你抓他要做什麼？」

「本王要抓這個小賊回去問話，看他是不是圖謀不軌！」伍震榮凶悍的說。

寄南立刻發難，一招「強渡關山」使出「左右開弓」，拳腳齊出，連踢帶打，衝破衛士

的攔阻，衝到伍震榮面前，怒目而視，氣勢洶洶的說：

「你想帶走我的人，先把我撂倒再說！」

「寄南，你快退下去！小小一名僕人，還值得你對榮王吹鬍子瞪眼睛嗎？」世廷威嚴嚇

阻，對衛士喊：「快把裘兒帶走！」

寄南捍衛靈兒，擺開架式，用「鷂子鑽天」起手式，把靈兒上下左右護定，說道：

「今天是你們逼我在宰相府出手，別怪我不客氣了！」

寄南話才說完，又出手和衛士打鬥搶人，「鷂子鑽天」施展開來，拳快如風、腿如閃

電、拳拳到位、腳腳倒人。幾名衛士被寄南打得東倒西歪，書房亂成一團。漢陽見場面大亂

182

忍無可忍，威嚴的大吼：

「通通住手！誰都不可以在宰相府裡動手！」

寄南收兵，衛士們也停手觀望。漢陽恭敬的對伍震榮說道：

「榮王，縱使裘兒有錯，也是在宰相府裡犯的錯，不如將裘兒交給下官審理，畢竟下官身為大理寺丞，辦案調查也是本官的職責所在。」不等伍震榮回應，便向門外大喊：「來人啊！把裘兒帶下去關起來，待本官親自審問！」

宰相府的衛士又衝進來，壓制著靈兒，強迫她跟著漢陽走出書房。寄南、靈兒彼此慌亂的互視一眼。寄南急追著漢陽喊：

「方漢陽，你要把裘兒帶到哪裡？你要是傷害了他，我跟你沒完沒了！」

「方漢陽，你要把裘兒帶到哪裡？我警告你，不可以對他用刑！」

漢陽對門外眾多衛士使眼色，大批衛士向前一衝，架住了寄南。寄南動彈不得，只能在漢陽身後大吼：

「王爺！快救救你的裘兒呀！王爺……王爺……」

靈兒求救的回頭望著寄南，無奈的被架著帶走，嘴裡大叫著：

寄南被大批衛士阻攔著，只得眼睜睜看著靈兒被帶走。

靈兒被衛士架著，大力的甩進一間房間裡，原來是宰相府的柴房。靈兒腳步沒站穩，跟蹌的倒在柴堆裡。漢陽對靈兒說道：

「今天這場風波是你自己引起的，你沒事到我書房幹什麼？你就先在這柴房裡好好思過吧！」

靈兒不服氣的起身喊：

「思什麼過呀？小的只是去清窗戶、掃地，小的哪裡錯了？」

「宰相府那麼大，你偏偏在那個時候去清窗戶掃地？你以為本官是個糊塗蟲，可以讓你糊弄的嗎？你安安靜靜的在這裡待到晚一點再來審你！」

漢陽說完便轉身離去，門外的衛士們把柴房門上鎖。漢陽在門口對衛士說：

「沒有我的命令，誰都不許靠近柴房、不許打開柴房的門！」

衛士大聲應著：

「是，遵命！」

靈兒敲著門大喊：

「大人，那你要把小的關多久啊？小的想要上茅房啊！大人！大人！」

靈兒見門外無聲無息，來回踱步想對策，焦躁的自言自語：

「怎麼辦？怎麼轉眼就被關起來了？今天是什麼日子啊！怎麼這麼倒楣！對，只要碰到

姓伍那一家子的人，我就倒楣鬼上身！氣死我了！」踢門大吼：「氣死我了！」

靈兒繼續敲門、踢門，吵鬧著喊：

「放我出去！放我出去！」

❖

漢陽回到書房，僕人正在打掃擦桌，整理著剛剛一場大亂的殘跡。他忙著收拾自己的書卷，寄南突然怒氣沖沖的衝進書房裡，對著漢陽吼道：

「你到底把裘兒帶到哪裡去了？為什麼我找遍了宰相府，就是找不到他的人？」

漢陽冷靜的繼續收拾東西，說道：

「如果有必要的話。」

「他是一個待罪之人，自然在一個他應該待罪的地方。」

「這麼說，你們宰相府還設有祕密監牢？」寄南越想越糟：「你要對裘兒嚴刑逼供嗎？」

「什麼？你還來真的？」寄南怒沖沖喊：「想不到你方漢陽居然也是那種對老百姓屈打成招的狗官！」

漢陽用力的放下書卷，生氣的說道：

「什麼狗官？講話客氣一點！今天犯錯的是你的人，你管教下人不周，還罵起本官，真是無恥！」

寄南覺得情勢不利，不管怎樣，非得把靈兒救出來不可！忽然瞪著漢陽說道：

「我真是不明白，我們家裘兒到底犯了哪條罪？你倒是給我說說啊！是你無恥，還是我無恥，我們來講清楚啊！」

漢陽書呆子毛病又犯了，板著臉說：

「《論語》讀過沒有？『子曰非禮勿視，非禮勿聽，非禮勿言，非禮勿動。』裘兒就是犯了這四個非禮！他鬼鬼祟祟在門外偷聽、偷看，這就是罪！」

寄南不以為然大笑起來：

「哈哈哈！方漢陽，你以為裘兒是千里眼、順風耳？就站在門外掃掃地，什麼都能聽到了？你這個分明就是栽贓，根本無憑無據！」走近漢陽身邊，吊兒郎當的竊笑，說道：「漢陽你記不記得，蘭馨公主問過你一個問題，偷什麼東西不犯法？」

漢陽神色一變，想起來就慚愧，不情不願的說：

「偷笑不犯法！」

寄南用力一拍漢陽的肩，大聲說道：

「是嘛！偷笑既然不犯法，那偷聽、偷看算犯什麼法呢？頂多就是比較不禮貌，失禮而已。咱們大事化小，小事化無吧！今天你沒把裘兒交給榮王，算本王爺欠你一個人情，你就放了裘兒，行嗎？」

「可是……可是……」漢陽想想不對勁。

寄南推著漢陽往門外走，一面說：

「不用可是了，走！快走！快放了裘兒就對了！要不然，我明天就到長安城的大街上，把公主考你偷笑的事，傳遍整個長安城！」

漢陽睜大眼，著急尷尬，面紅耳赤的說：

「你……你這人真可惡！我怎麼感覺……好像又被你算計了！」

「哈哈哈！」寄南再大笑，拉漢陽：「快走快走！放人要緊！」

漢陽無可奈何，只得帶著寄南向柴房走去。

靈兒仍在柴房吵鬧，把一段段砍好的木材，拿來對著牆上門上亂丟，大吼大叫：

「快放我出去！憑什麼關著我呀！你們當官了不起，隨便就可以欺負小老百姓嗎？」拚命的拿木頭砸門……「放我出去！放我出去！我要見大人！」

就在靈兒拿起一段木頭，用力砸向門口之時，柴房門居然打開了。靈兒砸出的木頭，不偏不倚的就砸在站在門口的寄南腦門上。寄南措手不及，挨砸大叫：

「哎喲！裘兒啊！妳搞什麼鬼，我是妳主子呀！」

寄南叫完，眼前一陣天昏地暗，應聲倒地，額頭立即出血。

靈兒見房門大開，卻砸傷了寄南，立即衝出，著急蹲下檢視寄南……

「王爺！王爺！你怎麼那麼傻，就站在那兒被我砸呢！王爺，你醒醒啊！」

漢陽看向柴房裡，見到木柴全部丟得亂七八糟，搖頭嘆氣：

「唉！裘兒，怎麼只要你走過的地方，就天下大亂，一片狼藉呢？」對衛士喊：「快把寶王爺扶到他房裡療傷。」

晚上，寄南從昏迷中甦醒，半坐半躺在床榻上，大夫幫他的額頭診治過後，包紮了一圈療傷布條。僕人把一些沾有血漬的布條和藥品收拾好，離開了房間。靈兒見屋裡沒人了，就關心的上前問道：

「怎麼樣？頭還疼嗎？」

「本王爺活到今天最窩囊，好心去救人，還被人打成這樣，妳沒良心！」

「好啦！別罵我了，我今天也倒楣透了！」她收起笑臉，正經的看著寄南：「我們談正事要緊！」

靈兒在屋裡檢視門窗，察看屋外有沒有人監視。確定安全後，她回到寄南床邊，附耳在寄南耳邊報告，寄南越聽越沉重，越聽越驚：

「什麼？伍震榮要借太子的手除掉四王？什麼偷金子？四王是多麼清高的人，怎麼可能偷金子？妳有沒有聽錯？」

188

「聽得模模糊糊的，也不知道有沒有聽錯？還說有證據顯示仁王在販賣私鹽！還說什麼朝廷那四王就是朝廷裡的亂源！」她疑惑的問：「什麼是『四王』呀？」

寄南一邊頭痛，一邊解釋：

「四王就是幫助皇上登基的四大功臣，當年皇上有感他們的功績卓越，就分別以『忠、孝、仁、義』四個字將他們封王。他們是朝廷和民間，擁護李氏江山非常強大的一股力量。仁王一向清廉，絕對不可能販賣私鹽！這分明就是左右宰相聯手，想利用太子，借刀殺人，怪不得讓太子進太府寺去查帳！」擊掌大嘆：「我就說有詐！太子還是中計了！」

「這麼說，他們想除掉四王？」靈兒義憤填膺。

「沒錯，就是這樣！看來伍震榮又要展開大屠殺，塗炭生靈！」急切起來：「這件事情，要趕緊通知皓禎才行！」

「皓禎現在為了吟霜和公主的事情已經忙得昏頭昏腦，他還能應付得了這些事情嗎？」

靈兒憂心的說。

「不能找皓禎的話，咱們也要想辦法如何拯救這四大功臣。這四大功臣實際上和我們『天元通寶』，也是息息相關的。還得趕緊通知太子，退出太府寺！」

「聽說太子都不回太子府，留在太府寺，你能進太府寺嗎？」

「還真不行！我這小小靖威王，有什麼屁用？」寄南洩氣的說。

「要不然，我們一不作二不休，先做掉伍震榮再說！」靈兒異想天開。

「妳以為自己是誰呀？『天元通寶』那麼多兄弟，『木鳶』那麼能幹，都做不掉伍震榮！

妳我怎麼做得到？」

「這個不行，那個不行，到底要怎麼辦呢？」靈兒突然一想：「如果我們把伍震榮給漢陽的證據偷走，那漢陽就沒有理由、沒有證據可以捉拿仁王了不是嗎？救一個是一個！先偷走證據，至於四王偷金子的事，再想辦法！」

「妳說得有道理，漢陽這個人特別死腦筋，辦案一定講求證據，妳果然聰明！」寄南點頭思索：「但是要如何偷走證據呢？」盯著靈兒說：「妳今天才大鬧宰相府，咱們不能亂來……」皺眉用手撫著頭上受傷的地方：「我頭痛，最好再想想……」

「還想什麼？人命關天呀！」

「要偷東西也要有高明的偷法呀！唉，我現在頭疼的厲害，無法思考，或許睡一覺起來，就有好辦法對付伍震榮了。」寄南躺上床……「我先睡會兒。」

靈兒無奈的幫寄南蓋被，嘴裡嘰咕……

「唉！只好這樣了，今天也夠折騰了，你快睡吧。」

寂靜的夜晚，寄南熟睡了。

靈兒穿著一身黑衣，又悄悄摸黑來到漢陽的書房門口。她躡手躡腳的，看向四周，見四面無人，嘴裡嘀咕著：

「偷東西就偷東西，還要等什麼高明的偷法，等你賣寄南想到法子，那仁王都升天了！我一定要馬上偷出來不可！」

靈兒順利的潛入漢陽的書房。靠著窗外的月色，小心翼翼的東張西望，到處找紙卷。窗外，仍包紮著頭部的寄南也一身黑衣，悄悄來到書房外，從窗戶的縫隙裡看到了屋裡的靈兒。寄南埋怨：

「這丫頭還真不死心，一個人又自作主張的行動，也不先問過我這個主子，真是讓人操心的傢伙！」

靈兒，靈兒快速的躲藏到書桌下面。兩人彼此反方向的摸黑著，不小心頭撞了頭，靈兒驚嚇的搗著自己的嘴，差點尖叫出來。寄南額上的傷口一痛，低聲喊疼，小聲的說：

寄南身手矯捷，輕輕打開窗子，一翻身就翻進了書房。房裡，寄南翻窗的動作，驚嚇了

「袞兒！我的頭是和妳有仇嗎？」搗著頭：「疼死我了！」

靈兒發現是寄南，鬆了一口氣說：

「你怎麼也來了？我明明看你睡得跟豬一樣！」

「廢話少說，既然來了，咱們趕緊行動！」

靈兒、寄南就繼續翻箱倒櫃尋找那份「證據」紙卷。靈兒忽然看到一堆堆成卷的公文紙卷，傻眼說：

「這麼多卷，都長得一樣，不知道哪一個才是？」突然翻到一個紙卷，驚喜的拍打著寄南：「你看看是不是這一個？」

寄南透著窗下月光，打開一看。

「果然是！居然給『仁王』安了那麼多罪狀，太可惡了！」

靈兒一高興搶回證據想看一眼，結果被矮凳絆倒，眼睜睜看著那證據紙卷掉落在地上，滾到了門口。寄南想幫忙撿回紙卷，突然門外一串聲音傳來，寄南和靈兒一慌，手忙腳亂，趕緊抱起散落在桌面上好多紙卷及卷軸，躲藏於書櫃後。

方世廷、漢陽帶著油燈，走到書房門口。就在漢陽一個腳步要踏入書房，將會踩到掉落的那個紙卷時，千鈞一髮之間，寄南長手一伸，撿了回去，把「證據」紙卷放在靈兒手上捧著的一堆相同的紙卷裡，繼續躲藏著。

世廷檢視四周，疑惑的說道：

「剛剛好像是書房裡傳出什麼聲音？漢陽，你聽見了嗎？」

「找一找，說不定是老鼠！」漢陽說。

漢陽和方世廷就分頭在書房裡檢視，漢陽快要發現靈兒之時，寄南趕緊摀著靈兒的嘴，

拉著她悄然無聲的爬到一個矮櫃後面。當方世廷走近寄南和靈兒躲藏的矮櫃之時，兩人又驚險的爬向門口。當漢陽轉身看向門口，寄南和靈兒眼見快要曝光，便迅速的抱著一堆紙卷奪門而出。

漢陽眼角看見黑影，大喊：

「什麼人？站住！」對外面喊著：「來人啊，有竊賊！」

突然宰相府的衛士通通趕到書房門口。衛士們慌亂喊著：

「竊賊在哪？」

漢陽快速指揮：

「跑向水池了，快追！」回頭對世廷喊：「爹，我去抓賊，你檢查書房有沒有丟了什麼？」

一切發生太快，方世廷來不及反應，一下子愣著。漢陽說完便和衛士奔向水池。

黑夜裡的庭院，因為有月光，並不是很黑暗。靈兒手抱著一堆紙卷，和寄南在庭院飛奔著。

漢陽帶著一隊衛士，追向寄南和靈兒。他指著前方的黑影，喊著：

「小賊！站住，不要跑！竟敢亂闖宰相府！」

寄南和靈兒，遠遠的聽到漢陽追來的聲音。靈兒邊跑邊說：

「這次千萬不能被逮到，否則咱倆就要再進去柴房啦！」

寄南跑著，有氣的說：

「妳還知道不能被逮到？都是妳，叫妳等我想到高明的辦法，妳不聽，這下我們要往哪兒跑呀！」

靈兒喘息著，四面張望：

「我們好像跑錯方向，這不是回咱們廂房的路呀！」看向前方：「前面樹叢多，我們先去那裡躲一躲！」

寄南和靈兒眼見追兵趕到，趕緊躲於池塘邊的樹叢裡，背後就是池塘，再也無法後退。

漢陽喘息的追到樹叢前，喊著：

「絕對不能放過任何地方，快把小賊抓出來！」

衛士們拿著長槍對樹叢亂打亂刺，靈兒寄南有驚無險的閃躲長槍。

一支長槍突然對著靈兒的胸口刺來，靈兒一個大弧度的後仰彎腰，手裡所有的紙卷全部拋向了池塘裡。由於動作太大，她腳步不穩，眼看就要摔進池塘，寄南眼明手快，一招「小擒打」，快速伸手一拉一抱，便將靈兒抱進懷裡。他毫不遲疑，抱著靈兒連翻帶跳，便飛也似的逃離了水池。

漢陽眼見池塘裡散落著他的公文卷，氣急敗壞，大喊：

「完了完了！快救我的文卷！來人啊，跳進池塘，快救我的文卷啊！唉呀！多少案子在裡面，快救我的文卷！」

「大人，是先抓小賊？還是先救文卷呢？」衛士們糊塗著。

漢陽也急糊塗了：

「這……這……」看向池塘：「先救文卷要緊啊！唉！」

30

莫尚宮走進闕樓，皇后正獨坐沉思著。莫尚宮恭敬的說道：

「殿下，崔諭娘傳回消息了，蘭馨公主在將軍府一切安好，目前，沒有傳出什麼不好的消息。」

皇后望著闕樓下那重重疊疊的宮廷和屋瓦發呆，自言自語的說道：

「那個壞脾氣的丫頭，就這麼離開皇宮嫁出去了，突然沒有人三天兩頭和本宮鬥嘴，還挺不習慣的！」

「殿下是想念蘭馨公主了，畢竟她是殿下的親生女兒。」莫尚宮笑著說。

突然伍震榮走進闕樓，莫尚宮識相的對伍震榮施禮，就退出了闕樓。

「不是跟你說了嗎？除非有大事，暫時不要到這兒來。皇上最近怪怪的，賣官的事，本宮也只好交出了十幾個名字，盡量找不會動到項麒的！現在風頭很緊，我們還是小心一點

「好!」皇后警告的說。

「下官怎麼忍得住不來?妳那皇帝現在怪怪的,等到我把太子的棋布好了,看他還怪不怪?」

「太子還在魚鉤上嗎?」皇后小心問。

「那當然!世廷給我的這條計策實在太好!項麒的魚餌也用得不錯!不過……」臉色一變:「也有不好的消息!最近民間忽然傳出兩句歌謠,完全針對咱們而來!」

「針對咱們?什麼意思?怎麼說的?」

「歌詞中有兩句話是『五枝蘆葦壓莊稼,萬把鐮刀除掉它』。這『五枝』是指『伍家』,『蘆葦』是指盧皇后妳啊!這明明是有叛亂份子,在發動暗殺我們伍家和盧家的行動!妳要讓盧侍郎、盧御史他們都小心一點!」

盧皇后大驚……

「那還得了?居然這樣公開傳唱嗎?」著急的說:「你還不趕快去把散播這些歌謠的人通通抓起來!誰敢唱就宰了誰!」

「已經傳到民間了,事情就不好辦!」伍震榮憤恨的說:「那幫人不止想對付我,實際上是要剷除殿下苦心經營的勢力。上回項魁失手,不就是遭遇了什麼武功高強的農民兵團嗎?我猜就是袁柏凱和太子幫搞的鬼,跟他們親近的人,全體有嫌疑!」

「先看看太府寺的進展如何再說吧！」盧皇后陰沉的說，又看向伍震榮：「你還是早點離開這兒比較好！不過，現在皓禎是蘭馨的駙馬了，你動誰本宮都不管，千萬別動皓禎！」

盧皇后不想動皓禎，當然還有她的想法。既然將軍府沒有傳出小倆口不合的消息，這個皓禎說不定會被蘭馨收服，萬一哪天蘭馨想明白了，親娘總之是親娘，那麼，這個皓禎會不會見風轉舵，成為她的助力呢？上次伍震榮也提過，現在看來，確實有點道理，且走且瞧吧。

❖

皇后對皓禎的如意算盤，跟實際差了十萬八千里！

這天，皓禎興沖沖的帶著皓禎、吟霜、甜蜜蜜，他終於如願了！吟霜順利的進了將軍府。雪如和秦媽，小心翼翼的帶著皓禎、吟霜、甜蜜蜜，到了將軍府正房後面一個僻靜的角落，那兒有一進小小的院子，看起來殘破而荒涼，名字叫「小小齋」。院子裡有幾叢竹子，幾棵芭蕉，圍牆上雜亂的爬著使君子和爬牆虎。使君子正開著粉紅色的小花，爬牆虎卻囂張的欺壓著使君子，兩種植物長得亂七八糟。魯超、小樂、香綺拎著簡單的行李跟著入內。

院子裡面的房間是簡單的，一間小廳，放著桌子坐榻，還有兩間臥房。雪如說：

「這偏院最安靜，就在我房間的後面，一共三間，夠妳們主僕兩人住的。不過當然不能跟妳們鄉間那棟房子比，那兒是仙境，這兒是人間！」

皓禎一看，高興的情緒都冷了，非常不滿的說道：

「娘！不能讓她們住我書房後面的『畫梅軒』嗎？」

「你想呢？」雪如問：「畫梅軒像丫頭房嗎？既然入府當丫頭，就該有丫頭的樣子！這三間已經太考究了！無論如何，我們不能驚動公主，不能讓全家冒險！」

吟霜趕緊說道：

「謝謝夫人安排！能有這樣三間房，吟霜已經感激不盡！」

「好吧！」皓禎無奈而心痛的說：「魯超、香綺，你們幫吟霜姑娘整理一下，看缺了什麼，趕快出去買！」

「是！」香綺應著：「我去臥室看看，先把小姐的藥瓶整理出來。」

吟霜就催促的對皓禎說：

「你快離開這兒吧！免得被別人看見，會有閒言閒語的！」

「什麼閒言閒語，以後這三間房，就是我的仙境了！」皓禎說。

雪如瞪了皓禎一眼，正色說道：

「吟霜說得對，你快出去吧，最好到公主那兒轉一下。」

皓禎像是沒聽見，逕自走進房裡去，在兩間臥室門口看了看，立刻皺著眉頭說：

「魯超！駕馬車去常媽那兒，把吟霜所有的棉被枕頭日常用品通通搬來吧！這樣簡單，

讓她怎麼睡？」

「是！我這就去！」魯超轉身而去。

「皓禎，你⋯⋯」吟霜想阻止。

「吟霜，妳一定要改一改稱呼！妳是丫頭，要叫皓禎公子，記住了！還有香綺魯超小樂這些知情的人，只能喊吟霜名字，再別帶姑娘小姐這種稱呼！」

吟霜趕緊對小樂求救的說道⋯

「小樂，請帶公子回他自己的房間吧！」

「是！」小樂拉著皓禎就走⋯「公子！快走吧！」

皓禎無奈，對吟霜說道⋯

「妳整理整理東西，我有空就過來。」

吟霜點點頭，皓禎就被小樂拉出房間去了。

吟霜情不自禁，跟到小院來，目送他離去。

皓禎一腳跨出「小小齋」的院門，就撞到正在往院子裡察看的蘭馨身上。皓禎大驚，提高聲音喊⋯

「蘭馨！妳怎麼不在公主院，跑到我們這小偏院來幹什麼？」

「原來駙馬回家了！」蘭馨驚愕，立刻大聲的說道⋯「本公主也想問你，你回家不到公

200

主院，跑到這小偏院來做什麼？」伸頭往院子裡看：「我還不知道你們將軍府居然有這麼簡
陋的地方。這兒很久沒人住了吧？是做什麼用的？小小齋？我進去看看。」

小院內，雪如、吟霜、香綺、秦媽聽到皓禎的大叫聲，全部一震。雪如一聽蘭馨要進來
看，趕緊把吟霜往房裡推去。吟霜大驚之下，拉著香綺就躲進一間臥房內。

小院門口，小樂一聽蘭馨要進去，就飛快的攔住門，胡亂找理由說：

「公主，這兒是禁地，不能進去！」

蘭馨大疑，突然給了小樂一個響亮的耳光，怒罵道：

「居然敢攔著本公主？什麼叫禁地？你這鬼頭鬼腦的小廝，我早就看你不順眼了！大聲
喝斥：「讓開！」

皓禎看蘭馨打了小樂，心中大怒，又怕吟霜曝光，一個箭步就攔在蘭馨面前，怒喊：

「妳敢打小樂？打小樂就等於打我！妳知道打狗也要看主人面嗎？到底誰招惹了妳？公
主院才是妳的範圍，我們將軍府，根本不是妳應該過來的地方！」

蘭馨瞪著皓禎，所有壓抑的憤怒瞬間爆發，氣沖沖喊：

「你知道誰惹了我嗎？就是你！你這個一堆毛病、莫名其妙的駙馬！今天別說這將軍
府，就算整個長安城，本公主要去哪裡就去哪裡！至於這個小樂，我就打了，你要怎樣？」

蘭馨說著，飛快的又給了小樂一個耳光。

皓禎再也沒想到蘭馨又動手，居然沒攔住，這下怒不可遏。他一伸手就抓住了蘭馨的手

腕，威脅的說：

「妳想動手是嗎？妳以為妳能打得過我嗎？」

崔諭娘急壞了，趕緊喊道：

「公主！公主！千萬不要跟駙馬爺生氣呀！萬萬不可呀！這兒既然是禁地，公主就去別

的地方逛吧！」

小樂被打得臉也腫了，眼淚直流，卻緊緊拉著皓禎的衣襬說：

「公子，是小的該打！小的該打！公子別生氣……」

就在這爭吵中，院子門忽然大開，雪如帶著秦媽出來。雪如鎮定的說道：

「什麼事在門外吵吵鬧鬧？」看到蘭馨，就驚訝的說：「蘭馨，妳怎麼來了這兒？這小

院好久沒人住，因為……老房子總有一些關於神鬼狐怪的傳說，大家都說這兒是禁地，我可

不以為然，今天想把它布置一下，乾脆變成佛堂什麼的。怎麼？公主想看看嗎？進來吧。」

秦媽就把院門大大打開，說：

「公主，請。」

蘭馨大大一愣，沒料到小院裡居然是雪如和秦媽，心想：

「這下糟了！我還以為藏了個女人呢！怎麼是他的娘？」

皓禎跟雪如交換了一個眼光，知道吟霜和香綺一定隱藏好了，就拉著蘭馨的手腕，把她大力的拉進院子。皓禎說：

「這是小院，仔細看看吧？」

皓禎又拉著蘭馨進房間小廳。

「這是小廳，看到了嗎？欣賞過了嗎？還要不要看裡面的房間？」打開一間臥室的門：

「看到了嗎？」又要去開另外一個房間。蘭馨掙扎的說：

「好了好了！看夠了！」迅速的改變臉色，對皓禎媽然一笑：「你都不在家，本公主無聊，到處逛逛就逛到這兒來了，打擾了娘，對不起啦！」去摸小樂的頭，小樂以為又要挨打，把腦袋縮進了脖子裡。「小樂，打痛了嗎？」

「不痛不痛！」小樂一疊連聲回答。

蘭馨好脾氣的逗弄小樂：

「不痛？那就再打一耳光試試？」

小樂慌慌張張回答：

「痛痛痛！公主息怒，不要再打了！」

「公主還想看哪裡？我帶妳看！」皓禎嚴肅的說。

「是！」蘭馨朗聲的應道：「崔諭娘！我們跟駙馬逛逛去……哦，要說名字，不能說駙

馬……我們跟皓禎去吧！」

皓禎就帶著蘭馨和崔諭娘走了，臨走，給了雪如一個托付的眼光。

雪如目送她們走遠，才呼出一口氣來。

另一間未開的房間，緊貼在門背後的吟霜和香綺，都嚇得臉色發白。

這就是吟霜初進將軍府，第一件碰到的事。緊接著，這天都安安靜靜，吟霜的小廳。

廳中已經簡略的布置過了，窗上垂著窗簾。吟霜和香綺還在忙，吟霜在燈下縫紉著，香綺把配套的靠墊放在坐榻上。小樂一進門就嚷著：

「停工！停工！開膳了！公子親自給妳們送晚膳來了！」

吟霜慌張的起立，看著皓禎，不敢相信的問道：

「你怎麼來了？」四面張望，非常緊張的說：「有沒有人發現你來這兒？你就這樣冒險到我房裡來？給公主發現怎麼辦？今天聽到那公主的聲音和氣勢，到現在心還怦怦跳呢。」

皓禎心頭一緊，伸手就握住她的手。歉然的說：

「剛剛進府，就讓妳被嚇到，這個公主真是我的心頭大患！現在不談公主，我猜，妳還沒吃晚膳，所以讓小樂去廚房拿了幾盤好菜，妳在將軍府吃的第一餐，我要跟妳一起吃。」

「難道你不去跟公主一起吃嗎？她會不會又大發脾氣？」吟霜著急。

「妳才是我的妻子，我為什麼要跟她一起吃？」

「我覺得這樣不大好，我是個丫頭，哪有公子幫丫頭送飯，還跟丫頭一起吃的道理？飯菜放下，你和小樂快走吧。」吟霜更急。

兩人談話中，小樂和香綺早已把飯菜都拿了出來，擺在方桌上。

「吟霜姑娘，妳別讓公子著急了！」小樂說：「這菜色都是公子叮囑我去選的，炒雞丁，豆苗蝦仁，涼拌干絲，鹹菜蒸黃魚……都是姑娘最喜歡的菜。」

「小姐就快來吃吧，涼了就不好吃了。」香綺說。

皓禎拉著吟霜的手，就把她按進桌前的坐榻裡說道：

「將軍府有將軍府的規矩，少將軍愛在哪兒用膳就在哪兒用膳。今晚，我一定要跟妳一起吃。」

「好吧。」吟霜無奈而感動的說：「我們就快快吃吧！吃完，你趕快去公主那兒，把你答應你娘的承諾完成。」

「我答應我娘什麼？」皓禎一愣。

「跟公主圓房！」

「我特地來陪妳吃飯，找了一大堆理由去搪塞我娘，才能溜到妳這兒來。魯超把守著小

皓禎剛拿起筷子，聞言立刻把筷子往桌上一放，臉色一變，微怒的說：

院門口，讓我們可以安安靜靜吃這頓飯不被打擾，妳還什麼都沒吃呢，就要說這些讓我掃興的話嗎？」

吟霜見他生氣了，就低頭不說話了。皓禎嘆了口氣，聲音軟化了⋯

「吃飯吧。總算把妳弄進府了，我要把妳養胖一點。」

吟霜就拿起筷子，默默的撥著碗裡的飯粒。皓禎挾了菜到她碗裡去，悄悄的看著她。

吟霜拿著飯碗，手微微的顫抖著，接著，有一滴淚落到飯碗裡去了。皓禎呆了呆，再嘆了口氣，站起身子，走到吟霜身後去。

皓禎就伸出雙臂，從吟霜身後圈住她的脖子，說道：

「我知道了。這事不解決，妳一定不會安心的。算我敗給妳，現在我們快快樂樂的吃這頓飯，我答應妳，今晚我會把『圓房』那件事徹底解決。怎樣？」

吟霜這才透了口氣，伸出雙手，分別握住皓禎摟住她的雙手，幽幽說道：

「我已經太快樂了！進了府，感覺離你很近，今晚沒料到你還特地給我送飯來，親自陪我吃飯，我真的覺得很幸福！在這麼深刻的幸福裡，我怎會在意其他的事呢？我只希望我們這樣的幸福，可以維持下去，不會因為你的原則、堅持而打破，我就謝天謝地了。」說著，仰頭看他，語重心長的：「何況你身上還有很多更大的事要做，不能因為我再耽誤下去。」

「是！」皓禎轉動眼珠，思索著⋯「那麼，我們可以吃飯了嗎？」

206

吟霜拚命點頭。皓禎就心情良好的喊著：

「小樂、香綺，一起吃吧！」

「公子……」小樂恭敬的說：「離開這個小院，吟霜姑娘就成了丫頭，但是，在這小院裡，她是公子的夫人，是小樂和香綺的主子，在這兒，我們不能坐下，我們兩個要侍候公子和夫人吃飯！」

「是！小樂說得對！」香綺接口。

兩人就愉快的給皓禎吟霜斟酒，布菜。

吟霜和皓禎愉快的舉杯，愉快的吃著，愉快的笑著，愉快的談著，甜蜜幸福的氣氛，滿溢在整個房間內。吟霜喝了點酒，面頰就緋紅起來，眼睛也矓矓起來。不是酒讓她醉，是這樣的晚上讓她醉！詩經裡的句子，就躍進她的腦海，她微醺的看著他，聽到自己在低低背誦：

「綢繆束薪，三星在天。今夕何夕？見此良人。子兮子兮，如此良人何！」

皓禎聽了，心情激蕩，伸手握住她的手，凝視著她，柔聲說道：

「妳知道嗎？這是以前新婚時，在洞房裡，新娘對新郎唱的歌詞，妳既然唸出新娘的詞句，我怎能不唸新郎的呢？何況，妳剛剛搬進這兒，正是我們的新房。」就充滿感性的唸道：「綢繆束楚，三星在戶。今夕何夕？見此粲者。子兮子兮，如此粲者何！」

兩人唇邊，都湧起了微笑，醺然的微笑，幸福的微笑，深情的微笑。「良人」是丈夫，「粲者」是美人。還有哪一首詩，更能描繪出此時的情調？真是「今夕何夕？如此綢繆何！」（注）

綢繆的時辰飛一般的過去了，面對蘭馨的時辰就到了。對皓禎來說，真是強烈的對比。

走出那「小小齋」，到了這「公主房」，那兒的簡陋，這兒的豪華，簡直是兩個不同的天地。吟霜的薄醉和詩意還在眼前，蘭馨的微嗔和不耐已直逼著他！這兩個女子，也完全是不同的境界！「今夕何夕，如此矛盾何！」

蘭馨依舊穿著她華麗的洞房裝，坐在床上。皓禎還沒換衣服，在室內來來回回踱步，心裡各種的感慨，各種的掙扎，把他弄得頭昏腦脹。但是，他知道今晚一定要解決圓房這問題，他已經答應了吟霜，也無法再拖延了！

崔諭娘喊著：

「宮女們，快去幫駙馬爺更衣！」

宮女們上前，皓禎伸手一擋。

「等一下。」皓禎就對蘭馨說道：「我們能不能先談談？我有很重要的話要告訴妳。」

「很重要的話？」蘭馨一驚抬頭。

「是的。」皓禎嚴肅的說：「如果我們要行這個『洞房合歡之禮』，有些話，我要事先告

訴妳知道。」

「好吧，你說吧。」

皓禎就拿起床邊蘭馨的外衣，披在她身上。

「說過好多次了，別穿那麼少。過來，到這兒來坐著談。」

蘭馨看他一副鄭重的樣子，滿心狐疑，趕緊起身，坐到皓禎身邊去。崔諭娘和宮女們都關心的豎著耳朵聽。皓禎就一本正經的說道：

「自從跟妳成親，妳一定發現了，我在千方百計逃避圓房這件事。其實，我有很大的苦衷。我可以陪妳做任何事，教妳武功都可以，只要我們免除這個『洞房合歡之禮』！」

蘭馨警覺的，尖銳的說：

「我知道了，你要告訴我，你有斷袖之癖是嗎？」

「不是，那是寄南胡謅的。」

注：出自《詩經》──〈唐風‧綢繆〉。這兩段譯文大致為：

「把柴草綁緊一點吧，三星正掛在天空，今天是什麼日子？讓我見到這麼良好的人兒，你呀你呀你，你這麼好，讓我該怎麼辦呀？」

「把柴草綁緊一點吧，三星正掛在門戶，今天是什麼日子？讓我見到這麼燦爛的人兒，妳呀妳呀，妳這麼美，讓我該怎麼辦呀？」

蘭馨鬆了口氣，微笑起來：

「我就知道他亂掰，那麼，你的苦衷是什麼？」

皓禎更加慎重的說道：

「我有一種病，從十四、五歲就有了！大夫也說不出這個怪病的名字，我們就叫它『恐女症』。」

「什麼『恐女症』？本公主從來沒有聽過！」蘭馨驚訝。

「我知道妳沒有聽過，任何人都沒有聽過，這病只有我有，而且很嚴重。」

「有多嚴重？」

「只要我一接近女體，我就會停止心跳，一命嗚呼！」皓禎說得煞有其事。

蘭馨疑惑的、定定的看著他。皓禎也正色的、定定的回看她。

「你在開什麼玩笑？」蘭馨問。

「不是開玩笑，哪有一個男人，會承認自己有這種病！這是我最難啟齒的苦衷！」

蘭馨一唬的從坐榻裡跳了起來，大聲說道：

「我告訴你！袁皓禎，你說的話，我沒有一個字相信！什麼恐女症，我看你是害了『欠揍症』！要不，你就是還沒開竅，居然連這件事都害怕！看來，本公主只好當你的大夫，來幫你治好這個絕症！」

蘭馨說著，就讓外衣滑落到地下，伸手把正在喝水的皓禎從坐榻裡拉了起來。皓禎抗拒

的問：

「妳要做什麼？」

「先看看你這個病有多麼嚴重？」

蘭馨說完，就一把抱住了皓禎。皓禎手裡的杯子落地、打碎了，臉色大變，拚命掙扎。

他急道：

「鬆手鬆手！妳會後悔的，現在就當寡婦，妳還太年輕！我們當不成夫妻，還是可以當

親人……」

「我不要跟你當親人，就要當夫妻，何況我已經嫁給你了……」

蘭馨一面說，把皓禎抱得更緊了，用面頰去貼住皓禎的面頰。

皓禎忽然間臉色蒼白，呼吸急促，喘不過氣來，接著，就砰然倒地了。一直在外豎著耳

朵警覺偷聽的小樂，感覺不妙，從門外直衝進房，急喊：

「公子！公子！」撲過去看皓禎，顫聲的喊道：「公子別嚇小樂！你怎麼了？」

小樂這樣一喊，崔諭娘和眾多宮女都衝了過來，蹲下身子去看皓禎。

蘭馨高傲的站著，不屑的問道：

「小樂，你們主僕這是在演哪一齣戲？」

小樂沒有回答，只是緊張的去拉皓禎的手，皓禎躺在那兒一動也不動，小樂急著去試他的鼻息，又去把脈。怎麼沒有呼吸也沒脈搏？小樂放聲痛哭起來：

「公子！千萬不要死！千萬不能死啊！公子公子……」

崔諭娘急忙也探測著皓禎的呼吸脈搏心跳，嚇得直跳起來，蒼白著臉喊：

「公主！駙馬斷氣了！」

「什麼？」蘭馨大叫，急忙蹲下身子去測試，搖著皓禎喊：「皓禎，你起來！我不碰你就是了！你趕快起來吧！」

宮女們四散奔逃，大家狂叫著：

「不好了！駙馬爺死了！大夫在哪兒？趕快請大夫呀……駙馬斷氣了……」

這一團混亂驚動了雪如、秦媽、皓祥和翾翾，全部湧入公主房。雪如驚喊：

「什麼駙馬斷氣了？不許瞎說……」

雪如一眼看到倒地的皓禎，就急忙匐匐到皓禎身邊，拉起皓禎的手，只見那手又沉重的垂了下去。雪如嚇得魂飛魄散，再去試呼吸，大震，頓時撕肝裂肺的痛哭著喊：

「皓禎！皓禎！你不能這樣撇下娘走啊！這是怎麼回事？好端端的，怎麼會變成這樣？皓禎，你別嚇娘！皓禎……皓禎……」

翾翾、皓祥都傻了。翾翾不相信的問皓祥：

「他真的死了？」

皓祥上前再度探測，眼眶紅了，畢竟兄弟一場，不禁悲從中來說道：

「娘，他真的死了！」

立刻，公主房裡一片哭聲震天。將軍府的丫頭僕人都湧入了公主房。看到斷氣的皓禎，人人無法相信，個個哭斷腸。袁忠及丫頭僕人們邊哭邊喊：

「公子公子！公子回來呀！公子不能死呀⋯⋯」

在眾人包圍哭喊中的皓禎，毫無生命跡象，一動也不動的躺著。一任眾人搖著他，喊著他。

皓禎死了？就這樣莫名其妙的死了？怪不得他千方百計的逃避圓房！

蘭馨嚇得魂不附體，面無人色，全身都軟了，癱在一張坐榻裡！

31

夜色裡的「小小齋」，幾乎是遺世獨立的。將軍府已經鬧翻了天，小小齋依舊靜悄悄。

忽然間，小樂連跌帶撞的撲奔過來。埋伏在夜色裡保護的魯超，迅速的一躍而出。

「是誰？」魯超低聲問。

「是我小樂，趕緊讓我去見吟霜姑娘！」小樂哭著說。

「你哭什麼？」魯超驚愕。

「公子……他……他在公主院斷氣了！」小樂泣不成聲的說。

魯超大驚，趕緊把小樂帶進房內。吟霜睜大眼睛，無法置信的喊……

「你說什麼？公子斷氣了？」

小樂哭著，拚命點頭，抹著眼淚說：

「公主要跟他親熱，他說他有什麼『恐女症』，公主不信，去碰公子，哪知一碰之下，

214

公子就倒地斷氣了！吟霜姑娘，趕快帶著妳的銀針去救他呀！妳是神醫，只有妳能救他呀！」

魯超疑惑的說：

「吟霜姑娘，這和上次靈兒假死實在太像了！」

吟霜立刻衝進臥室，去檢查她放在架子上的瓶瓶罐罐。那假死藥罐是紅色的，和大部分青瓷色的不同，她打開假死藥罐檢查了一下，就趕緊拿起綠色的藥罐，裡面有解藥。她取了兩顆解藥，急奔了出來，喘息的說道：

「他一定是跟我吃晚膳的時候，偷了那假死藥丸！」心慌意亂說：「小樂！他吃下去多久了？吃了幾顆？」

「不知道他什麼時候吃的？倒地已經好久了，大家都圍在那兒哭呢！」

吟霜嚇壞了，什麼都顧不得了，顫聲問：

「公主院在哪兒？他在哪兒？趕緊帶我去！晚了就來不及了！香綺，帶著我的銀針，我們得雙管齊下！」

香綺趕緊抱著藥箱，小樂帶路，吟霜心慌意亂的奔了出去。魯超不放心，也跟著去了。

到了公主房，只見無數的人圍繞著躺在地上的皓禎，哭聲震天。

吟霜、小樂、香綺急急忙忙奔進來。吟霜什麼人都看不見，眼中只有躺在地上一動也不

動的皓禎。小樂哭著喊著……

「大家讓一讓，救命的活菩薩來了！」

吟霜撲奔到皓禎面前，去試了試他的鼻息，摸了摸他的手腕。

蘭馨癱在坐榻裡，被驚動了，抬眼想看吟霜，但是太多人圍著，她也沒看清楚。她整個人還陷在巨大的驚嚇中，身子無法移動。

吟霜就急忙一手托起皓禎的頭，對小樂喊道……

「水！趕快拿杯水來！」

小樂在桌上拿了一杯水過來。吟霜便把藥丸外面的蠟封捏碎，再把裡面的藥丸也捏碎，塞進皓禎嘴裡。小樂急忙餵水，只見水都從嘴角溢了出來。吟霜一手捏著他的嘴，用另一手順著他的喉嚨，祈求的低語……

「吃下去！吃下去！」

雪如停止哭泣，求救的看著吟霜。吟霜見皓禎沒有反應，大急。

「香綺，給我銀針！妳捏著他的嘴，一定要讓他吃下藥丸！」

香綺遞上銀針，接手去捏著皓禎的嘴。吟霜急忙為皓禎扎針。

秦媽擦著淚，祈禱的低語……

「活菩薩，神醫姑娘，救命呀！」

崔諭娘擦著淚，困惑的問…

「人都斷氣了，扎針還有用嗎？」

將軍府公主院的人都圍繞著，忽然有了希望，個個期望著奇蹟出現。只見吟霜忙碌的為皓禎胸口運氣推拿，忙碌的探測鼻息，忙碌的把脈。看到那顆解藥始終沒有吞下，吟霜雙手按在皓禎胸前，拚命運氣，虔誠的低聲唸道…

「心安理得，鬱結乃通。治病止痛，輔以氣功。正心誠意，趨吉避凶。心存善念，百病不容！」唸到第三次，皓禎喉中咕嘟一聲，水和藥都嚥了下去。圍觀的人，都發出一聲驚呼，喊著…

「藥灌進去了！有希望，有希望！」

蘭馨震動了一下，迷惘的看過來。

吟霜匍匐在皓禎身前，第四次在皓禎胸前運功，剛剛唸完口訣，皓禎忽然咳了一聲，眼睛睜開了，眼光和吟霜著急的眼光接個正著。

眾人一片嘩然驚呼。雪如搗著嘴，哭著低喊…

「他活了！他醒過來了！」

眾人喊各的…

「眼睛睜開了！有呼吸了，活了活了！活了……活了……」

一時之間，叫菩薩的，叫公子的，叫駙馬的，哭的，笑的，讚嘆的……各種喊聲都有。皓禎一睜眼，就看到吟霜那對祈求驚懼含淚的眼睛。他還沒全醒，怎麼自己又把吟霜弄哭了？就神思恍惚的去拉吟霜的手，嘴裡喃喃的說著：

「今夕何夕？見此粲者。子兮子兮，如此粲者何！」

吟霜驀然醒覺了，抽出手來，迅速的拔針，一面低喊：

「香綺，收好銀針，我們走！」

魯超趁著大家的注意力都在皓禎身上，急忙對吟霜低語：

「跟我走，妳們會迷路的！」

吟霜和香綺，就悄悄跟在魯超身後，消失在一團亂的房間裡。

到了門口，吟霜不放心的再回頭，卻突然接觸到蘭馨困惑的眼神。蘭馨那身服裝和那種氣派，讓吟霜立刻知道了她是誰。蘭馨的雙眼正直勾勾的看著她，一瞬也不瞬。吟霜一驚，心臟狂跳，掉頭飛快的跑走了。

❖

經過如此驚心動魄的一幕，這公主房是不能再停留了。袁忠和衛士們，把皓禎抬回了他自己的臥房，讓他躺在床上休息。公主和崔諭娘餘悸猶存，心驚膽戰，不敢再有任何異議，就怕這恐女症還會復發。

皓禎躺在自己的床榻上，臉色依舊有些蒼白，覺得整個人虛弱無力。此時他才驚覺這

「假死藥丸」力道不小。雪如坐在他的床沿，驚愕的看著他。

「恐女症」？雪如喃喃的問：「怎會有個恐女症？」

「妳就跟蘭馨說，我就害了這個病，碰到女人就會像剛剛那樣死掉，只要妳咬緊是這樣，蘭馨就不會再來煩我了！」皓禎說。

「但是，這到底是怎麼回事呢？你和吟霜在一起，就沒恐女症？你把娘嚇死了！」

「我知道，我知道！」皓禎說：「我吃了兩顆毒藥，這叫鋌而走險！如果沒有吟霜及時來救我，我就真的死了！可是，我知道她在將軍府，小樂會通知她的，她會立刻趕來救我的！」

「這是一齣戲嗎？你們串通的嗎？」

「不是戲！」皓禎正色說道：「除了我知道我會死之外，小樂、吟霜都不知道，所以，今晚嚇壞的，還不止娘，還有吟霜她們！總之，我活過來了！」

雪如驚魂未定的看著皓禎：

「我那天看著你和吟霜死裡逃生，還餘悸猶存，今天又被你嚇得魂飛魄散！」疑惑的問：

「那吟霜……果然是神醫？居然把你救活了！」

皓禎正色的，誠摯的說道：

「娘，慢慢的妳就會知道吟霜的醫術有多高明了。不過，要是我命中該絕，誰也救不活

我！」疲倦的一嘆…「娘，妳去安撫一下蘭馨吧。我剛剛死過，現在好累。」

「你吃了毒藥？只有吟霜能救你？為了逃避圓房，你寧可吃毒藥？」雪如越想越怕…

「恐女症，蘭馨會信嗎？唉，要說謊也只好說了，總之好過你死掉！」

雪如又是搖頭，又是疑惑，又是不放心的看著皓禎，出門去了。小樂立刻溜了進來，眼睛還是紅紅的。皓禎立即問道…

「怎樣？看到吟霜嗎？她是不是被我嚇壞了？」

「她嚇得臉色慘白，到現在還在發抖！她要公子好好休息，說是睡一覺就會好。她還問公子，值得這樣冒險嗎？」

皓禎一嘆，說…

「你去告訴她，值得！這是我的原則，我的堅持，我的笨！但是值得！」

「還要我跑一趟？」小樂睜大眼睛說…「我沒被公子嚇死，還要我累死？」

「你不去我去！」皓禎掀開被子，就要下床。

小樂趕緊把他壓在床上說…

「好好好！公子快躺著休息，別真的弄出病來，我去！我去！」嘴裡嘟嚷背誦著…「值得……堅持……原則……還有還有……大笨蛋！」

「不是大笨蛋！一個笨字就夠了！」皓禎糾正著。

「小的幫你加幾個字不好嗎？這圓房鬧成這樣，不是大笨蛋是什麼？」小樂說著，迅速的跑走了。

❖

隔天，雪如一清早就到了公主房。自從眼見吟霜跳崖，兩人死裡逃生以後，她就像著魔般，和皓禎一樣，陷進吟霜的魅力裡去了。這次皓禎又死裡逃生，她心裡就隱隱的明白，吟霜和皓禎，這兩人的命運是緊緊相繫的。雖然違背了她的原則，也只好按照皓禎的吩咐去做。

在大廳裡，雪如見到了蘭馨。她有點神思恍惚，臉色不佳。雪如就說道：

「昨晚妳一定跟我一樣，嚇得都沒睡好吧？」

「幾乎整晚都沒睡！」蘭馨坦白的說：「娘，到底皓禎這是什麼病？」

雪如閃爍的回答：

「從他十四歲就開始了，大夫也說不清楚。我總以為隔了這麼多年，應該好了，誰知道還是發病了。」對蘭馨誠摯的道歉：「真對不起妳！」

崔諭娘忍不住上前說：

「夫人，這病難道不能治好嗎？或者讓公主去傳宮裡的幾位太醫來，給駙馬爺治治。」

雪如一驚，急喊：

「不要吧！」

蘭馨也一瞪崔諭娘，說道：

「這種『隱疾』，還是不要張揚的好。或者調理一下身子，就會好起來。好在昨晚沒有釀成大禍，還是把他的命救回來了。」忽然臉色一正，問道：「昨晚那兩位救命的姑娘，是誰？」

「是我房裡的兩個丫頭，吟霜的爹是個神醫，可惜去世了。吟霜就學會了一些她爹的醫術。昨晚是病急亂投醫，家裡沒大夫，就把她叫來了。」

蘭馨沉吟的、心神未定的徘徊低語：

「吟霜！嗯……吟霜……」

❖

就在蘭馨唸叨著吟霜的名字，苦苦思索吟霜的面容和醫術時，吟霜也在她那「小小齋」裡輾轉徘徊，害怕的想著，不知道那假死藥丸吃了兩顆，會不會造成後患？她被公主看到，會不會引起麻煩？正想著，聽到門響，一個回頭，居然看到皓禎神清氣爽，大踏步走進房來。

「這麼早，你不躺在床上休息，跑到我這兒來幹嘛？」吟霜擔心的問。

「我沒事了。上次靈兒假死，也沒有休息多久，何況我是個大男人，又是練武的身子，妳放心，我有分寸的。」

「你還說有分寸？」吟霜瞪著他：「那藥丸吃一顆都很冒險，你居然吃了兩顆，我差點救不回你，我快要急死，快要嚇死！現在你身上還藏了兩顆，趕快還我！昨晚特地來陪我吃晚膳，根本不安好心，原是來偷藥的！」

「妳有點良心好不好？」皓禎說：「陪妳吃飯是正事，偷藥是臨時起意的。」就賠笑著：

「別生氣，如果我跟妳要，妳肯定不會給我，我只好偷！」

「把另外兩顆還我！你藏那麼多假死藥丸幹什麼？」吟霜攤開手。

「我留著。說不定公主又要跟我圓房，還可以再用！」

吟霜臉色一正，深深的看他說：

「你還想再用嗎？你知道這是有害的，會影響你的身體，而且會出事的！」急得臉色都變了：「你存心要讓我害怕，讓我著急，讓我夜裡不能睡嗎？」

「妳昨晚沒睡嗎？」皓禎關心的問。

「你這樣一鬧，我還能睡嗎？」吟霜眼睛一紅，把手伸到他面前：「快把那兩顆藥還我！放在你那兒，我時時刻刻都會擔心！」

「好好好，還妳便是！」皓禎無奈的說，就從口袋裡掏出一個小錦盒，還給吟霜。

吟霜拿著錦盒往臥室走，皓禎從她身後一把抱住她，求饒的說：

「不要生我的氣，以後不冒險了，如果再碰到這種局面，還是見招拆招吧！」

這時，小樂闖進門來，急喊：

「公子，聽說公主帶了大批補品，要去你房裡『探病』啦！」

「什麼？」皓禎大驚。

小樂拉著皓禎就走。吟霜回頭，驚忪的看著皓禎和小樂的背影。

❖

回到皓禎的臥室，皓禎急急躺上床，小樂用棉被蓋著他，再把他的頭髮解開撥亂。

「裝得衰弱一點！說話要一點力氣都沒有，剛剛死過，不能這麼開心啦！眉頭……眉頭……眉頭皺起來！」小樂輕聲叮囑著。

門外傳來敲門聲，崔諭娘的聲音從門外傳來：

「駙馬爺，公主帶著皇上欽賜的各種珍貴藥材，要來給您進補了。」

小樂用詢問的眼神看著皓禎，皓禎點頭，小樂就打開房門。蘭馨帶著崔諭娘進房，崔諭娘手裡捧著各種補品。蘭馨四面張望了一下，就走到床前。皓禎趕緊閉著眼睛裝睡。蘭馨檢視著皓禎說：

「小樂，駙馬睡多久時辰？中間有沒有醒來過？」

蘭馨情不自禁伸手想摸皓禎，立刻被小樂用雙手拖住她的手阻擋。

「公主，公主！您千萬不能再碰駙馬爺，駙馬不能再斷氣一次！」

蘭馨見小樂拖著自己的手，發飆怒罵：

「放肆！居然敢碰本公主的手，你不要命了嗎？」

小樂一驚，立刻下跪磕頭：

「公主饒命，公主饒命，小的剛剛一時情急，請公主原諒！小的掌嘴就是！」

就在小樂準備自動掌嘴時，皓禎睜眼醒來了。他伸伸懶腰：

「怎麼一大早就鬧哄哄的？」望向小樂：「小樂，你幹嘛跪著，快去打水來給本公子洗臉！」轉眼看到蘭馨，故作驚愕的說：「蘭馨，妳怎麼來了？」

「你醒來了？身體好點沒有？」蘭馨就想坐在床沿上。

小樂抬頭，忽然看到皓禎的腳還穿著鞋子，棉被也沒蓋到腳，不禁大急。他衝過來，擋住蘭馨，站在蘭馨和床的中間，對皓禎拚命使眼色，同時對公主急道：

「公主！您……您不要過來，你們最好遠一點……」

「放肆！你退開！」蘭馨怒瞪小樂：「本公主只是來探望一下自己的夫婿，為什麼還有重重關卡？連一個小廝都可以擋著本公主的路！」

「是是是！小的退開！退開……」小樂向著床尾退開時，把棉被一拉，遮住了皓禎的鞋子。

這一幕卻全部落入蘭馨眼裡，她不動聲色，在床沿上坐下了，看著皓禎說：

「以前在宮裡選駙馬，我打扮成羽林軍出來大鬧，你一把抱住我，大喊抓到刺客了，記得嗎？」

「是，我記得。」

「那時，你也有這個『恐女症』嗎？」

「只要妳穿好衣服，我們和平相處，相敬如賓，我想，就什麼問題都沒有。並不是我們連手都不能碰。」皓禎心虛的看著蘭馨，帶著歉意的說：「所以我一直說，我們可以做親人，就是不能做夫妻！也曾希望妳選中別人，免得我的隱疾耽誤妳！」

「我明白了。」蘭馨點頭：「可以做親人，就是不能做夫妻！我會遵守這個原則來遷就你。希望你這個病，早點好起來。」就起身說道：「崔諭娘，把補品放下吧，我們走。讓皓禎好好休息。」

皓禎帶著歉意的叮嚀：

「早上風大，下次出來要多帶件衣服。」

蘭馨回頭一笑說道：

「你生病的人，更要注意，早上出門別太早！上床別忘了脫鞋子！」

蘭馨掉頭，就帶著崔諭娘大步而去。皓禎驚看自己的鞋子，小樂跌腳大嘆，還是被蘭馨看破。主僕兩人瞪大了眼互視。

蘭馨回到公主院大廳，在房裡來回踱步，苦思自己面對的各種狀況。崔諭娘說：

「公主，這次駙馬爺的病實在太離奇！奴婢覺得，公主應該回宮一趟，把這情形告訴皇后娘娘，現在駙馬明擺著就不能圓房，這事不能瞞著皇后娘娘！」

蘭馨站定了，鄭重的看著崔諭娘。

「崔諭娘，妳給我閉緊嘴巴！這事我自有道理，不管駙馬是真病還是假病，死過一次是千真萬確的！我不希望這事傳出去，更不希望母后知道，再來嘲笑我選錯了駙馬！妳去幫我把將軍府裡的夫人、二夫人、皓祥都找來，我要跟他們一次講清楚！」

「就這樣，雪如、翩翩、皓祥、秦媽都被叫進公主房內，看著蘭馨。

蘭馨正色的，帶著一股不容抗拒的傲氣，嚴重的吩咐著：

「關於駙馬生病這件事，希望大家管著自己的下人丫頭，個個守口如瓶！本公主自然會有解決和治病的方法，不用大家多事！假若這事傳出去，對將軍府和本公主都是傷害！誰多嘴亂說，給我抓到了，本公主絕對不會放過你們！」

「這事要保密，恐怕也不容易，太多人親眼目睹！」皓祥抗拒的說。

蘭馨怒瞪皓祥，氣勢洶洶的說道：

「不能保密，本公主第一個就找你開刀！在這將軍府，你和你娘，就是著名的大嘴巴，

唯恐天下不亂！不要以為本公主嫁過來沒多久，對你們母子就不瞭解！」

翩翩一驚，急呼：

「公主！我和皓祥，才真正為公主想，為公主抱不平……」

蘭馨有力的打斷：

「你們的好意我用不著！什麼抱不平？我蘭馨公主的事，會需要你們來打抱不平嗎？話說到這兒為止，你們可以回去了！」

皓祥和翩翩相視一眼，臉上憤憤不平，一股好心沒好報的樣子。

雪如和秦媽也相視一眼，卻如釋重負的呼出一口氣。

32

御花園裡，伍震榮和進宮的太子狹路相逢。

四顧無人，雙方衛士都在遠處相隨，伍震榮就開門見山的問：

「太子是去見皇上嗎？關於四王在鑄金房那點破事，太子為何至今不稟告皇上，難道是想包庇四王？」

太子立即一針見血的反問：

「本太子倒想問榮王，你是在我身邊安了密探嗎？為何本太子的行蹤，你瞭如指掌？你故意讓我去太府寺查弊案，目的就是想借刀殺人，你有能耐怎麼不親自去向皇上稟報，繞這麼大一圈，你不嫌累嗎？」

伍震榮神色一凜：

「依太子的意思，是準備包庇四王到底，不揭發四王的不法勾當？」大聲的說：「好！

那請太子以後也不要再干涉皇后金錢用度的問題，是賣官還是建築行宮，皇后想怎麼開支，太子儘管讓太府寺撥款就是！」

「聽榮王口氣，好像本太子都應該聽從你的命令是嗎？四王的事情，你若有證據，你儘管拿去向皇上稟報，本太子一點都不在乎。但是皇后揮霍無度，浪費公帑，本太子一個碎銀子都不會放過！何況皇后的事，與你榮王何干？」

伍震榮大怒，銳利的看著太子…

「太子想清楚了？確定要與本王為敵？」

太子有力的回答：

「我鄭重的告訴你，**本太子絕不與正義為敵，但與邪惡誓不兩立！**榮王站在那一邊，榮王自己有數！」說完，一甩袖子，霸氣的離開。

伍震榮氣得兩眼冒煙。

❖

太子丟下了伍震榮，就直接到御書房見皇上。和皇上才談了幾句話，得到消息的皇后就奔進書房，帶著滿臉的傷心和哀怨，委屈的說道：

「聽說太子在這兒，本宮就趕了過來，當著皇上的面把話說清楚。」看太子…「本宮問你，東郊別府需要的經費，為何你壓著太府寺，遲遲不撥款？」

皇上疑惑的問：

「東郊別府？皇后什麼時候又在東郊弄了個別府？不是西郊才蓋了個行宮嗎？」

「如果不是為了皇上，確實不需要東郊別府。東郊那兒有溫泉，別府是為皇上特別蓋的，皇上一向怕冷，平時膝蓋又不好，太醫說皇上若能定時泡泡溫泉，一定能治好體內濕寒，臣妾都是為了皇上的龍體啊！畢竟皇上也不年輕了！」皇后感性的說著。

「難得皇后處處為了朕的身子著想，用心良苦。」皇上看著皇后，感動起來⋯「太子，你就盡快撥款給皇后吧，不要讓你的母后傷心才是。」

太子著急說道：

「連父皇都不清楚有個東郊別府，可見這奏章行令一定大有問題，這筆款子還是得再詳細審核度計一下才行。款子數目太大，可以餵飽很多百姓⋯⋯」

皇后打斷了太子的話，急促說道：

「最後的工程不能延誤，再延誤下去雨季上就來了，也就無法完工！本宮今天就需要這筆款子，太子，看在你父皇的面子上，趕緊撥給本宮吧！」

「恕兒臣無法照辦！」太子對皇后行禮如儀，但態度堅定。

「皇上呀！」皇后眼淚奪眶而出⋯「您看看太子，在您面前居然敢這麼對待臣妾、欺負臣妾，您要為臣妾作主呀！難道還要臣妾賣了自己的首飾、典當衣裳才能給皇上治病嗎？」

拭淚哽咽，楚楚可憐的：「皇上，我這皇后還要聽太子的命令行事嗎？」

皇上看到皇后落淚就六神無主了，最近，自己對皇后也太嚴厲了。他就走近皇后身邊，摟著皇后安撫，轉頭嚴厲的對太子說道：

「太子，不許再鬧，這筆款子朕說了算，你就今日速審速決，趕緊撥下去，不得延遲！快去！」

太子壓抑著怒氣，無奈極了，只得回到太府寺去撥款。

❖

這東郊別府，正是樂蓉公主和伍項麒監工建造的。這日，樂蓉得意洋洋，招呼衛士一箱箱的銀兩金塊，從太府寺抬上衛士押著的馬車。太子面無表情，傲然的站在門口，監督財物的運送。樂蓉故意酸太子說道：

「哎呀！當初本公主被沒收了五百銀兩，沒隔幾天，今天拿回了一萬兩黃金！哈哈哈！」

挑釁的瞪著太子：「駙馬你說，這是不是天意啊！」

伍項麒監視著裝銀兩的馬車，見萬兩黃金都上了車，就把車門上鎖。另外一輛富麗堂皇的馬車在旁等待著，伍項麒從容的說道：

「好了，財不露白，金子都裝上馬車了！樂蓉，我們也上車，親自押送去東郊吧！」對太子行禮：「太子，今天辛苦了，微臣告辭！」

伍項麒扶著樂蓉公主上了豪華馬車。樂蓉邊上車邊大聲的諷刺：

「這做人啊還是要厚道一點，不要太刻薄，否則很快就會中了回馬槍！」拉高聲調：

「哎喲！這一槍肯定疼死了！哈哈哈！」

太子氣得臉色鐵青，眼睜睜看著伍項麒騎著馬，和十多位衛士護駕，帶領樂蓉車隊，緩緩離開。車隊剛走，鄧勇就拿了一張紙箋匆匆走近，遞給太子。

「剛剛小白菜那兒緊急送了這金錢鏢來！」鄧勇說。

太子急忙展開一看，只見上面寫著：

「富者富，貧者貧，何以濟貧？──木鳶。」

太子神色大振，把紙箋一揉，看看四周無人注意，對鄧勇說道：

「鄧勇！去通知皓禎和寄南，本太子有事相商，不論他們多忙，要抽出兩天給我！大家先到『四面不靠』的地方相見！」

❖

皓禎接到太子的命令，就趕緊先去雪如那兒找吟霜。

吟霜和香綺在雪如的臥室裡，提了一桶水，正在仔細的清理窗櫺。紙糊的窗子，有無數個小格子，吟霜細心的擦拭著每一個格子的灰塵。已經清理到高處，兩人不夠高，都搬了梯子，站在梯子上，清理著上端。

皓禎面色凝重的跨進門來，看到吟霜在擦窗子，就喊道：

「吟霜！妳爬那麼高幹嘛？還不下來？」

「就快擦完了！剩下這幾格，灰塵還不少呢！」吟霜說。

「雖然說是回府當丫頭，並不是真的讓妳當丫頭，妳還真當一回事，幹起活來了！」皓禎上前，不由分說就把她一抱下地。吟霜緊張四顧，說：

「你不要這樣子，我們身分懸殊，千萬不要給人看出端倪好嗎？」

「妳別這麼緊張，娘讓你在她房裡工作，就是把妳藏著。娘的房間，除了秦媽，很少有人進來！我來找妳，是要告訴妳一聲，我馬上要出門去……」俯耳低語：「木鳶有金錢鏢來，要我立刻去見寄南和太子。」

就急促的說：「你一定一定要小心，不能受傷，答應我！」

皓禎握住她的手，凝視著她說：

「有危險嗎？你們不會像上次那樣動手吧？」吟霜擔心的凝視他，立刻明白是有危險的，

「就是！現在太子和伍震榮，等於已經公然為敵了！我得去幫忙！」皓禎說。

「太子？事情牽涉到太子，那一定非常嚴重。」吟霜跟著緊張起來。

「我知道妳在擔心我，千萬不要擔心，我會照顧好自己，因為家裡有一個妳。妳也照顧好自己，知道嗎？事態緊急，魯超我要帶走，小樂留在家裡，那小廝還有點鬼聰明，有事時

他能幫點忙。」

「如果你晚上回不來，會給我消息吧？你可以呼叫猛兒，牠一定在這附近，牠對你很熟悉了。呼叫牠，寫個字條，只要一個『安』字，我就安心了。晚上我會在小院子裡等牠。」

「好的好的！我先寫好紙條放在懷裡，到時候只要交給猛兒就成了！」就把她拉進懷裡，緊抱著。吟霜感覺到他的不捨，不禁也緊緊依偎著他，說道：

「如果需要我，也讓猛兒來報信，那鳥兒有靈性，你跟牠用說的，牠也會懂，我會帶著香綺趕過去！」

「希望不會……」

皓禎話沒說完，門外響起雪如緊張的聲音：

「公主！妳怎麼來我這兒了？」

皓禎和吟霜一驚，兩人乍然分開，同時間，雪如和蘭馨也跨進了門。

吟霜的臉色立刻嚇得雪白。還站在梯子上在擦窗格的香綺一驚，竟然連人帶梯子一起摔倒，室內一陣乒乒乒乓乓響。香綺摔得直喊哎喲，跟在後面的秦媽趕緊去扶起她。秦媽喊著：

「香綺！怎麼連擦個窗子也會摔下來！」

蘭馨銳利的看著皓禎和吟霜，說道：

「原來駙馬在這兒！將軍府房間多，小院多，駙馬行蹤神祕，簡直是神龍見首不見尾！」

夜。

皓禛恢復了鎮定，不理蘭馨的話，說道：

「蘭馨，妳來了正好，我來找娘，就是要告訴娘，我等會兒要出門，晚上可能不回來過

「又要出門？駙馬好像很忙，這次又要出門幾天呢？」蘭馨語氣尖銳。

皓禛臉色一沉，雪如看了呆呆站在一邊的吟霜和香綺一眼，說：

「妳們兩個杵在這兒幹嘛？下去吧！」

「是！」吟霜和香綺回答，兩人正要走，卻被蘭馨一攔，兩人一驚站住。

「咦？這不是那晚救皓禛的活菩薩嗎？見了本公主也不打個招呼？」蘭馨嚷著。

吟霜趕緊行禮：

「吟霜叩見公主！」

香綺跟著說：

「香綺也叩見公主！」

蘭馨的眼光，在兩人臉上巡視著。皓禛緊張的旁觀，眼裡充滿了戒備的神色。

蘭馨對吟霜一笑，說道：

「那晚見識了妳的神奇醫術，長得這麼楚楚動人，當個丫頭太委屈了！看到本公主很緊

張是不是？臉色都變了？」就輕鬆的揮揮手：「下去吧！」

吟霜和香綺如皇恩大赦，趕緊行禮退下。

皓禎也呼出一口氣來，跟雪如交換了一個「託付」的眼光。

❖

皓禎和寄南快馬趕到了蒼瀾河，上了太子的船。太子一刻也不耽誤，開始對兩人說他的行動計畫，兩人都大驚失色。皓禎驚喊：

「什麼？搶劫東郊行宮的金子？這是木鳶的意思？還是太子自己的意思？木鳶不會有這種想法吧！」

太子拿出揉皺的紙箋：

「木鳶的字，你們都認得吧？這木鳶真是我的知己，和我的想法不謀而合！這位高人到底是誰？你們知道嗎？」

寄南敲著自己的腦袋，頭痛的說：

「別管木鳶是誰了？這個行動太大了吧？搶皇后和公主的金子？萬一失手，我們三個會被一網打盡！何況這木鳶的指令有點不清不楚，可能指的不是搶劫，而是要我們『智取』！」

「你們不要再猶豫，再晚就來不及了！」太子說：「四王他們為了各個災區到處籌錢，我們應該想個智取的辦法！

甚至不惜鋌而走險，盜取鑄金房那少得可憐的金餘，而我卻要眼睜睜的把大筆的黃金送給

那些貪得無厭之人，我不甘心！我絕對不能讓他們浪費百姓的民脂民膏，不能讓他們狡猾得逞！」氣極了，大聲問：「本太子就問你們一句話，去還是不去？」

「好好好！去去去！太子哥別生氣啊！我都被你嚇壞了！」寄南看皓禎：「既然木鳶有了指示，天元通寶一定會出動，不會讓我們失敗的！」

「好吧！」皓禎乾脆的說：「別寄望木鳶，這幾句話我分析也是『智取』！要幹，我們得自己幹。寄南召集你的黑衣軍，我讓魯超回將軍府帶上我的人，我們一律喬裝為普通百姓，往東郊搶回黃金！」

太子興奮，拍桌說道：

「就是要這麼幹！你們不愧是我的好兄弟！我們抄捷徑，快點出發！」

「不行！這事只許成功，不能失敗！鄧勇，拿紙筆，我們畫張圖，如何搶，如何分散對方的注意力，如何退⋯⋯都要有計畫，不能莽撞！」

「還是皓禎頭腦清楚，死過一次，還有這麼周全的考慮，不簡單！」寄南說。

「什麼『死過一次』？」太子驚問。

皓禎一面畫圖，一面說道：

「計畫搶金子要緊！那事以後再談！」

「太子，這臨時計畫太危險，你不能去，交給我和皓禎吧！」寄南說。

「他們車隊的衛士只不過十多人，如果我們速戰速決，很快就可以完成任務，不會有危險，還是讓本太子一起去吧，畢竟這是因我而起的行動！」太子說，見皓禎寄南搖頭，就大吼道：「這是本太子的命令！」

「好吧！」皓禎無奈，就霸氣的說道：「那行動中一切聽我的命令！鄧勇一路貼身保護太子！」

鄧勇強而有力回答：

「鄧勇遵命！誓死保護太子！」

❖

這「太子搶公主」的行動，就真的開始了！

樂蓉車隊先行出發，已經走了一程。伍項麒騎馬領隊，後面跟著運金車，再後面是樂蓉乘坐的豪華馬車，再後面是駙馬府的衛士護駕，一行人不疾不徐的在郊道上前進。

皓禎、寄南、太子、鄧勇等大隊人馬已追上樂蓉公主車隊，眾人喬裝，都穿著棕色的平民服裝，下馬後小心翼翼埋伏在草叢間，並緩緩接近樂蓉的車隊。從車窗外，都可以看到樂蓉端坐在馬車裡，心滿意足的笑著。

皓禎、寄南、太子、魯超、鄧勇壓低身子，討論作戰。皓禎低聲的說道：

「再說一遍我們的計畫，大家記牢了！太子的代號是『太陽星』，記得不要呼叫彼此。

魯超負責帶著大隊搶奪目標，到手後直奔竹寒山岩洞，那兒已有人接應！我和寄南、鄧勇帶著太陽星引開衛士，並且負責把追兵引進附近的紅樹林迷宮。好！大家分頭進行！」

「等等！」寄南看著兩輛馬車：「是搶運金車，還是連樂蓉的馬車一起搶？」

「這樂蓉狡詐，兩輛一起搶！」太子說。

「你聽到了？」皓禎對魯超說：「讓手下們兩輛一起搶，搶到手就知道那輛有金子，一萬兩夠沉重，然後放棄輕的那輛！知道嗎？」

魯超篤定的點頭說：

「魯超得令！」

眾人眾志成城點頭呼應。皓禎等人見時機成熟，都用棕色布巾蒙上口鼻。

皓禎大喊：

「行動開始，攻下目標！」

皓禎大隊人馬，迅速衝出草叢，圍攻了樂蓉公主的車隊。雙方立刻兵戎相見。皓禎、寄南、鄧勇、太子銳不可當，連續撂倒好幾個抵抗的衛士。

魯超人馬快速的拉下兩輛馬車的車夫，雙方人馬開打。

這兒打得天翻地覆，在另一條郊道上，皇上和皇后穿著微服出巡的服裝，坐在華麗的馬車裡。伍震榮騎馬帶劍護著皇上，馬車向前疾奔，車子速度飛快，車子內的皇上被顛得頭

暈，不解的問：

「什麼事情那麼著急，還要朕和皇后微服出巡？皇后，妳知道是什麼事情嗎？」

「榮王說有大事發生，一定要皇上親眼見證，那就跟他去看看吧！」

在項麒那兒，魯超已經搶得裝有黃金的馬車，正是樂蓉公主乘坐那輛。公主在馬車裡花容失色，大喊大叫：

「強盜呀！搶劫啊！來人快抓住強盜呀！」

魯超一躍翻上車轅，一招「燕子抄水」，眼明手快的抓住公主的衣袖，一使勁，毫不客氣的將樂蓉公主拉下車，讓公主跌進了草堆裡。魯超檢查了一下車子，得意的點頭自語：

「果真不錯！那輛運金車是假的！這公主根本坐在黃金上面！」

樂蓉被摔得七葷八素，狂喊：

「哎呀！真是大膽狂徒！項麒，救命啊！項麒！」

伍項麒緊急勒住馬匹，拔刀應戰，得意的說道：

「就算了你們一定會上鉤！如果搶走那輛就更好了！」突然大聲吹響口哨。

岩石後，樹林間，突然湧來了無數的羽林軍。伍項魁騎在馬背上，威風凜凜的對著羽林軍命令道：

「快去抓住這幫搶匪，抓住首腦者，皇上有賞！」

「抓搶匪！抓搶匪！抓搶匪……」

四面八方的羽林軍喊聲震天，飛馬奔向皓禎、寄南、太子的隊伍。皓禎、寄南驚訝萬分，瞪大眼珠。寄南說：

「糟了！他們有羽林軍埋伏，我們中計了！快撤！」

「保護太陽星！不要撤！」皓禎喊著：「第一計畫行不通，用第二計畫！」

「第二計畫是什麼？」太子問。

「第二計畫叫『見機行事』！」皓禎喊完，就一馬當先的衝上前去，力戰樂蓉身邊的衛士。太子、寄南、鄧勇等人明白了，不管羽林軍，全部上前，砍死無數伍項麒的衛士。魯超人馬反應迅速，搶得了載有黃金的馬車，在太子等人的砍殺掩護下，駕著馬車突破重圍，迅速奔離。

伍項麒策馬追著大喊：

「攔住那輛馬車！車上有黃金，不能讓他們真的搶走！」

伍項麒帶著一批衛士，就直追魯超。

忽然之間，一排袖箭激射而來，打在項麒和眾衛士的馬腿上。馬兒狂嘶，紛紛倒地，項麒和衛士全部落地。

只見冷烈面無表情，攔路而立，看著倒地眾人，冷靜的說道：

「多行不義必自斃！」說完，縱身一躍，身形凌空而起，飛一般的消失了。

而魯超早已奪得馬車，跑得無影無蹤了。

皓禎見運金車已經離開，就和寄南、鄧勇一邊保護太子，一邊奮力迎戰羽林軍，雙方纏鬥激烈，刀光劍影、人喊馬嘶，煙塵四起。棕衣大隊人馬，繞著圈子和羽林軍纏鬥，皓禎等人，劍氣凌空，如秋風掃落葉，棕衣大隊眾人刀法精妙，似電閃劃長虹。羽林軍的戰術，顯然全部被棕衣大隊識破，棕衣大隊在武藝上，更勝羽林軍一籌！羽林軍雖多，居然圍不住棕衣大隊，轉眼間，棕衣大隊奮力殺出血路，個個快速蹬上馬匹，飛馬奔馳，緊急往紅樹林方向奔去。

伍項魁不知從哪兒竄出，帶著羽林軍大喊：

「來人吶！快追搶匪，一個都不能讓他們跑掉！快追！」

雙方人馬奔馳追逐，飛沙走石。

皇上馬車已經趕到混亂現場的外圍處。皇上從窗內望出，被打鬥場面震懾。

「怎麼羽林軍和百姓打打殺殺？」生氣的問伍震榮：「這是怎麼回事？」

伍震榮來到皇上的窗戶下說道：

「啟稟皇上，微臣得到密報，太子勾結強盜，想要搶奪撥款給東郊別府的黃金萬兩！」

皇上怒喝：

「大膽！不許誣衊太子，你可有證據？」

「就是怕皇上不信，才請皇上微服出巡，讓您親眼看看太子幹的好事！」皇后說：「等到項麒抓到太子，皇上就明白了！」

「今日重兵圍捕，很快就能逮到這幫搶匪，一切證據都會攤開在皇上眼前。」伍震榮呼應著皇后：「有人搶金子，已經是事實，就等下官那兩個兒子把犯人逮捕過來，讓皇上過目！」

皇上氣得臉色發青，瞪眼說道：

「如果事後證明是你們誣陷太子，朕也不會饒了你們！如果太子要搶金子，難道還會先通知你們？這事太離奇！」

❖

皓禎、寄南、鄧勇、太子蒙著臉，帶著棕衣大隊一路狂奔。皓禎和寄南，在太子左右兩側騎著駿馬奔馳。太子邊騎邊自責：

「真沒想到這是一個陷阱！伍震榮真是太可惡了！他怎麼知道我想搶黃金？」

太子話才說完，眾多羽林軍的射箭大隊冒了出來，個個箭已在弦上，瞬間萬箭齊發。

皓禎等人見狀，皓禎立刻勒馬，手中乾坤雙劍變招，一式「旋風拖天」，舞起一片劍幕，護

定了太子。劍幕所及之處，利箭紛紛斷裂。棕衣大隊也各自揮刀撩撥箭矢，四散躲避箭雨攻擊。

冷烈驀然又出現，雙手齊揮，一招「日月無光」，無數袖箭，如繁星點點，直奔眾羽林軍持弓之手而去。

眾羽林軍摔著手狂叫，弓箭落了一地，喊道：

「有埋伏！有埋伏……」四散奔逃。

冷烈冷冷的說道：

「埋伏之人喊埋伏，愚昧愚忠不可饒！」立刻拔身而起，轉眼消失在岩石之中。

「冷烈？他怎麼知道我們又遇難了？」皓禎驚喊。

「紅樹林！快往這邊走！快跟我走！」寄南看看四周喊道。

太子等眾人跟著寄南皓禎衝進了樹林裡。後方伍項魁帶著人馬急起直追，也衝進了樹林裡。

項魁餘悸猶存喊著：

「大家小心那個暗器小子！本官的傷剛好，他居然又來了！」

皓禎、寄南、太子、鄧勇大隊進入了繁茂的樹林。皓禎喊道：

「大家緊跟著我！千萬別走散！」

眾人跟著皓禎疾馳。棕衣隊員趕來通報：

「報告少將軍，魯超目標已得手，也成功逃出去了！」

「太好了！」皓禎十分欣慰，檢視地形後對大隊指揮：「我們大隊就在這分散，免得目標太大，大家想辦法各自突圍之後，立刻換裝回到城裡。若有傷者，出城避避風頭。」

「是！」棕衣大隊聽完，各自駕著馬匹四處飛奔而去。

「我們三個要不要也分散，衝出去之後，各自回府？」太子問。

「不行！我們得緊緊跟在你身邊！」寄南說：「而且，今天只得委屈太子，我們殺出重圍後，大家去靖威王府作客！」

遠處伍項魁追捕的聲音也越來越靠近，氣氛緊張。皓禎大喊：

「繼續保護太陽星，快走！」

太子、寄南、鄧勇隨著皓禎開路，往更深的樹林飛馳。

忽然面前出現一個大山溝，皓禎、寄南、鄧勇都飛馳躍過，太子的馬卻緊急煞住，人立而起。太子差點落馬，趕緊勒住馬，卻沒注意身上掉落了一個腰束鉤子——「玉帶鉤」。

皓禎看了，一提內力，右手一拍馬鞍，從追風背上飛躍而起，使出「凌虛御空」，身形如箭，反身一個倒翻，居然躍過大山溝，輕巧的落到太子馬背上，對馬兒命令道：

「這點山溝你都跳不過去？還算東宮十衛訓練出來的戰馬？」大喊：「駕！駕！」

馬兒突然奮勇無比，長嘶一聲，載著兩人，竟然躍過了山溝。

到了山溝對面，皓禎又飛躍到自己馬背上，喊道：

「全力衝刺！跟著我衝出這紅樹林！否則就會陷進迷宮裡面去！」

四人疾馳衝出樹林。

伍項魁聽到馬嘶聲，又再次追去，喊著：

「盜賊往那個方向跑了，追！」

伍項魁帶著大隊進入茂盛的樹林裡搜捕。不知怎的，大隊人馬在樹林裡像是鬼打牆，追著追著又跑回原處，卻不見棕衣大隊。再騎馬追去，又回到了原處，連續衝刺，卻連續回到原點。伍項魁氣喘如牛：

「咦！真是撞邪了！怎麼老是在這地方打轉。」

「不好！這是著名的紅樹林迷宮，陷在裡面可能好幾天出不去！」衛士說。

「那要怎麼辦？」伍項魁大驚。

一個羽林軍騎馬過來，喊道：

「左監大人，在追緝盜匪的路上，發現了這個！」他將太子遺落的玉帶鉤遞給了伍項魁。

伍項魁細細審視玉帶鉤，自言自語：

「做工如此精緻的玉帶鉤……」透著陽光看：「這玉可真是稀世珍品啊！除非皇室的人，誰戴得起這個？哈哈！逮不到太子現行犯，這物證也會要了他的命！」

他對大隊喊道：「收隊，回宮！」再對送來玉帶鉤的羽林軍說道：「快從你的來路，帶我們離開這片紅樹林！」

33

這晚，在靖威王府的宴會廳，擺著一桌豐盛的酒席。本來，宴會應該每人一桌，但是，太子、皓禎、寄南等人太興奮了，都換了平日的服裝，正在亢奮的狀況下，同坐在一個大方桌前喝酒。太子說道：

「真是驚險呀！皓禎，你那個『第二計畫』突然而來，真是冒險至極！你怎麼知道大家要做什麼？竟然敢不理羽林軍，去專門對付伍項麒的衛士！」

「確實冒險！」皓禎笑道：「當時就是一個念頭，非搶到金子不可！先保護魯超突圍最重要！至於羽林軍，萬一擋不住，太子就只好用真面目出現，也來幫伍項麒抓搶匪了！難道羽林軍還敢殺太子不成？」

「哈哈哈哈！」寄南大笑：「你這主意，應該先知會我們。臨時轉變方針，我們還真的應變不及，只能盲從的跟著你衝！」

「我怎麼知道臨時會殺出那麼多羽林軍？除了第二計畫，已經沒轍了！什麼盲從？你們就是跟我一樣，豁出去了！」

「哈哈！皓禎，你是奇才！」太子說：「居然對馬兒也用威脅的，奇怪的是，馬兒也會被你的激將法給收服了，你和動物之間會通靈嗎？」

「說不定！啟望哥，你們東宮那十衛、十率、參軍、中候、郎將……一大堆的武官，居然連馬兒都訓練不好，確實應該檢討！」皓禎笑著說。

太子喝著酒，愣了愣說道：

「皓禎說得也是！我那東宮別說武官了，文官也不少！自從我進了太府寺，這才發現皇室的人，用錢簡直是奢侈至極！我那東宮也是一個！」

寄南興奮，帶著酒意的說：

「哈哈！今天有驚有險，幸好達到目的！你們兩個別檢討來檢討去！喝酒喝酒！」揮手讓丫頭僕人通通退開，小聲說道：「本王實在想不通，皇上皇后怎麼也會來趕這場熱鬧？」

「伍震榮故意帶皇上皇后來，他知道太子會上鉤去劫黃金，也有把握會把我們逮個正著！沒料到我們逃得快，現在，他丟了金子，又戲耍了皇上，不知道皇上責怪下來，他會怎麼樣？」

太子喝酒沉思……

250

「沒見到木鳶來支援！那個發暗器的少年，難道是木鳶的人？」

「應該不是，那個人是江湖上的暗器高手，名叫『玉面郎君冷烈』，這已經是我們第二次遇到他來幫忙殺敵，奇哉怪也！」寄南說。

窗子上傳來輕叩的聲音，眾人警覺，全部住口。

皓禎急忙到窗前去，推開窗子察看，只見猛兒站在窗櫺上。

「哦！居然忘了吟霜還在等消息！她一定急死了！」皓禎趕緊掏出摺疊的紙條，交給猛兒，猛兒便叼著紙條飛走了。

太子驚呼道：

「你真的和動物通靈！什麼時候學的？這才奇哉怪也！」

　　　※

吟霜確實在等猛兒，她站在「小小齋」那小院落裡，已經在夜色中等了很久。香綺拿了一件衣服給她披上，說道：

「沒事！我一點都不冷！」抬頭往天空看。

「小姐，進來吧！晚上起風了，妳已經等了一個時辰了！」

吟霜眼睛一亮，猛兒正在低飛過來。吟霜伸出手腕，不敢驚動將軍府裡的人，低低喊道：「猛兒！噓！別叫！」

猛兒停在她手腕上，嘴裡唧著摺疊得小小的紙箋。吟霜攤開另一隻手，猛兒把紙箋放進

她手心中，用腦袋磨蹭著她的面頰，然後振振翅膀飛走了。

吟霜急忙拆開紙箋，拿到窗前的燈光下去看。只見紙箋上寫著「安，勿念」三個字。吟

霜一嘆，自語：「平安就好，勿念哪兒做得到？」就把紙箋珍惜的藏進衣襟裡。

就在這時，小樂忽然衝進院子，喊道：

「吟霜姑娘，大將軍回府了！夫人要妳過去拜見一下！」

「哦！那我趕快換件衣服！」吟霜心中一跳，這是皓禎的親爹呢，是鼎鼎大名的將軍呢！

該如何應付是好呢？皓禎又不在家。她轉身就向室內跑。

「不用換啦，這件挺好的！快去吧！大將軍性子急，別讓他等！」小樂緊急的喊，又提

醒的說：「還有，公主也在那兒！」

吟霜臉色一變。又是公主！鎮定，鎮定！

怎能鎮定呢？在大廳裡，吟霜忐忑的帶著香綺走進去，一眼看到柏凱，就本能的知道是

大將軍，上前對著柏凱一跪，兩人同聲說道：

「奴婢吟霜／奴婢香綺，叩見大將軍！」

「哦？這就是新進府的兩個丫頭？」柏凱看著吟霜和香綺。

「是的，我房裡要用的，讓你過目一下。」雪如輕描淡寫的說。

蘭馨坐在一邊，盛裝的她，帶著奪人的美麗和氣勢，接口道：

「爹！一回家就聽說皓禎生病的事，那晚皓禎生病，原來妳們兩個就是她們兩個救回來的！」

「哦？這兩個丫頭可不簡單，那晚皓禎生病，是她們兩個救回來的！」

「哦？」命令道：「抬起頭來，讓我看看清楚！」柏凱的注意力集中了，命令道：「抬起頭來，讓我看看清楚！」

吟霜和香綺都抬起頭來，兩人都戰戰兢兢，不安著。

柏凱的眼光和吟霜一接，頓時一怔，問道：

「這丫頭好面熟，以前來過府裡嗎？」

「沒有，以前沒來過。」雪如說。

柏凱再仔細的看吟霜，看得吟霜更加不安了。柏凱對雪如笑道：

「長得不錯，跟妳年輕時有幾分相像。」

「是嗎？」雪如怔了一下，就喊道：「吟霜、香綺，妳們起來吧。」

吟霜和香綺趕緊起身。柏凱就看著吟霜問：

「既然妳會醫術，那晚又救活了少將軍，依妳看來，少將軍害的是什麼病？還會復發嗎？」

吟霜小心翼翼回答道：

「吟霜懂的不多，看情形是某種突發狀況，可能少將軍對什麼食物或是花草適應不良，

會瞬間不能呼吸，發生閉氣的現象，只要趕緊扎針，把氣血打通，就可以醒過來。」

蘭馨關心的插嘴了…

「原來是這樣。那麼，只是『閉氣』，不是『斷氣』，是嗎？」

「公主，應該是這樣吧。」吟霜回答。

「原來是這樣，回來聽翩翩說得挺嚴重，嚇了我一跳。既然不是大問題，我也放心了。」

柏凱鬆了口氣，注意力回到吟霜身上…「好了，什麼名字？什麼霜？」

「吟霜！」吟霜立刻回答。

「嗯，吟霜！那麼妳們就下去吧！」柏凱說。

「吟霜遵命。」吟霜趕緊行禮，低著頭，帶著香綺就往門口走去。

忽然間，蘭馨一攔，就攔住了兩人。

「不忙，等一下！」蘭馨就對柏凱雪如說道…「公公婆婆，蘭馨可不可以請兩位幫一個忙？」

「當然可以，妳說。」柏凱大方的說道。

「我想要這兩個丫頭，到公主院來當差。」蘭馨乾脆的說。

吟霜和香綺一聽，臉色慘變。雪如臉色也跟著一變，急忙說…

「這是我房裡的丫頭，跟我挺投緣，公主想要丫頭，我再送兩個去。」

蘭馨一笑，理所當然的、振振有詞的說道：

「我就要她們兩個！公公婆婆想，駙馬爺上次在公主院發病，是這兩個丫頭在旁邊，我比較安心！以後，駙馬爺肯定在公主院的時辰多，有這兩個丫頭在旁邊，我比較安心！」

雪如著急，還來不及說什麼，柏凱已經爽快的回答：

「公主說得也是！那麼，就這樣吧，公主帶走就是了。」

柏凱答應得那麼快，雪如來不及挽回，心中懊惱，趕緊接口：

「公主，白天讓她們去公主院，晚上不當差了，就讓她們回我這兒吧。我也挺需要她們的。」

「就這樣吧。」蘭馨回頭看著吟霜和香綺，勝利的悄笑了一下：「妳們兩個，現在就跟我走吧。崔諭娘，我們走。」再對柏凱雪如說道：「蘭馨謝謝爹娘恩典。」

吟霜臉色蒼白，求救的看了雪如一眼，無奈的和香綺一起，跟著蘭馨走了。

在另外一道門口偷聽的小樂和秦媽，驚慌得手足無措，小樂大急，低語：

「這怎麼辦？公子回來會天翻地覆的！」

「先瞞著他！」秦媽低語：「你去門口堵著他，他一回家，就拉他回房睡覺！」

小樂哭喪著臉說：

「那『小小齋』已經是公子的『安樂窩』，他每次回家就直奔那兒，他會聽我的嗎？」

吟霜和香綺，就這樣毫無預警的，被蘭馨帶進了公主院。蘭馨抬頭挺胸，崔諭娘扶著蘭馨的手，進入大廳。吟霜和香綺戰戰兢兢跟在後面。大廳裡的宮女都請安喊道：

「公主金安！」

蘭馨一回身，就對吟霜厲聲喊道：

「吟霜丫頭！抬起頭來！」

吟霜一驚，趕緊抬頭。蘭馨說道：

「所有人都下去！我要跟這兩個神奇的丫頭好好的談一談！崔諭娘，妳留下！」

崔諭娘趕緊對宮女們說道：

「妳們通通都退下！等我傳喚才能進來！」

宮女們都退下了。吟霜和香綺惶然不安的看著蘭馨。蘭馨走近吟霜，諷刺的說：

「吟霜活菩薩，請妳告訴我，妳到底用什麼方法，救活了駙馬？」

吟霜盡量穩定自己，勇敢的看著蘭馨說道：

「那晚，公主房裡的人很多，宮女都在，還有將軍府裡的人，多少雙眼睛看著，我就是那樣救的。用銀針和我爹留下的救命藥丸。」

「嗯，說得很清楚。那麼，我再問妳，今兒個駙馬出門前，妳跟駙馬手拉著手兒說些什

麼？抱在一起說些什麼？他不是有『恐女症』嗎？對妳就沒有？」

吟霜大驚失色，顫聲的回答：

「一定是公主看錯了！沒有沒有！吟霜怎敢和駙馬抱在一起？」

「妳是說我眼睛瞎了嗎？」蘭馨厲聲問，忽然就給了吟霜一個耳光：「跪下！」大聲喊：「跪下！」雖然夫人高聲給

妳們報信，可是，不該看到的事，本公主還是看到了！

吟霜撲通一聲跪下了，香綺一嚇，也跪下了。

蘭馨就繞著兩人行走，用陰沉的眼光，打量著兩人。

「吟霜，我再問妳一次，妳是不是在勾引駙馬？」

「沒有！沒有！我沒有勾引他！」吟霜拚命搖頭。

「那麼，是他在調戲妳？」

「沒有沒有！」吟霜痛苦的回答：「駙馬不是那樣的人，他不會調戲奴婢的！」

蘭馨已經走到吟霜背後，伸腳一踹，吟霜就撲跌出去。這樣一跌，吟霜衣襟裡的紙箋，已經飛了出去，落在地毯上。吟霜趕緊爬過去，用手一把蓋住那紙箋，想拿回來。蘭馨眼尖，已經看到了，上去就用腳死命踩在吟霜的手上。吟霜大痛，急呼……

「哎喲！公主……」

香綺嚇得一直磕頭……

「公主饒命！公主饒命！」

蘭馨抬起腳來，吟霜立刻握住紙箋不放。蘭馨厲聲喊：

「把手裡的東西給我！」

「不不不！」吟霜拚命搖頭：「那是我私人的東西，是我的！」

蘭馨大怒，喊道：

「崔諭娘！去把她手裡的東西給我拿來！什麼私人的東西？妳這條爛命都是我的！我要妳活妳就活，我要妳死妳就死！明白了嗎？崔諭娘，去拿來，不用對她客氣！」

「是！」崔諭娘說，便從桌上拿起一個燒著的香爐，用小火鉗把燒著的檀香木挾起來，放在吟霜手背上：「放手！」

吟霜被燙，大痛，「啊！」的喊了一聲，手就鬆開了。

崔諭娘就從吟霜手中，拿到了那張紙箋，交給蘭馨。蘭馨唸著：

「安，勿念！」沉吟的問：「這是什麼？就三個字？」走到吟霜面前，把吟霜從地上抓了起來：「站好！」

吟霜爬起身，勉強的站著。蘭馨甩著紙箋問：

「這是什麼？」

吟霜努力挺直背脊，回答：

258

「公主看到什麼，就是什麼！」

蘭馨大怒，劈哩啪啦，耳光拳腳齊下，吟霜又被打倒在地。崔諭娘提醒公主：

「別打臉！用鞭子抽身！」

崔諭娘把蘭馨的鞭子遞給她。蘭馨握著鞭子，就對吟霜一陣猛抽，吟霜痛得慘叫。

香綺痛哭磕頭不已：

「公主！公主請饒了吟霜吧！」

「忘了還有一個！」蘭馨看看香綺。

蘭馨就轉向香綺，鞭子抽向了香綺。吟霜大驚，急忙撲過來抱住香綺，悽然喊道：

「公主！高抬貴手，香綺還小不禁打！要打就打我吧！」

蘭馨收鞭，就對吟霜渾身狠踹。崔諭娘上來幫忙，也對香綺狠踹。吟霜和香綺，彼此抱著，想幫對方抵擋，卻誰也幫不了誰。兩人倒在地上，頭髮散了，淚水和汗水爬了一臉，狼狽至極。

❖

皓禎沒回將軍府，吟霜已經陷進水深火熱中。寄南也沒回宰相府，在吟霜受苦的時候，靈兒正不服氣的在花園裡揮舞著流星錘，一面東張西望等寄南，嘴裡嘰哩咕嚕：

「不知道這個臭屁王爺又去幹什麼了？神神祕祕的，丟給我一句今晚大概不回家就走

了！也不知道是不是和皓禎商量去救四王？」

此時漢陽從門外急沖沖跑進花園，靈兒正自言自語，流星錘不經心對著漢陽腦袋飛去。

漢陽驚險而狼狽的閃開了，差點摔了一大跤。他倉促站穩，看著靈兒嘆氣：

「哎哎，深更半夜，你不睡覺，還在這兒玩球？你的王爺呢？發生天大的事情了！我得趕快去找我爹商量一下！」往門內匆匆就走。

靈兒一攔，驚問：

「什麼天大的事？趕快告訴我！」

「皇后被搶了？」靈兒先一喜，接著又一驚：「什麼十條人命？」

「今天真是不吉，皇后運到東郊別府的黃金居然碰到搶匪，被搶得一乾二淨！皇室破財也就罷了！可是，十條人命，關係就太大了！」漢陽沮喪嘆氣。

「你不懂，別攔著我！」漢陽不耐的要走，急著擺脫靈兒。

靈兒好奇已極，左攔右攔，說道：

「漢陽大人，你是最好的大人！快告訴裘兒什麼十條人命？你不說我就去宰相窗子外面偷聽，未免我偷聽闖禍，你就說了吧！」

漢陽逃不開糾纏的靈兒，只得說道：

「本來是我的案子，被皇上判了一個解甲歸田！這祝大人回到咸陽，居然在兩天前，全

「祝大人？哪個祝大人？」靈兒糊塗的問。

「祝大人？」

「唉！你不認識的人！夕徒如此心狠手辣，連那五歲的孫子也沒逃過！祝大人是太子的手下，也是太子重用的人，這案子是盜匪還是衝著太子而來？事關重大！我得趕緊去調查！」說完匆匆而去。

「門！」漢陽懊惱，急急的說：「不跟你說了，

靈兒看著漢陽的背影發呆，嘴裡又開始嘰哩咕嚕：

「皇后的金子丟了，太子的人手死了？哎呀，還是太子的事大！人命關天呀！何況死了十個！」她望著天空低喊：「臭屁王爺，你還不趕快回來！發生大事，你死到哪兒去了？深更半夜還在外面逍遙！」

❖

確實已是深更半夜，在公主院，蘭馨還沒睡，她拖著吟霜的長髮，而吟霜躺在地上，被她一路拉著走。崔諭娘拎著香綺的衣領，跟在後面。崔諭娘一面走，一面不斷給地上被拖行的吟霜踢去一腳。吟霜痛喊：

「公主，手下留情啊！明天給夫人看到我遍體鱗傷，對公主也不好呀！如果吟霜做錯了什麼，請公主原諒！」

「妳能救活駙馬，就招惹了我！妳跟他手拉手，就招惹了我！妳還跟他抱在一起，更加

招惹了我！妳那張紙條，八成是他寫給妳的吧？勿念？他知道妳在念著他？」蘭馨越說越氣……「這更加更加招惹了我！」

「哎喲哎喲……公主請鬆手……請鬆手……」吟霜呻吟著。

香綺嚇得一直哭。到了二樓一間房間門口，蘭馨踢開房門，把吟霜拖進門去。崔諭娘也把香綺一推進房。吟霜喊道：

「讓我回夫人那兒吧！我晚上不回去，夫人會生氣的！」

「讓她生氣！看她能把我怎樣？」蘭馨回身出房。

「小姐！小姐！妳怎樣？」香綺害怕的問。

崔諭娘把房門關上，而且上了鎖。

「先關她一夜，公主，妳也打累了，先去睡覺吧。這兩個丫頭，等明天再來收拾！如果夫人跟公主要人，儘管說她們侍候得好，捨不得還給夫人就行了。」崔諭娘說。

吟霜被推進房，躺在地上喘息，痛得縮成一團。香綺也渾身是傷，爬到吟霜身邊。

「香綺，聽我說，我要妳幫忙，我很怕皓禎回家後，發現我被帶到公主院，會跑來大鬧！不能讓他看到我這樣子，也不能讓他看到妳這樣子，我們要趕快把自己弄乾淨一點，否

吟霜掙扎著起身，看看房間，公主院沒有密室刑房，這是一間普通的小房間，居然房裡還有一張床榻。吟霜看到窗紙上還透著月光，就急急把香綺拉到窗前。

262

則會出事的！」

香綺拚命點頭。

❖

當皓禎和魯超離開靖威王府，騎馬回到家門口時，已經是四更天了。小樂提著燈閃身出現，匆匆忙忙的說道：

「公子，你們可回來了！」

「你怎麼在門口？等我嗎？」皓禎狐疑的問，立即一凜，不祥的感覺襲上心頭，緊張的問：「家裡發生什麼事了？」

皓禎下馬，魯超拉著馬說道：

「公子，我去馬廄。」

「是大將軍回來了！但是他老早就睡啦！」小樂避重就輕的說道。

小樂就不由分說的把皓禎往門裡拉。兩人走進院子，小樂急急的說：

「小的知道公子很累了，公子趕緊回房去睡覺，別吵醒了將軍和夫人！小的提著燈，公子直接回房，別繞路又繞到別的地方去！走！」

「你很奇怪，什麼繞路？」皓禎疑惑的說：「這家裡我早就摸得滾瓜爛熟，為什麼要在門口等我，還幫我掌燈？」

「哎呀！」小樂急：「這就是小廝的用處！哎哎，公子、公子，你走錯了，回房間要走這邊，你去哪兒？」

「你明知道我去哪兒！吟霜肯定在等我，也不知道猛兒把我的信帶到沒有？如果不見她一面，我怎麼可能去睡覺？」

「別去！別去！吟霜姑娘早就睡了！」小樂著急的攔著他：「你就回房吧！」

「你知道什麼？」皓禎亢奮著：「今天，我們做了一件大快人心的事，過程驚險無比。如果不是為了要弄點障眼法，我老早就要回來和吟霜分享！就算會把她吵醒，我也顧不得！」說著，逕自往小小齋走去。

小樂見再也攔不住了，這才喪著臉，說了出來…

「公子，我老實說吧！但求你別大喊大叫，冷靜一點！」嚥了口氣：「吟霜姑娘和香綺，今晚都被公主帶到公主院去了！公主跟大將軍說，要了她們兩個當丫頭！」

皓禎這一驚非同小可。

「什麼？公主要了她們當丫頭？」

皓禎就急急往公主院走去，他心驚肉跳，毛焦火辣的說：

「娘怎麼不攔著？到公主院當丫頭，這不是羊入虎口嗎？早知道就不應該讓她入府！我得趕快去救她！」

小樂緊緊拉住他。

「現在已經四更，夫人叮囑過公主，要吟霜姑娘和香綺晚上回她那兒，公主也答應了。現在，說不定吟霜姑娘已經回到小小齋了。咱們先去小小齋看看吧。」

「你怎麼不早說！」皓禎趕緊轉身：「我們先去小小齋看看！如果吟霜有任何差錯，我跟公主沒完沒了！」

皓禎幾乎是飛一般的衝向小小齋。小樂提著燈，追得氣喘吁吁。兩人衝進了院子，但見院子一片靜悄悄。

「吟霜！香綺！」皓禎一面喊，一面衝進了房間。小樂也衝進了另外一間房間。只見兩個房間都空空如也。皓禎轉身就向外衝。

「我去公主院要人！」

「公子呀！可別和公主打起來，吟霜姑娘是丫頭身分，這會兒去要人，不是暴露了公子和吟霜姑娘的事情了嗎？要不要再想一想？」小樂急喊。

皓禎頭也不回向外衝，心亂如麻的說道：

「想一想！我現在怎麼想？我已經昏了！我要去把吟霜救出來！她被帶走多久了？還要我想一想，我只要一想，就全身寒毛直豎，連頭髮都站起來了！」

皓禎說著便疾衝出去，小樂趕緊跟著，急得手足無措的嘟嘟嚷嚷⋯

「連頭髮都站起來了！嚴重嚴重……不好！一定會打起來！小樂太笨，不知道怎麼辦了！」

驀然間，魯超出現，一步就攔住了皓禎。

「公子！請冷靜一下！」

「這個關頭了，你們還叫我冷靜？我怎麼可能冷靜？吟霜和香綺這會兒有命沒有命都不知道，我怎麼冷靜？我要到公主那兒去要人！」

「公子聽我說，那公主院是我們將軍府裝修的，沒有密室也沒刑房，每間都乾乾淨淨的。如果現在吟霜姑娘在公主院，不用公子出面，小的去把她們悄悄的偷出來！那公主院，小的熟悉得很！」魯超說。

皓禎這下聽進去了。

「偷出來？」

「公子相信卑職吧！魯超一定能救出吟霜姑娘和香綺！」魯超一點頭。

「好！就這麼辦！不過，不是你一個人去偷，是我們兩個人去偷！我的武功也不會輸給你！」皓禎眼中發光了。

「我去幫你們把風！」小樂說。

三人便急急往公主院走去，轉眼來到公主院，小樂躲在一旁。

魯超和皓禎交換了一個眼光，點了點頭。兩人便迅速的上了屋頂。兩人在每間房窗外，

倒掛金鉤的向窗內窺探，碰到窗子關著，就戳破窗紙。

就在皓禎探索著每個房間的時候，吟霜的頭髮已經梳好，只是沒有簪環。她把香綺按在

床榻上，正挽起香綺的袖子，用手在香綺瘀傷處運氣治傷。香綺低喊著：

「小姐，不痛不痛了！妳不要對我運氣，消耗妳的體力，我真的不痛了！身上的傷都被

妳治好了！可是妳呢？妳全身都是傷呀！妳能不能運氣給自己止痛呢？」

「我從來沒有運氣給自己治過傷，不知道有用沒有？讓我看看妳另外一隻手！」

吟霜捲起香綺另一隻手的袖子，對著傷處再度運氣。忽然窗子上喀啦一響，兩人一

驚，只見窗子開了，皓禎和魯超先後翻窗而入。

吟霜輕聲驚喊：

「皓禎！」

「皓禎！」

「妳在做什麼？」立即明白了：「給香綺治傷嗎？」

皓禎的眼光迅速的從她臉上身上一掃而過，問：

「噓！別吵醒公主院的人！」吟霜緊張的說。

「我帶妳們離開這兒！」皓禎說著，把吟霜一背，就翻窗出去了。

魯超也背著香綺，翻窗而去。

34

皓禎背著吟霜，魯超背著香綺，小樂跟在後面，大家進了小小齋的院子。小樂趕緊把院子門關好。魯超放下香綺，就對皓禎鄭重說道：

「公子，魯超在院子裡守著，你們快進去吧。公主沒有帶打手過來，幾個衛士也身手平常，何況她丟了丫頭，想必不敢大肆聲張。」

小樂拉著香綺，急急問道：

「妳們有沒有吃虧？有沒有受氣？有沒有被虐待？」

「沒……沒……沒什麼……都都都……還好！」香綺吞吞吐吐的回答。

皓禎背著吟霜，沒有放下，直接進了臥房，這才把吟霜放下來。皓禎就低頭檢查著吟霜，急切的問道：

「她對妳們做了些什麼事？不許瞞著我！妳頭上的頭飾呢？」把她的身子轉了一圈：

「妳的衣服為什麼破了？背上的衣服為什麼磨損了？」著急的說：「妳脫下衣服，讓我看看傷在哪兒？」

「沒有沒有！你看我哪兒有傷？」吟霜急忙掩飾：「公主只是叫我去問問如何幫你治病，我糊弄了一下，也就糊弄過去了！你和魯超，怎麼把我們偷出來了？這樣，明天一早，公主發現我們不見了，怎麼辦？」

「妳先回答我，她有沒有打妳？」皓禎就把燈提過來，照著她臉孔，大發現的怒道：

「手指印！她打妳耳光嗎？妳身上給我看！」

吟霜掙扎著跳開身子，說：

「不要！我跟你說沒有就是沒有！」

「別瞞我！我發現妳們的時候，妳明明在幫香綺治療！」皓禎一把就把她拉回自己身邊，再仔細的看她鬢角，驚喊：「妳的髮根都在出血！」

皓禎倒抽了一口冷氣，就去捲吟霜的衣袖，又去拉起吟霜的褲管，只見她遍體鱗傷，處處瘀青。吟霜見瞞不住皓禎了，只好站著讓他檢查。皓禎見到吟霜傷痕累累，氣得臉色鐵青。

「告訴我，她怎麼對妳的？怎麼把妳傷成這樣？」氣得滿屋子轉，衝到吟霜放藥罐的架子前…「哪種藥可以止痛？哪種藥可以讓妳馬上好起來？」

吟霜趕緊上前，自己找了藥丸，倒了水吞下。

皓禎怒氣沖沖，往門外就衝去，咬牙切齒的說：

「我去跟那個公主把一切說清楚講明白！妳不是丫頭，妳是我的元配！她再打妳，我要休了她！馬上休了她！」

吟霜一急，死命抱住皓禎的腰，滑跪在皓禎面前，痛楚的、急促的說道：

「皓禎，我沒怎樣！你知道我自己是大夫，我有我爹各種治傷的神藥，我還有一點推拿功夫，可以治療自己！公主很生氣，因為她看到你拉我的手，看到你抱我，但是我都否認了！你聽我說，現在朝廷裡正是多事之秋，你忙著天元通寶的事，已經心力交瘁。公主有一肚子的氣，你也明白是怎麼造成的，如果我成了她的出氣筒，也是我應該的……」

皓禎盯著她，要把她從地上拉起來……

「什麼妳應該的？我現在就去跟她說清楚！我娘把妳弄進府裡當丫頭實在是大錯特錯！妳明明就是我的妻子，怎麼變成丫頭？住在丫頭房，還要挨打挨罵？我受不了！妳讓開！」

吟霜死命抱住他的腿，落淚喊道：

「不能去！不能去！公主傷害不了我，你才會傷害我！」

「什麼？」皓禎大震。

「公主頂多打我幾下，不會要我的命！你這樣不顧後果，弄得我很緊張，會把我嚇得要

死，提心吊膽！如果你在乎我、心痛我，就不要再追究這事了！我求你行嗎？要以大局為重

啊！護國是你的大愛，我是你的小愛，別為小愛而犧牲大愛！公主不單單是個女子，她是你

拚命保護的李氏王室啊！」

皓禎被吟霜說中心裡的隱痛和無奈，跟蹌一下，跌坐於地，一把抱住了吟霜。

「是，大愛重於小愛，就因為這份大愛，我娶了公主，委屈了妳！但是，我不能為了這

份大愛，讓妳去給公主欺負，去給公主打呀！」

「不會的！」吟霜誠摯的說：「公主也是人，她也有人心，我相信我爹給我的教誨，正

心誠意，趨吉避凶！」哀懇的說：「聽我的，不要再把我逼到懸崖上去！」

皓禎一個寒顫，眼前閃過跳崖的一幕，心驚肉跳的看著她，知道她說的都是實情。他痛

楚深思，急道：

「不要再提懸崖，我不逼妳，我要想辦法！」

「現在天快亮了，先想辦法，怎樣跟公主解釋我半夜失蹤的事。」

「我去解釋，妳以後不用去了！」

吟霜哀懇的看了皓禎一眼。

「那你就幫我樹立了一個最大的敵人！你要上朝，你要出門，你不能天天守著我！你讓

我用我的方法化解仇恨吧！我跟她，命定要長期相處，我逃避不了的！」

皓禎憐惜的看著她，深思起來。吟霜說得不錯，他不能時時刻刻守著她，她逃不開公主！他要怎樣才能保護好吟霜呢？

❖

公主院裡，蘭馨起床後，宮女正在幫她梳頭上妝，崔諭娘急急進門，對蘭馨說道：

「公主，將軍府的夫人過來探望公主了。」

「這麼早？」蘭馨又一驚：「趕緊幫我把頭髮梳好。」

宮女和崔諭娘忙幫公主梳頭。梳好頭，整理好服裝，公主走進大廳，就看到雪如站在那兒，帶著一股氣勢，莊重而嚴肅。她見到蘭馨，就訓斥的說道：

「蘭馨，昨晚妳要去的那兩個丫頭，深更半夜都沒有回來！在我們將軍府，說話要守信用！既然妳沒有讓她們回到我身邊，我只好讓人到公主院，把她們接回將軍府去了！怕妳找不到她們會奇怪，過來跟妳說一聲！」

蘭馨驚愕，張口結舌的問：

「那兩個丫頭不見了！窗子開著，她們從窗子逃跑了！」

「怎麼可能？她們不是關在二樓嗎？窗子離地那麼高，怎麼可能逃走？」

「可是，就是不見了！奴婢也整個公主院找了一遍，都沒找到！」

就在這時，一個宮女進門稟道：

272

「接回去了？怎麼接回去的？」

「我們將軍是帶兵的人，將軍府多少高手雲集，要接回兩個丫頭，當然是輕而易舉的事！」

因為時辰太晚了，就沒有打擾妳！」雪如板著臉說。

蘭馨一呆。雪如繼續說道：

「兩個丫頭接回去，才發現遍體鱗傷，這又犯了將軍府的大忌！在這將軍府，我們從來不虐待下人！現在，這兩個丫頭正在養傷，暫時不能來公主院當差了！」

蘭馨氣得瞪大眼睛，尖銳的問：

「妳就直說吧，這兩個丫頭到底是什麼來歷？有勞婆婆半夜接人，一早又親自到蘭馨這兒來，還警告我不能動她們！難道，以後她們都不到公主院了嗎？」

「等到她們的傷好了，自然會送過來讓公主調教！至於她們的來歷，我也不是很清楚！總之都是可憐人，才會到別人家當丫頭！咱們身分高貴，存一點憐憫之心，算是為子孫積德吧！」

「是！」雪如說完，就喊道：「秦媽！走了！」

「是！」秦媽就扶著雪如，嚴肅的去了。

雪如和秦媽一走，蘭馨就像打了個敗仗，跌坐在坐榻上，氣得臉色發青：

「什麼為子孫積德，我這樣被冰在這兒，子孫從哪兒來？」喊道：「崔諭娘！妳看這是怎麼回事？」

「公主！這兩個丫頭太不簡單了！」崔諭娘說道：「整個將軍府，都藏著祕密，而且護著她們兩個！公主也別急，日子長著呢！過兩天，再把她們要來，奴婢有辦法對付她們！只有從她們身上下手，才能知道真相！」

蘭馨點頭，眼睛裡閃著驚疑與憤怒的光芒。

❖

皓禎回家面對的事，寄南和靈兒一點也不知道。寄南也是四更左右才回到宰相府的，靈兒看到他就一肚子氣，揮舞著流星錘，恨不得把他痛打一頓。他卻滿臉的興奮，把靈兒拉進廂房，關好窗子，開始對靈兒訴說搶金大戰的經過。這場戰役本來就精彩，寄南當然說得更加誇張，手舞足蹈外加眉飛色舞，聽得靈兒一愣一愣的。等到寄南說完，靈兒驚佩得五體投地，嚷著⋯

「你們就這樣搶了皇后和樂蓉公主的黃金？」

「可不是嗎？現在就等下回分解了！看看伍家要怎樣向皇上交待！」

靈兒忽然一拳頭打在寄南的鼻子上，寄南猝不及防，摀著鼻子跳腳，喊道⋯

「裘兒，妳這是幹什麼？我的鼻子出血了！妳怎麼可以打妳的主子？」

靈兒氣沖沖，瞪著寄南說道⋯

「這麼轟轟烈烈的大事，你居然不帶我去！你這個臭屁王爺，太不夠意思了！從今以

後，我不當你的小廝了！」

「咦！誰稀罕妳當我的小廝？」寄南說：「這件大事，怎能告訴妳？萬一我們失手了，不知情的妳才能保住小命！我寶寄南真是好心沒好報，收了妳這個小廝，簡直是收了一個

『風火球』！」

「風火球」！」

「風火球是什麼東西？」靈兒問。

「本王爺也不知道是什麼東西？是個就像妳的東西！一會兒是風，一會兒是火，一會兒是到處滾動的球！沒有片刻安靜，滾過的地方就變成狂風過境，大火燒過一樣！這就是妳！」

「風火球！」

靈兒歪著頭，想了想說：

「風火球挺好聽的！像那個『玉面郎君冷烈』，名字就取得好，我就當風火球吧！以後你別叫我裘兒了，直接叫風火球！」

正說著，房門被拍得劈哩啪啦響。靈兒打開房門，看到漢陽嚴肅緊張的站在門外。

「寄南！快快快！皇上傳令，要你、我和我爹都趕緊進宮去！昨天皇后丟了萬兩黃金，據榮王說，是你、皓禎、太子一起犯案，他已拿到證據！」

寄南一驚，叫：

「什麼？證據？」

不到一個時辰，在皇宮偏殿上，太子、皓禎、寄南三人到齊，用眼神互相穩定情緒。漢陽、皇上、皇后、方世廷、樂蓉公主、伍震榮、伍項麒、伍項魁等齊聚殿上，各有憂慮、各有心思、各懷鬼胎。

皇上臉孔嚴肅，手裡端詳著伍項魁撿到的玉帶鉤，威嚴的說道：

「剛剛皇宮裡的玉匠，證實這個玉帶鉤是太子所有，太子有何說詞？」

太子堅定毅然的看著皇上，回答：

「父皇，這玉帶鉤確實是兒臣所有，但是，這只玉帶鉤早已在太子府遺失多日，兒臣也非常疑惑，為何今日會被送到皇上跟前，還直指兒臣與盜匪有關，這真是太可惡的栽贓手法！」

「在竊案發生的場地，出現太子的隨身物品，這真是無巧不成書啊！」伍震榮咄咄逼人的說：「常言道，太多的巧合就不是巧合，太子還是坦白從寬為好，或許皇上還是會網開一面！」

寄南氣不過的插嘴：

「榮王不要含血噴人，怎麼不說是你偷了太子的玉帶鉤，想嫁禍給太子！」

「放肆！」皇后喊：「竇寄南！皇上還沒有審到你呢！你和皓禎、太子三人昨日巳時都

到哪裡去了，你們交代得清楚嗎？」

「我們三人一直聚在靖威王府下棋！」皓禎說：「午時還打了一頓牙祭，要不要交代我們都吃了些什麼？接著聊天到晚上，又喝了一點小酒，鬧到半夜三更才散！」

「這一聽不都是串通好的嗎？」伍項魁氣呼呼說：「若問人證，該不會全都是你們靖威王府全家上下吧？這有何公信可言？」

「那麼區區一只玉帶鉤，何以證明本王與太子牽涉了黃金竊案？這就不牽強嗎？」寄南針鋒相對。

皓禎對皇上行禮，鄭重的說道：

「陛下，這個證物太過薄弱，而且太子已經聲明遺失多日，恐怕是有人故意上演一齣假搶劫真栽贓的戲碼，目的就是要破壞太子的名聲和威信，請皇上明察！」

樂蓉公主喊道：

「父皇，太子他們三人顯然都已經套好招了，怎麼問也是在打迷糊帳！」她悲從中來，哭道：「黃金失竊現場，女兒和項麒都親眼目睹盜匪之蠻橫凶狠，還有一個暗器高手在幫助他們！」

「是！那人出神入化，恐怕是個巫師之類！」伍項麒說道：「與盜賊打鬥之時，還聽他們彼此大喊，賊人聲音非常熟悉，顯然就是太子、皓禎、寄南三人的聲音！」

太子正色的問：

「用聲音舉證？是誰聽到本太子的聲音？還聽到皓禎與寄南的聲音？漢陽，你辦案以來，這種『聲音熟悉』的證據，能成立嗎？」

漢陽為難卻正直的說：

「回太子，這種證據，下官還沒辦過！」

伍震榮怒瞪漢陽一眼，大聲說道：

「陛下！那些羽林軍可以作證，身手也是他們三個，現在人證物證都有，懇請皇上嚴辦此案！」

「且慢！」漢陽一針見血的說道：「榮王說有人證和物證，但是贓物呢？那失竊的萬兩黃金，現在到底在何處？就算太子、皓禎、寄南是榮王口中的盜匪，但他們的動機是什麼呢？一個太子，一個高官，一個厚爵，皆是生活無虞，為何要去搶劫呢？何況是搶自家人的黃金？辦案必須起出贓物，才算是罪證確鑿，就像殺人案要有屍體一樣！」

方世廷當機立斷，有力的接口：

「那就懇請陛下立刻下令搜查太子府、將軍府、靖威王府，以免萬兩黃金都被銷贓了！」

「對對對！」伍震榮興奮：「右宰相說得有理，要搜，通通要搜！陛下，請您快下旨！」

皇上起身，大怒說道：

「你們個個是不是腦袋都出問題了！膽敢搶劫皇家的人，還會笨到把黃金藏在你們懷疑的地方嗎？真是胡鬧！這場鬧劇，你們個個都有嫌疑，不是要惡鬥太子，就是要劫財嫁禍！」

「皇上，您可要分明是非啊！」皇后喊：「沒有人要惡鬥太子，實在是太子、皓禎、寄南三人的行蹤交待不清！」

「交待不清，那頂多是嫌疑人罷了，何以定罪？現在朝廷上的官員眾多，難道每個都能交待昨日的行蹤？只要對行蹤懷疑，就能定罪嗎？」皇上不悅的說。

「陛下，據榮王說，搶匪個個武功高強，」皓禎振振有詞的稟道：「榮王府、宰相府、盧侍郎府、駙馬府……裡面都養著大批衛士，這些衛士身手不凡，對押送黃金路線熟悉，會不會是這些衛士幹的？」

「對呀！」皇上被提醒了，拍著額頭說道：「皓禎說得對！這事一定有內賊！這條運金路線，誰最熟悉？以前也不是太子在管建造別府！那些衛士調查過嗎？有沒有讓他們交待行蹤？」

「皇上！您這不是明明偏袒太子嗎？留下證據的是太子，您卻要我們伍家、盧家、駙馬家……去做內部調查？」

皇后和伍震榮氣得臉色鐵青。皇后也忘了要忌諱，對皇上憤慨說道：

「皇后！真心想搶劫的人，不會在現場留下證據！有了證據，更加可疑！這點辦案常識，朕還明白！漢陽，是不是如此？」

「陛下英明！」漢陽趕緊回答：「這事確實疑點重重，要深入調查！」

「皇上……」皇后怒沖沖喊著。

「不要說了！」皇上打斷：「皇后！昨天還有兩個現場證人，妳忘了嗎？就是朕和皇后！是誰讓朕去現場看搶劫的？難道榮王預先就知道有搶劫？朕看到羽林軍和老百姓打成一團，可沒聽到太子、皓禎和寄南的聲音……」皇上一下子突然氣得頭昏，身子站不住，曹安趕緊上前，扶著皇上坐下，擔心的看著皇上問：

「陛下又頭痛了嗎？」大聲吩咐：「來人啊！快拿藥來！」

皇上扶著頭，難受的下令：

「今天到此為止！朕也不偏祖，太子聽令，在事情真相未明之前，你和皓禎、寄南三人必須配合大理寺的調查。漢陽這案子直接對朕負責！別忘了皓禎和朕說的那些衛士們！盡速查清回報！」

皇上一說完就身體癱軟，昏倒在坐榻裡，大家頓時亂成一團。曹安連聲喊太醫，太子奔向皇上身邊，著急喊：

「父皇！父皇！」

皇上暈倒，案子也就暫時擱下，太醫們出出入入，診治著皇上。皇上一度甦醒，服了太醫的藥，回到寢宮，又昏昏睡去。等到睜眼時，已經入夜了，太子在他身邊喊著：

「父皇、父皇！您醒了？」

皇上撫著頭，艱難起身，看著太子問道：

「這夜色已晚，你怎麼還在這兒？」

「兒臣擔心父皇的身體，但一直被母后擋在門外，直到剛剛母后回寢宮去了，兒臣才能偷溜進來看看父皇，現在父皇好點了嗎？」

皇上看看曹安，說道：

「曹安，你到外面去守著，任何人都不准進來。」

「是，陛下。」曹安退下了。

皇上見四下無人，坐直身子，突然精神大好，笑著說道：

「其實這頭痛昏倒也是一齣戲，朕怎麼能演輸你們呢？」

「什麼？父皇不是被我們氣得昏倒的？」太子驚問。

「氣當然氣了！啟望，你老實說，黃金是被你們搶走的，對吧？」皇上瞪著太子。

太子立刻匍匐跪下認罪…

「請父皇恕罪！兒臣情非得已，要不是被逼得嚥不下這口氣，實在不會做出如此罪大滔天的事情。與其讓皇后虧空國庫，還不如劫富濟貧！」

「四王已經來向朕請罪了，鑄金房的事情朕都知道了，想必你也是有苦難言，才會出此下策。」但一想又生氣：「但是，皓禎和寄南怎麼沒有阻止你，還跟著你胡鬧幹起搶匪了呢？還幫著你撒謊，氣得榮王快炸了！」

「他們是無辜的！他們不但勸過我，還拚命反對我！」太子笑著說：「但兒臣仗勢欺人，逼迫他們就範！」

「唉！」皇上嘆氣：「你怎麼可以這麼魯莽呢？真解決不了，難道不能跟父皇商量嗎？」

「兒臣阻止了……」太子委屈的說：「找盡理由不想撥款給皇后，但是她說要賣首飾衣裳的，父皇不就全答應她了嗎？」

「你把事情鬧得這麼大，現在還責怪起朕？」又嘆氣瞪眼：「你做事真不俐落，和羽林軍大戰一場，怎麼會落了個玉帶鉤給人當把柄呢？真是一點也不機靈！也難怪會中了別人設的局。」

「父皇還有心思取笑兒臣，可見父皇身體真是無恙了。」太子欣喜安慰，解釋道：「就因為是和羽林軍打，孩兒怎能不手下留情？哪有羽林軍和太子對打的事？」一笑：「不過兒臣必須稟報父皇，那一萬兩黃金已由孩兒的親信，分別送往漳州、太倉、山陰、番禹去賑災

了，會有賑災詳情回報，請父皇放心，一分錢都沒有浪費。」

「朕信得過你！」皇上一笑：「雖然這兩天過得風起雲湧，但終歸是辦了一件好事，就是方法太不規矩、太激進！下不為例！夜深了，太子也別回去，就陪朕睡一宿吧！咱父子好久沒有這樣閒話家常了！」

「真的？兒臣無罪了？那調查……」

「調查免不了，你總得做做幾天樣子吧！要不然朕如何杜絕悠悠之口？記住！不管漢陽如何審問，你硬賴到底就對了！就說是榮王府的衛士幹的吧！」

太子趕緊在床邊磕頭：

「謝謝父皇英明！」說完，一溜煙的鑽進被窩裡，打哈欠：「這兩天鬧得我可睏了！」

挨著皇上說：「父皇也快睡吧！」

皇上滿足的笑著，為太子拉好被子，心裡著實驕傲，看著他逐漸入睡的英俊面貌，深深的想著：

「他會成為一個愛民如子的好皇帝，比朕有膽識有魄力！也沒朕對皇后的那種軟弱，對榮王那種遷就，朕幸好有他！

283

35

這天，皓禎和寄南一起來到太子府，青蘿帶著皓禎和寄南，走進綠蔭深處，再走進一間大花房。青蘿低聲說道：

「太子那間書房，隔音不是很好，最近奴婢和太子妃，幫太子弄了這間密室，藏在花房之中，只有奴婢、太子妃和鄧勇才知道！如果王爺和少將軍，要和太子說知心話，這兒比大廳和書房都好！」

「太子府早就應該有這麼一間能談話的房間了。」皓禎看著青蘿說。

「可是，是誰蓋的這間密室呢？」寄南問。

「是鄧勇帶來的兄弟。」

皓禎和寄南放心的點了點頭，兩人神色都是沉重的。

青蘿撥開一片藤蔓綠葉，密室房門出現。青蘿說道：

「太子在裡面，奴婢就不進去打擾了。」

兩人趕緊進房，太子看到兩人神色不佳，疑惑的說：

「劫金案還有問題嗎？父皇已經心裡有數，你們也別太著急……」

「不是劫金案……」皓禎說：「啟望要節哀，祝之同一家十口，在咸陽全部被盜匪毒死了！」

太子大震抬頭。

「什麼？祝之同一家十口全部被盜匪毒死？」立即悲憤踩腳：「當初父皇一句『解甲歸田』，我實在不服氣，有功無罪的好官，居然被罷黜！但是，想到伍震榮的心狠手辣，生怕他會為本太子送命，這才勉強讓他回咸陽！結果卻把他害得更慘！這分明是針對我而來！」氣到雙手握拳，全身發抖……「我和伍震榮勢不兩立！」

「太子老哥，這事是誰幹的，還完全不知道！」寄南急忙勸道：「我從漢陽那兒打聽到的消息，是強盜！」

「這會是強盜案！強盜會連五歲的孩子都殺掉嗎？」太子怒吼，大聲喊道：「這是滅門！伍震榮最拿手的好戲，『不留活口』！」

「這事發生在黃金劫案的前一天！」皓禎分析著：「伍震榮以為我們會立刻得到消息，一定憤恨至極，在怒火攻心之下劫黃金，會忙中有錯！誰知我們都沒得到消息，照樣劫走了

黃金，他也吃了大虧！」

「現在，有黃金劫案，有祝府滅門案，不知漢陽先辦哪一件？」寄南說。

太子悲痛的倒在坐榻中，傷心不已，慘然說道…

「黃金劫案雖然勝了，和十條人命比起來，就太渺小了！」

「想想那一萬兩黃金可以救活多少百姓吧！」皓禎安慰太子…「四個災區的災民都能溫飽，可能是上萬條人命！」

「至於漢陽，我猜他會先辦祝之同案。啟望，你放心，這次我會盯著漢陽，跟著他去咸陽辦案，絕對不會讓他草草結案！務必弄個真相大白，為祝大人討回公道！伍震榮壞事做盡，他逃得掉一件兩件，也逃不掉千件萬件！」

「漢陽會讓你跟去辦案嗎？」皓禎問寄南。

「本王要跟他去，他只能讓我去，他不讓我去，我也照樣去！」寄南堅決的說…「何況還有靈兒，她對這案子可有興趣了，只要牽涉到伍家，她就恨不得抓到把柄，讓伍家全家的人，都人頭落地！她也會鬧著漢陽帶她去的！」

「那麼，本太子命令你們，務必讓漢陽規規矩矩辦案，別讓方世廷又來妨礙他，把案子給草草結案！不抓出真凶，我死不瞑目！」太子悲憤說道。

寄南就拍拍太子的肩，鄭重的說道…

「寄南遵命！祝大人在天之靈，會輔佐太子，太子務必節哀！」

為了要跟漢陽一起去咸陽，靈兒和寄南守在宰相府庭院裡，總算堵到行色匆匆的漢陽。

寄南往前一邁步，攔住漢陽說：

「漢陽，你在忙什麼？」

漢陽不耐的對寄南一瞪眼：

「辦你的搶劫案都來不及，又要出遠門。」

「出遠門？去哪？」寄南明知故問。

「去咸陽。辦祝大人的案子。」漢陽卻誠實的，帶著滿臉遺憾和沉痛的回答。

「祝大人明明是個清官，居然全家被毒死！」寄南拉住漢陽說：「我和太子熟，跟祝大人也有幾面之緣，這事我也挺難過的，既然你要去辦案，那我也和你一起去，至少於情於理，本王也應該去弔唁祝大人！」

「我家主子要去哪？小的我，當然也要跟到哪！」靈兒拚命點頭。

「你們要弔唁祝大人也好，要跟著我辦案也好，都是你們的自由！」漢陽說：「我猜我說不行也沒用，因為你們兩個顯然是跟我跟定了！」

「哈哈！漢陽大人真是神算！」靈兒嘻嘻哈哈說道：「怎麼知道我們跟定了你？」

「如果不是想在院子裡堵我，你們兩個會乖乖待在宰相府嗎？」漢陽說：「堵我的目的，不就是要跟我去咸陽嗎？去就去吧！就是別幫我闖禍！」

「漢陽別小看我和裘兒，我們別的本事沒有，讓你在辦案時有個伴，也是好事一樁！何況，我們兩人也有點才氣，帶著我們準沒錯！」寄南說。

「才氣？」漢陽疑惑的看看二人：「那就讓本官看看你們的才氣吧！明兒一早就出發！」

於是，寄南和靈兒，就跟著漢陽出發了。這天，漢陽、寄南、靈兒騎著馬，帶著一隊騎兵，風塵僕僕進入了咸陽城。寄南靈兒都沒料到，這方漢陽居然馬不停蹄，一口氣直奔咸陽，連吃飯都在馬背上解決，幾塊乾糧就了事，簡直像在苦行軍。好不容易進了城，靈兒口渴難耐，說道：

「大人，咱們進了咸陽城了，要不要先找個地方休息？我好渴啊！」

「是啊是啊！」寄南附和：「本王又餓又渴，最糟糕的是內急了！」

「誰讓你們跟著來了？現在，先到祝大人家裡看看，辦案要緊！其他事不重要！走！」漢陽一絲不苟。

靈兒和寄南彼此互視，苦著臉。寄南憋著內急，對漢陽喊：

「唉唉唉！你這人怎麼都不能商量的呀？太不人道了吧！」檢視四周環境：「哪兒可以讓本王先解解手的呀？」

靈兒騎馬靠近寄南，嘲笑著：

「男兒本色，不是一堆草叢或是牆角都可以解決的嗎？哈哈哈！走囉！」

靈兒嘲笑完他，不理寄南便騎向漢陽身邊套近乎。寄南瞪著靈兒背影，又急又氣：

「什麼牆角？本王又不是小狗！妳這沒上沒下的小廝⋯⋯簡直氣死我了！」

寄南憋得臉紅脖子粗，摀著肚子，無奈的繼續跟著漢陽人馬大隊前行。

※

寄南和靈兒出發了，皓禎也即將遠行，因為木鳶有祕密任務交給他。這天，吟霜和皓禎在小小齋吃午膳，香綺和小樂侍候著。皓禎看著吟霜直笑。

「這兩天，妳總算休養好了，也胖了點。」

「每天被妳這樣餵，一定變成小胖豬。」

「我喜歡小胖豬！」皓禎笑。

吟霜臉色一正，問：

「寄南和靈兒都出發了吧？」

「是，他們跟著漢陽，等於監視了他，希望靈兒別自作聰明出問題！」

「你放心，靈兒很機警的！那麼，你過一段日子也要出發了？木鳶給了你差事？」

「是！那差事很重要，關係我們天元通寶一員大將的生命！不過我和魯超已經安排好，

這個小小齋日夜都有人守衛，妳不用害怕！」

「但是，你娘已經通知我，明天起要去公主院當班！」

皓禎一驚，跳起身子，反射般的脫口而出：

「我反對！」

「要不要聽我幾句？你別反對！」吟霜就語重心長的說道：「你也太冷淡公主了！如果你常常去公主院，即使不和她洞房，也可以和她聊聊天，玩玩雙陸棋什麼的。如果你把她當親人對待，她可能不會充滿了暴戾之氣，我的日子也會好過很多！」

皓禎深深看著吟霜，沉思的說：

「嗯，妳說得也有理！明天我下了朝，就到公主院來看妳！如果她再欺負妳，趁我沒出門，讓我給她一點警告！」

٭

吟霜和香綺第二天就回到公主院當丫頭，努力的擦著家具，和桌上的擺飾。

崔諭娘拉著蘭馨，在屋內一角說悄悄話：

「公主，這兩天妳就忍著點，就讓她們兩個當丫頭，在夫人面前，還要擺出寬大賢慧的樣子來，等過幾天，大家都沒防備了，咱們再動手。」

「嗯，我要妳去宮裡拿的東西，都拿來了吧？」蘭馨深深沉的問。

「當然，都準備著呢！」

外面，傳來宮女的通報聲：

「駙馬爺到！」

「他來了？」蘭馨一驚，低問崔諭娘：「是為我來的？還是為那兩個丫頭來的？」

「當然是為公主來的。好不容易來，兩位別一見面就吵！」崔諭娘堆著笑臉。

只見皓禎拿著兩把木劍，大踏步進門。

「哎喲！稀客稀客！」蘭馨就喊道：「吟霜，快給駙馬爺沏茶！」故意的說：「是喝龍

井、香片、綠茶、潽洱……還是……吟霜，妳知道吧？」

吟霜和香綺都停止了工作，吟霜就急忙行禮：

「吟霜見過駙馬爺，不知道駙馬爺想喝什麼茶？奴婢這就去沏！」

香綺也趕快行禮：

「香綺也見過駙馬爺！」

皓禎很快的掃視了兩人一眼，見兩人服裝釵環都整齊，稍稍放心。但是吟霜那卑微的態

度，和奴婢二字，仍然刺痛了他的心，忍不住眉頭微微的皺了皺。

皓禎忽然笑著，丟給蘭馨一把木劍：

「接著！」

「木劍？」蘭馨本能的一把接住，驚愕的問。

「別小看這兩把木劍，還是我以前學劍時爹為我特別定製的，木頭裡面包著真劍，所以和真劍的重量一樣。但是木劍不鋒利，練劍時不會造成誤傷。」皓禎說。

「哦！你練劍用的？你要幹嘛？教我劍法嗎？」

「不錯！」皓禎笑著說：「蘭馨，記得宮裡選駙馬那天嗎？妳被抱住就無法脫身，連漢陽那個沒有武功的人抱住妳不放，妳也沒轍！妳的功夫實在太差了！既然喜歡武術，我沒事就來陪妳玩玩，一定把妳調教成武功高手！」

蘭馨真的被挑起了興趣。

「哦！你說我的武功爛？你也太小看我了！我也學過劍法！」

「那就到院子裡來，我們來比劃比劃！」皓禎說著，順便對吟霜說道：「茶也不用了！」到了院子裡，皓禎和蘭馨真的比起劍來。兩支木劍上上下下，你來我往，崔論娘和宮女們都在圍觀。吟霜和香綺一面擦著門窗，一面不時回頭觀望著。

「來來來！」皓禎鼓勵的喊：「對著我刺！要殺敵人就要又狠又準，看，我的胸口在這兒……」張開雙臂：「來！刺我！」

「如果刺死了你怎麼辦？」蘭馨一招「迎風揮扇」，劍鋒上撩、平掃，半途中劍身忽頓，陡然向皓禎左胸刺去。

292

「我幫妳算過命，妳不是寡婦命！」皓禎笑著，一招「猛虎轉身」，身形輕巧斜移，反身用劍上架斜撥，輕鬆的擋住了這劍。

「那⋯⋯我是棄婦命？」蘭馨再使出一招「嫦娥刺虎」，劍鋒畫了個半圓，如影隨形的指著皓禎左胸，狠狠的再刺去。

「不⋯⋯妳是貴婦命！」皓禎一招「鯉魚擺尾」，身形再閃，同時架劍，又從容的擋過那劍。

宮女們趕緊去拾起，交給蘭馨。

緊接著，皓禎再使出「青龍回首」，進身上步，用劍一絞一挑，就把蘭馨的劍擊飛了。

「再接再勵！手腕用點勁兒⋯⋯」皓禎笑著示範⋯「這樣上下左右！知道嗎？」

「知道了！」

蘭馨說著，突然使出一招「乳燕歸巢」，欺身劍步上前，劍尖連點，迅雷不及掩耳的連番凌厲的刺了過來。皓禎從容應招，讚美道⋯

「一點就通！聰明！」，皓禎青龍再度回首，右旋上挑，蘭馨的劍又飛了。

「再來再來！」皓禎在院子裡跳著。

宮女們看得好興奮，不由自主的喊著⋯

「公主好身手！公主好身手！駙馬好功夫！駙馬好功夫！」

一次又一次，翻飛的劍花，和蘭馨被挑飛的劍。蘭馨已經香汗涔涔，皓禎依舊從容不迫。她眼見打不過皓禎，忽然發難，一招「風擺楊柳」，猛然回身，劍尖直刺向正在觀戰的吟霜胸口。

皓禎大驚，急忙一竄上前，挑飛了那把劍。蘭馨笑著說：

「一把木劍，傷不了人，也讓駙馬嚇出滿身冷汗嗎？」

「即使是木劍，也有劍鋒，不能隨便傷人，是學武的基本原則！好了，公主要這樣玩，我就玩給公主看！讓我再教妳一個小遊戲吧！」

皓禎就拿著劍，在蘭馨胸前連點三下，蘭馨要閃，居然沒閃開，皓禎再用劍在蘭馨身上左比劃右比劃，蘭馨怎麼都閃不開。就這樣，皓禎不斷在蘭馨身上點到為止的東點西點，左一劃，右一劃。蘭馨不斷的閃避，卻閃不開。

皓禎收了劍，站住說道：

「我這幾下叫作『一點一點分一點，一點一點合一點，一點一點留一點，一點一點少一點！』妳去好好練習，這是刺和閃的要點。同時，這劍訣也是謎語，不妨一面練劍，一面猜謎語！等妳猜出了，我明天再教妳別的！」

蘭馨興趣盎然的唸叨：

「什麼一點一點的……」拿著宮女送來的劍，比劃著，思索著。

「公主慢慢玩吧！我出去了！」

皓禎說著，飛快的給了吟霜一個眼光，兩人交換了一個注視。蘭馨還在跟那「一點一

點」作戰，卻完全沒有疏忽這個注視。

皓禎轉身出門去了。

❋

這時，漢陽正帶著寄南、靈兒，在咸陽官員陪同下，視察祝家現場。眾人在各房間走

著，看著，聽著，漢陽忽然站住，一驚問道：

「不是說全家毒死了嗎？原來還有活口？」

官員恭敬的回答：

「是！當時是用完晚膳，過了一個多時辰，祝大人和夫人公子們就都陸續毒發死亡了。

但是，兩個女僕和兩個男僕沒用晚膳，所以都沒遇害。」

另外一個官員接口：

「還有祝家的小姐祝雅容，剛好跟奶娘去嬸嬸家作客，逃過了一劫！」

「想必，你們的司法獄已經把食物都檢驗過了，是什麼毒？放在什麼菜餚裡？」

「好像是『斷腸草』！」一個官員沒把握的說。

「不對不對！好像是『雷公藤』！」另一個官員說。

「你們連是什麼毒物都沒查出來嗎？」漢陽變色。

兩個官員慌亂，你看我，我看你，說：

寄南忍不住一怒，大聲說道：

「也可能是『砒霜』！」

「你們大概把所有致命的毒物都說完了，到底查了還是沒查？算了算了，有什麼毒物殘餘和證據趕緊送過來，方大人會派人飛騎送回大理寺檢驗！」

「這個確定了！是放在米飯裡，所以，吃了米飯的，一個都沒逃掉！可憐的祝大人，除了小姐，十口人全部遇害了！」

寄南又忍不住插嘴：

「這些逃過奪命晚膳的男僕、女僕、奶娘和那位小姐，現在在什麼地方？這事，方大人一定要親自問過活口，才能察明真相！」

漢陽驚看寄南，點頭說：

「正是！寶王爺說得不錯！活口在哪兒？」

「就在這兒，現在都聚集在書房裡，等著方大人一個個傳喚呢！」

靈兒就大聲說道：

「咱們方大人辦案，一向簡單明快，哪兒需要一個個傳喚？讓他們全體到大廳來，方大

人一次解決！」

漢陽又驚看靈兒：

「啊？一次解決？」掃了兩人一眼，心想：「到底是你們兩個在辦案，還是本官在辦案？」

既然靈兒代漢陽吹了牛，漢陽無可奈何，只得硬起頭皮，一次解決。在大廳裡，他和兩位官員，席地坐在大廳的矮方桌前。靈兒、寄南站在後面，衙役站在兩旁。矮方桌對面，僕婦二人、僕人二人、奶娘都跪坐著，獨缺祝雅容。漢陽眼光一掃：

「少了一個人？」

「回大人！」奶娘磕頭說道：「我家小姐因全家遇害傷心得不得了，現在病倒在床，恐怕沒有力氣過來。」

「妳是家裡什麼人？」漢陽看著奶娘。

「奴婢是小姐的奶娘，把她從小帶大的。」

「出事那晚，是妳陪小姐出門看她嬤嬤？」漢陽問。

「是！」奶娘說：「祝家嬤嬤生病，小姐送她最愛吃的麵餅過去，是我陪著。等到回家，就發現全家人都東倒西歪，慘叫的慘叫，死掉的死掉，個個口吐鮮血，慘啊！」她痛哭起來……「青天大老爺，方大人，請為我們大人申冤，找出凶手！」不斷磕頭。

男僕女僕就一起磕頭，喊道：

「青天大老爺！一定要為我們祝家找到凶手！青天大老爺！」個個哭著磕頭。

漢陽忽然正色喊道：

「不要哭了！全體把頭抬起來！讓本官瞧瞧！」

僕人們慌慌張張，個個抬頭擦淚。漢陽起身，一個一個仔細的看過去。

靈兒莫名其妙的看看寄南，悄聲問他：

「漢陽大人在他們臉上找什麼？難道嫌犯就在這些人裡面？難道臉上還刻了『我是凶手』的字樣？」

寄南也低語：

「本王爺也看不懂漢陽辦案的道理，莫測高深！」

就在這時，忽然一個人影從室內飛撲出來，手裡握著一把匕首，直接撲向漢陽，變生倉卒，漢陽又不會武功，身手不凡的、迅速的就從漢陽身後抱住他，用匕首橫在漢陽的喉頭。

靈兒寄南正在交頭接耳，誰都沒有防備，漢陽便已被來人挾持了，不能動彈。靈兒這才驚呼：

「不得了！這兒還藏了刺客！漢陽大人，我來救你！」竄上前去想救人。

寄南一把拉下靈兒，緊張喊道：

「不要動！那匕首在漢陽喉嚨口，只要一用力，他就沒命了！」

官員衙役驚呼，全部跳起身子…

「什麼人？還不趕快放下匕首！」

只見來人，竟是個十八、九歲的美貌姑娘，滿臉悲憤。奶娘脫口驚喊：

「雅容小姐！千萬千萬不要呀！這不是殺害妳爹娘的人，這是從長安趕來辦案的方大人！方宰相的公子呀！妳別犯糊塗呀……」

漢陽在匕首脅迫下，仍然從容鎮定，自有一股氣勢，說道：

「妳是祝雅容？放下妳的匕首，我們好好談！本官一定抓到殺害妳爹的凶手！」

雅容瞪著漢陽，悲憤已極，鏗鏘有力的說道：

「方漢陽！你來辦案？你來幫我爹娘抓凶手？當初不也是你，把我們全家大小抓去大理寺關嗎？關了三天，又把我們家眷放出來，留下我爹在牢裡，接著，皇上命令解甲歸田，然後，我們全家就都一命嗚呼！方漢陽，你不認為這太巧了嗎？」

漢陽有力的、生氣的說：

「事實就是這樣！本官調查結果，妻兒無罪先釋放，祝大人再經調查，也無罪，可是皇上下旨解甲歸田，那是本官無法控制的事！現在本官來幫妳調查凶手，妳居然挾持本官，恩將仇報！」

雅容眼中燃燒著怒火，大聲說道：

「這件案子還需要調查嗎？放在這兒，明明白白，就是伍震榮要我們全家死！你爹右宰相方世廷，不是伍震榮的同謀嗎？讓你來抓凶手，等於是讓幫凶來抓凶手！你們這些伍家的走狗不要在這兒裝模作樣！不要以為祝家都是文人好欺負，我要你的命！」

雅容說話中，匕首已經更加往漢陽肉裡切入。

寄南忽然喊道：

「祝小姐，本王是靖威王寶寄南，和祝大人也有數面之緣，讓我告訴妳一個關於這案子的祕密……」

雅容聽說有祕密，不禁看向寄南。寄南利用這空隙，飛躍過去，一招「雙風貫耳」，右掌擒拿、左掌斜劈，打在雅容持刀的手腕上。雅容被寄南這樣一打，持刀的手已遠離了漢陽的咽喉，匕首也脫手飛出去，插在門框上。靈兒更是奮不顧身，趁機飛竄上去，就把漢陽一撲，撲倒在地。但自己也收兵不住，撲在漢陽身上。

一切驚心動魄讓兩個官員和衙役見縫插針，趕緊上前抓住了雅容。

靈兒面對漢陽，兩人眼睛對著眼睛，鼻子對著鼻子。靈兒睜大眼問：

「漢陽大人，你還好吧？」

漢陽迎視著靈兒的眼光，說道：

「如果……你不趴在我身上，我想我很好！」

寄南上前一把拉起了靈兒，抓起桌上的卷軸，打了靈兒的頭，粗聲的喊：

「風火球！趕緊站好！雖然是緊急關頭，也不能把漢陽大人壓在地上呀！妳就是沒腦子，笨笨笨！」

靈兒瞪著寄南，氣呼呼想反駁，見一屋子人盯著，只好壓抑下來。

漢陽已經在官員衙役扶持下起身。他就走到雅容面前，正色的看著她說道：

「祝小姐，妳刺殺朝廷大臣，就是死罪一條！本官念在妳全家被害，妳在滿腔悲憤之中失去理智，一切都不追究！」想了想，忽然問：「妳那晚送麵餅給妳嬤嬤，是早就計畫的，還是臨時起意的？」

「是臨時起意的。奶娘說，嬤嬤病了，剛好做了芝麻麵餅，就給送去。」雅容見漢陽彬彬有禮，也不追究她的刺殺行為，就開始配合辦案。

漢陽點頭，立刻走到奶娘面前，聲色俱厲的說道：

「奶娘！妳收了多少錢，來下毒害死祝大人全家？是誰收買妳的？妳給我從實招來！」

回頭對官員和衙役命令道：「立刻把奶娘抓起來！連夜押送到長安大理寺去，等待本官仔細調查幕後的凶手！」

雅容大驚，撲上去抱住奶娘。奶娘也驚嚇的哭喊……

「青天大老爺！冤枉呀！奴婢怎會殺害祝大人？冤枉冤枉啊！不是我，不是我！」

漢陽大聲接著說：「不是妳？妳在砂鍋魚頭裡下毒不說，還在米飯裡下毒，毒死了全家！」

奶娘睜大眼睛，衝口而出：「砂鍋魚頭？我沒有在砂鍋魚頭裡下毒！我沒有！」

漢陽眼神銳利，直逼奶娘：「那在哪下毒？說！湯裡？飯裡？還不快說！自己招了還可減刑！」

奶娘一怔，脫口驚呼：「你有證據?!」頓時一捂嘴。

「來人哪！」漢陽大喊。「把這惡婆娘全家都去抓來，這是株連九族的大罪！她不招，九族都是殺無赦！」

「我招！我招！」奶娘嚇得撲通一跪，支吾著：「飯……飯裡……大老爺饒命啊！只有米飯裡，砂鍋魚頭裡不是我放的！」

雅容眼淚一掉，驚問：「奶娘……真的是妳？真的是妳？」

漢陽一嘆，說道：「哼！總算妳還有一點天良，不忍連從小帶大的小姐一起殺了！」看著祝雅容：「祝小姐，有人要你們全家死絕！妳這個漏網之魚得趕緊離開咸陽，另找棲身之地，如果沒有，本官會幫妳安排！」衙役給奶娘上了手銬。

威嚇著：「等本官拿出證據來，妳全家都是死路一條！」

「減刑！」

咸陽官員又驚又佩的看著漢陽。靈兒簡直要膜拜他，寄南也不禁對他刮目相看，這才知道，他這個「大理寺丞」絕不是靠方世廷之勢混來的。

36

白天辦完了案子，漢陽不喜歡被咸陽官方招待，晚上大家都投宿在客棧。寄南、漢陽、靈兒三人圍著桌子坐著，正在用晚膳。茶水菜餚送來，靈兒熱心的給漢陽倒茶，又熱心的給漢陽添飯挾菜，一臉崇拜的看著他，興奮的說道：

「今天這場辦案，真是緊張刺激，有驚有險。而且，漢陽大人不愧長安第一神算，簡單明快、明察秋毫，立刻抓出了凶手！漢陽大人，小的佩服得五體投地！」

「原來辦案還要用點詐術！漢陽大人真有證據在手？」寄南也一笑問道。

「所有犯罪的人都有心病，那奶娘也一樣。」漢陽解釋：「一般的僕人，知道自己是嫌疑犯，就嚇得發抖了！她又哭又說，頭頭是道，一看就是個屬害的角色！當然，辦案也要有感覺，臨時詐她一下，算是歪打正著吧！」

「漢陽！」寄南鄭重的說：「你辦案的確不簡單！但是，這個案子就像那位祝小姐說的，

明擺著有幕後的指使者！」盯著漢陽：「朝廷裡有個大惡人，連太子都不放過！黃金劫案也

是一樣！這人已經到了無惡不作，無法無天的地步！你可要看清楚！」

「你不必語帶雙關，你這個黃金劫案的嫌疑犯，並不會因為跟著我辦案，就洗刷了嫌

疑！本官還是會秉公辦理的！」漢陽一板一眼的說。

「呵呵！」寄南一笑：「那黃金劫案確實離奇！聽說樂蓉公主坐了一輛馬車，另外還有

輛『運金車』。那些搶劫的好漢，居然搶對了樂蓉的車子！如果搶走了空的運金車，樂蓉就

可以吞下萬兩黃金，大喊被搶了！這種故布疑陣，難道是栽在自己人手裡？真正想獨吞黃金

的，恐怕是樂蓉公主和駙馬吧！」

漢陽驚看寄南⋯

「你怎麼知道得這麼清楚？」

「你不是說我是『嫌疑犯』嗎？嫌疑犯一向知道很多事！」

漢陽突然一本正經，四面看看⋯

「公共場合，不談案子！」頓了頓：「不過你那個詐術也不差，什麼這案子的祕密，把

本官從匕首下解救出來！你和裘兒，今天也算建了大功！」

「是嗎？」靈兒立刻歡天喜地的說道：「漢陽大人！小的覺得今天笨手笨腳的，有沒有

把大人壓傷呀？」

「壓傷？」漢陽一笑：「你這麼一點點重量，想壓傷我也不容易！」

「總算這趟咸陽沒有白來！凶手抓到了，大人也有驚無險，我們可以輕鬆一下了！哈哈哈！」靈兒傻笑。

寄南繼續大口吃菜喝酒：

「嗯嗯！就是就是！這一路吹了不少風沙，累死我這把骨頭了！」喊著：「小二，你們這哪裡有澡堂可以泡泡澡的？」

「有有有！」小二熱心介紹：「就在對面街上有一家澡堂，客官可以去香湯沐浴！」

「漢陽，等下吃過飯，咱們去泡一泡，舒服舒服，讓頭腦清醒了，也能幫你釐清思路，快快找到主謀！這凶手要伏法，主謀也要伏法才對！等到主謀伏法，黃金劫案也會水落石出的！」寄南說。

「行啊！要泡澡，裘兒也一起去吧！」漢陽爽快的說。

「靈兒一聽，嚇了一跳，一口飯嗆在喉嚨：

「咳咳咳！泡澡？我們三個？」小聲的說：「能不去嗎？」

「怎麼能不去？」寄南故意欺負靈兒，嚷道：「妳全身臭死了都不知道嗎？妳再不洗澡，本王打算讓妳今夜去睡豬圈了！」

靈兒氣得牙癢癢的，桌底下猛踢寄南，寄南卻吃得更開心，大口豪爽的喝酒。

用完晚膳，三人都去了澡堂，在澡堂的暗處，靈兒火冒三丈，趁四下無人，揪著寄南的耳朵開罵：

「寶寄南，我平時敬你是一條漢子，可你今天居然來這一招，你是存心要害我的嗎？真是下流！」

寄南痛得甩開靈兒的手，說：

「你還裝蒜？」靈兒生氣的踢寄南，壓低聲音：「本姑娘還是一名閨女呀！能和你們一起泡澡嗎？」

「本王爺哪裡害妳了？洗澡、泡澡天經地義的事情，算什麼下流啊？」

「哎喲！」寄南竊笑：「看妳緊張成這樣，妳好像想多了喔！要妳一起來，又不是要妳一起泡澡。」敲靈兒的頭：「妳想得美啊！妳是小廝，是來幫本王擦背的！小伙子！哈哈哈！」

寄南大笑，脫下了外袍，靈兒趕緊摀著眼睛，不敢看寄南脫衣。平時雖然同睡一間臥室，瀟灑的一轉身，寄南也沒在靈兒面前裸身過。靈兒摀著眼又看不見，只能撐開一隻手指，從指縫裡偷偷看向澡池。只見寄南和漢陽光著上身，已經在池子裡了。

靈兒驚魂甫定，撫著胸口，感覺逃過一劫，鬆了一口氣。

寄南對靈兒大喊：

「裘兒，妳磨蹭什麼呀？快來幫本王擦背呀！」

靈兒氣得牙癢癢！無可奈何，一邊走向寄南，一邊隨手拿走擦背布巾，低聲唸叨：

「寶寄南，你還真把我當小廝使喚，擦背？好！我就好好的侍候你！」

在寄南身邊不遠的漢陽，怡然自得的在池子裡，蓋著臉部在享受泡澡。

寄南泡在池子裡，靈兒在池子外幫寄南擦背，看著寄南壯碩的男性身材，靈兒還是很不自在。她強忍著害羞，手拿著白巾幫寄南擦，臉卻看向另一邊。

「嗯！真舒服！有人侍候就是好。」寄南很享受的說。

靈兒心有不甘，舒服？我就讓你更舒服！越搓越用力，心想，我搓搓！搓死你！

寄南被搓得痛喊：

「疼死我了，妳是想扒了我的皮不成？好啦好啦！侍候的不情不願，就別搓背了！」又舒服的泡進水裡享受著，片刻後，忽然想到什麼說：「唉！皓禎現在不知道忙什麼去了？」

靈兒沒心機的直言不諱：

「還能忙什麼？肯定又是為了那個不情不願的婚姻，與蘭馨公主吵鬧不休囉！」

漢陽一聽到靈兒提到蘭馨，驟然抓下自己臉上的布巾，鎮定著情緒，心裡飛快的想著，不情不願？與蘭馨吵鬧不休？怎麼回事？難道皓禎和蘭馨的婚姻並不幸福？漢陽下身圍著一塊大白巾，起身坐在靈兒身邊，把寄南擠開了⋯

「裘兒，你和寄南常常去將軍府，公主和皓禎之間有問題嗎？」

靈兒突然被問，不知該如何回答，嚷道：

「啊？大人，你這是哪壺不開提哪壺，你腦子不休息，還在辦案啊？人家夫妻間的事，

總不歸你大理寺管吧？」

漢陽一愣。

寄南看到漢陽半裸的靠著靈兒，突然大為光火，大叫：

「裘兒，趕快去給本王爺拿杯熱茶來！」

「你泡在池子裡還要喝茶？」靈兒驚異回頭。

「對！妳這小廝聽不聽話？快去！我渴死了！渴得不得了，我馬上要喝茶！」

靈兒氣嘟嘟起身，對寄南喊：

「你那麼渴，就喝澡堂裡的水吧⋯」

寄南拿起白巾，絞成一條，扔在靈兒身上。靈兒一氣，抓住那白巾，再扔向寄南。寄南

閃開，白巾落水，濺起水花，卻淋了漢陽一頭一臉。

漢陽睜大眼睛看著這主僕二人，喃喃說道：

「主人不像主人，僕人不像僕人，這也是一樁疑案！」

寄南總算泡完澡，穿上衣服。寄南看看澡堂四周沒人，對靈兒說道：

308

「喂！漢陽也走了，現在澡堂裡都沒人了，換妳去泡個澡吧！」裝大方，乾咳兩聲：

「咳咳！別說我這主子待妳不好，本王去門口幫妳把風。」

「算你還有點良心！」這話正中靈兒下懷，她心中竊喜，說：「本姑娘還真想好好的洗個澡，你快出去吧！有人來，給我個暗號！」

「知道知道啦！妳動作快點啊！本王睏死了！」寄南吊兒郎當的打著哈欠，走到門外去把風。

靈兒放下了頭髮，整個人泡在煙霧濛濛的池水裡，恢復了女兒身。泡在池中的靈兒，得意滿足的戲著水，兩頰被熱氣蒸紅了，更顯嬌俏動人。門外的寄南，果然守信的在門口守候把風。但放蕩不羈的他，難抵男人本性，居然想從門縫偷窺澡堂裡的動靜，一邊偷窺，一邊喃喃自語：

「這煙霧濛濛的，什麼也看不到！真煞風景！」

就在寄南偷窺之時，突然漢陽又返回澡堂，看到寄南鬼鬼祟祟，便拿起門口一個舀水的木杓，敲著寄南的頭，糾舉著：

「你這是在幹嘛？偷窺啊！」

「你不是回客棧去了？怎麼又回來了？」寄南大驚轉頭。

「我落了一件衣服在澡堂裡，想進去拿！」漢陽邊說邊想走進澡堂。

寄南急著擋住漢陽說：

「裡面煙霧濛濛，路又滑，我去幫你拿，你在這兒等等啊！」說完立刻衝進了澡堂。

寄南衝到池子邊，突然看到靈兒裸露的背部。這個動作，讓靈兒背部的身姿，手臂的弧度，和身材的曲線，都半隱半現，尤其在蒸騰的霧氣下，如真如幻，真是「手如柔荑，膚如凝脂」，簡直像一幅畫。寄南不禁看得臉紅心跳，站在那兒忘了要幹嘛。靈兒一回頭，寄南驀的醒覺，趕緊拿起漢陽落下的衣服，轉身正想離開，誰知漢陽已經跟在他身後。寄南立刻擋住漢陽視線，大喊：

「漢陽！你怎麼進來了？」

「我怕你找不到，我自己進來找啊！」視線轉到靈兒方向：「裘兒人呢？」

寄南拚命擋著漢陽前進，把衣服塞進漢陽手裡，急沖沖說道：

「你的衣服在這！」推著漢陽：「好了，你可以回去了！」

池子裡的靈兒大驚失色，又不能上岸，又不諳水性，慌張低語：

「糟了！怎麼辦？完了完了！」

漢陽感覺寄南神色有異，疑惑不解說：

「你到底在耍什麼花樣啊？幹嘛一直擋著我？」一眼看到池子裡有人：「池子裡的人是誰？」

寄南眼見靈兒女兒身快曝光，情急的脫下外衣，又跳入水池用身子整個擋住了靈兒。漢陽愣著，寄南用手向他潑著水說道：

「唉！漢陽啊！我就說你真是不解風情，我和裘兒想獨享一下澡堂，你回來湊什麼熱鬧！你不久前還說過非禮勿視呢！你你你，快轉過身，回客棧去吧！」

「你們真是無藥可救了！」漢陽搖頭嘰咕：「兩個大男人也怕我看？還這麼神神祕祕的？」

靈兒就用女兒原聲，低低的說：

「我在外面等你們！」

靈兒千鈞一髮，逃過女兒身被拆穿的命運，不禁驚險的喘息著。眼見漢陽離開，寄南轉身望著羞澀的靈兒，靈兒趕緊用布巾遮住自己的胸口。兩人情不自禁的彼此凝望著。

說著，拿著自己的衣服，離開了澡堂。

「謝謝你……」

寄南費了好大的力量，才讓自己不去看她的身子，只看她的臉龐，覺得此生混在女兒圈已久，還沒有像現在這樣臉紅心跳，不敢直視。

「我……我……」他很有風度的拿起旁邊剛剛脫下的外衣，包住靈兒裸露的肩頸，歉疚的說：「下次咱們還是不要泡澡好了！」

兩人眼裡都冒著小火花，有種微妙的情愫產生。只是，兩人的個性，都是迷迷糊糊，大而化之，惘然不覺的。

洗完澡，寄南、漢陽、靈兒穿戴整齊的回到客棧門口。

咸陽官員早已在客棧門口焦慮等待多時，一見漢陽回來，立刻趨前稟報…

「方大人，你可回來了，祝家的奶娘在牢裡畏罪自盡了！」

「什麼？」漢陽一怔：「那麼臨死之前有招供出幕後的主謀嗎？」

「沒有！她什麼遺言都沒有留下，線索就在這奶娘身上斷了！」

寄南扼腕，跺腳大嘆…

「看來這幕後真凶來頭很大，大到奶娘寧願一死都不肯招供，想必是奶娘想保她自己一家人的活口！」

「這麼說……咱們還是白忙一場囉？」靈兒恨恨的問。

漢陽背脊挺直，滿臉的憤怒和決心，咬牙說道…

「到本官手裡的案子，絕對沒有白忙的，本官會繼續追查奶娘身後的真凶！目前，要保護那位祝小姐更重要！」

❖

當寄南和靈兒在咸陽時，將軍府裡的皓禎、吟霜和蘭馨三個，也是好戲不斷。

足足有兩天，蘭馨沒有找吟霜的麻煩，因為她被皓禎留下的「一點一點」攪昏了，猜不

出來太沒面子！好勝的蘭馨，怎能敗在這謎題上？她每日拿著木劍，一點一點分一點，一點一點合一點……比劃個不停。

到了黃昏時分，吟霜帶著香綺來到蘭馨面前，恭恭敬敬的說道：

「公主，奴婢和香綺回去了，明早再來。」

蘭馨正在那兒苦思皓禎留下的謎題，揮揮手，不耐的說：

「走吧！這兩天可沒打妳，別亂告狀！」

「吟霜從來不曾告狀。」

「吟霜，回來！」

「是，公主。」吟霜趕緊回去站好。

「本公主問妳，那一點一點，一點一點合一點……是個什麼東西？妳知道嗎？解得出來嗎？」

「吟霜沒什麼學問，解不出來……」吟霜吞吞吐吐的說。

「諒妳也解不出來！」蘭馨輕蔑的說，忽然大發現般跳了起來：「我知道了！這是四個字嘛……汾，洽，溜，沙！哈哈！原來是字謎！」看到還站在一邊的吟霜，揮手道：「去吧！去吧！如果見到駙馬，告訴他，我解出來了！」

蘭馨不語，吟霜就帶著香綺退到門口。蘭馨忽然喊道：

313

吟霜趕緊帶著香綺退下。

❖

這晚，在小小齋中，皓禎拉著吟霜的手。

「她解出來了？」一笑：「其實她也很聰明的！」再看吟霜：「她沒為難妳吧？」

「她忙著要解開你的謎題，顧不得為難我。」

「我這兩天表現得不錯吧？」

「是，如果能維持下去，說不定大家都會平安的過日子。」

「我是為了妳，才去公主院。」

「我知道！我都知道！」吟霜深深的看著他：「那就繼續為了我，好好待公主吧！或者，

把圓房那事，也完成……」

皓禎立刻把食指豎在吟霜嘴上，阻止了她要說的話。

吟霜就轉變了話題：「不知道靈兒和寄南，有沒有辦法讓漢陽走回正途，不然，祝家的

十條人命，就丟得太冤枉了！那黃金劫案，雖然太子老神在在，你們三個還是嫌犯！伍家會

這麼便宜的放掉你們嗎？」

「走著瞧吧！現在最重要的，還是在我出門前，把蘭馨導入正途，讓她不會找妳麻煩要

緊，否則，我連出門都不會安心！」

隔天，蘭馨和皓禎又拿了木劍在院子裡鬥劍。兩人你來我往，已經鬥了大半天。這天很熱鬧，雪如、柏凱帶著秦媽也在觀戰，個個看得興致盎然。皓祥和翩翩也來了，站在一旁冷眼旁觀。

香綺和吟霜依舊在忙著，兩人提著水桶，擦拭門窗。宮女們和崔諭娘都圍觀皓禎和蘭馨比劍，唯獨她們兩人，卻不敢偷懶，努力工作著。

皓禎邊打邊說：

「再教妳一個劍訣！這是『一橫一橫又一橫，一豎一豎又一豎，一撇一撇又一撇，一捺又一捺』！妳慢慢去體會，多多去練習，今天就到此為止，下次再來教妳別的！」

皓禎丟下木劍，柏凱過來，拍拍他的肩說道：

「聽說公主院這一陣子成了練武場了。不愧是將軍府呀，娶個媳婦也是練武的料！皓禎，你的武功底子，都來自祖宗的血液！真該謝謝我們袁家祖先！」

雪如聞言，臉色微微一變，和秦媽交換了短暫的一瞥。蘭馨好脾氣的說：

「爹！你也不管管皓禎，總是給我一堆難題，我又要練劍，還要猜謎，八成他想把我訓練成文武全才，才要對我好！」

「他對妳不好嗎？他這個人，如果對妳不好，就不會天天來陪妳練武了！」柏凱直率的

說道：「知子莫若父！」

蘭馨就看向皓禎，不料，卻一眼看到皓禎的眼光正直勾勾的看著吟霜。吟霜提著好重的一桶水，正要提到大門邊去。她力氣小，提得非常吃力，腳下一個踉蹌，差點連水桶帶人摔倒。皓禎想也沒想，直覺的一個箭步竄過去，一式「拖窗望月」，右掌提起水桶，左手扶住吟霜，問：

「水桶要提到哪兒去？」

眾目睽睽下，吟霜忙著要搶回水桶，低語：

「公子，讓我來，我提得動！」

香綺急忙過來幫忙，和吟霜一起抓住水桶的把手⋯

「公子，我們兩個提！不重！」

皓禎放手，眼睜睜看著吟霜和香綺提著沉重的水桶去工作。小樂不知從何處冒出來，飛奔上前，搶過吟霜和香綺的水桶，笑嘻嘻的說⋯

「這重活在將軍府，都是咱們小廝的工作！我來！」

皓禎依舊看著吟霜的方向。忽然間，木劍一劍直刺到皓禎的面門前，蘭馨喊著⋯

「也給你一個謎題！『一眼一眼又一眼，一劍一劍又一劍』！」

皓禎一愣，急忙閃開。木劍差之毫釐，就刺進了他的眼睛。

雪如和秦媽憂慮的互視了一眼。柏凱卻全然不進入情況，開心鼓掌說道：

「刺得好，攻其不備！閃得好，千鈞一髮！」

皓祥把翩翩拉向一隅，低聲說道：

「看出什麼名堂沒有？這兩個新來的丫頭夠邪門！」

翩翩點點頭，眼光也落在吟霜身上。

終於，皓禎要出門了，吟霜和皓禎兩人，都是擔心的、害怕的、心有隱憂的。為的不是自己，而是對方。

天空才濛濛亮，晨霧迷濛中，吟霜、香綺和小樂三人，送皓禎和魯超到大門口，魯超拉著兩匹馬。皓禎拉著吟霜的手叮嚀：

「妳那小小齋，我已經派了好多人，十二個時辰護衛，所以妳不要害怕，公主那邊的人，一個也不會靠近！」

吟霜拚命點頭說道：

「你不要擔心我，我知道你這趟差事很危險，寄南他們又不能幫你，出門要照顧好自己！」

「你知道的，猛兒可能會跟著你，請隨時跟我報平安！」

「吟霜姑娘！」魯超接口：「妳放心，魯超會用生命保護公子！小樂、香綺，你們也要

用生命保護吟霜姑娘！」

「是是是！一定的！」香綺和小樂異口同聲回答。

皓禎一笑說道：

「不過是小別幾天，幹嘛弄得這麼嚴重？我一定會達成任務，平安歸來。」就仔細看吟霜，不放心的：「雖然最近公主都沒發脾氣，妳還是要小心她！身上要隨時帶著妳爹的保命藥丸，止痛藥丸，各種藥丸都帶著！到了時辰就回去，別在那兒耽擱！我娘說了，妳在公主院工作的時候，她會過去看看的！」

「我知道！我知道！你們快走吧！」吟霜說。

皓禎就依依不捨的放開吟霜的手，兩人的手指都慢慢的，慢慢的滑過對方的手指。皓禎就和魯超跨上馬背，一拉馬韁，疾馳而去了。

這門口送別的一幕，完全落在窺視的崔諭娘眼中。皓禎才出門，蘭馨就知道了，她犀利的眼光，敏銳的看著崔諭娘問：

「駙馬爺一清早就出門了？吟霜送到大門口，還和駙馬說了很久的話？」

「是！兩人還手拉手的告別！」

蘭馨知情後恨極的眼光，讓人不寒而慄。

因此，這天吟霜和香綺來到公主院時，發現要到後院去工作。兩人到了後院，就一眼看

318

到蘭馨好整以暇的坐在一張露天的坐榻上，手裡玩弄著她的鞭子。

後院裡有一口井，井邊已經排列著十幾個裝滿水的水桶。崔諭娘在一邊說：

「公主，吟霜和香綺來了！」

蘭馨冷冷的看著吟霜，挑著眉毛說：

「吟霜，水桶很重，妳根本提不動，是不是？」

吟霜看看那仗勢，知道又慘了，小心的回答：

「公主！奴婢提得動！提得動！」

「好！那妳就把那十幾桶水，從井邊提到左邊的花台那兒！」

香綺急忙說道：

「公主，香綺一起提，可以快一點！」

蘭馨一鞭子就抽向香綺，立刻在香綺臉上留下一條鞭痕，厲聲說道：

「本公主有讓妳插手嗎？妳站在一邊看！這工作是給吟霜的，讓吟霜獨自完成！」

吟霜趕緊推開香綺，說道：

「吟霜遵命！」

吟霜就吃力的提著一桶水，往花台走去，走了幾步，才發現必須從蘭馨面前經過。她經過蘭馨面前時，蘭馨伸腳一絆，吟霜便連水帶人一起摔倒。

「哎喲……」吟霜撲進一灘水裡，同時，水花也濺濕了蘭馨的衣服。

蘭馨跳起身子，怒罵：

「連一桶水都提不好！」踢了吟霜一腳，大聲：「再去提！」

吟霜爬起來，趕緊再去提第二桶水。蘭馨一伸腳，又絆了吟霜一個觔斗。

「再去提！妳弱不禁風，提不動水桶，差點摔跤是不是？要在駙馬爺面前表演是不是？

我今天就讓妳演得過癮！」

「公主，奴婢沒有表演……」吟霜想解釋。

蘭馨一鞭子抽過去，抽在吟霜的腰際，吟霜剛爬起來，又跌倒了。

「一個站都站不穩的丫頭，居然敢勾引駙馬！」蘭馨大聲喊：「再去提水！」

吟霜滿身是水，摔得七葷八素，膝蓋手肘都在劇痛，不敢說話，又去提了水桶過來，蘭馨便再度把她絆倒。就這樣，吟霜一次一次的提水，蘭馨一次一次的絆倒她。吟霜努力的支撐，神情卻越來越狼狽。香綺看得心驚膽顫，而崔諭娘在一邊若無其事的看著。

不知道是第幾桶水，吟霜又摔倒了，這次，連水桶都裂開了，吟霜跌在一堆木片中間，滿臉滿身的水，無法起身。蘭馨的鞭子，又抽在吟霜背上，威嚴的喊：

「起來！再去提！提完了水，本公主還有別的活兒等著妳們呢！」

320

所謂「別的活兒」，居然是「挨打」！公主院有一間「練武房」，吟霜和香綺被帶進了那間房間裡。兩人趴在一塊地毯上，背上被綁著一層薄薄的沙袋。

蘭馨手拿著鞭子，在地上抽得劈哩啪啦響，蹲著怒視吟霜：

「本來想客氣善意的對待妳，但妳好像一點都不領情，那好！本公主也就不跟妳講仁義道德了，妳受什麼苦，香綺就和妳一起受苦！」起身命令：「崔諭娘！讓宮女們上！」

一排宮女，每人手裡都拿著一根沉沉的木棍，崔諭娘一聲令下：

「上去！狠狠的打！」

宮女們拿著木棍，對著吟霜香綺背負的沙袋猛打。即使隔著沙袋，吟霜和香綺挨著一下又一下的重擊，痛苦難耐！

蘭馨對吟霜從容說道：

「隔著沙袋，不是直接讓妳們皮開肉綻，也算是本公主的慈悲了！即使夫人再要檢查，也找不到傷痕的，妳就別去費力告狀了！」

「吟霜，這樣打肯定會打成內傷，妳要撐著點！」香綺痛得流淚。

吟霜一邊被打，一邊歉疚的對香綺說：

「每次都是我拖累妳，妳實在不應該和我一起來的！我提水桶已經用盡力氣了……現在……」痛極，叫著：「哎喲……我沒法招架……」

「妳們兩個還聊起天來了！不給點顏色還真不行！」崔諭娘對宮女們說：「用力往死裡打！」宮女們棍棒齊飛，香綺再也忍受不住，胃裡一陣翻騰，就嘔吐起來，剛好噴了崔諭娘的一身和鞋子。崔諭娘氣極了，怒罵：「可惡的丫頭，還噴了我一身！」大喊：「再用力給我打！」

吟霜被打得天昏地暗，胸口被壓得透不過氣來。蘭馨蹲下身子，捏著吟霜的臉頰，看著這臉蛋在勾引駙馬的吧？啊？」

吟霜那對逆來順受的眼睛說：

「嗯！很漂亮的一張臉蛋！紅顏禍水這句話，妳聽過嗎？猜想妳也沒聽過！妳就是用妳

吟霜一邊被打一邊說：

「公主，不管您用什麼方法，吟霜還是那句話，奴婢是袁家的丫頭，對袁家忠心耿耿，駙馬的事，無論我怎麼說，公主也不會信！」

「本公主相信啊，是相信妳和駙馬有問題！否則夫人為何要如此的包庇妳？最近駙馬到公主院的次數不少，看來都要拜妳所賜！妳身上的疑點太多了！」蘭馨大聲命令：「打！打到她說實話為止！」

宮女們繼續用力打。

吟霜和香綺不停的哀鳴，痛得隨時要暈去。

37

到了下工的時辰，雪如派了衛士前去公主院接人，蘭馨見吟霜已經不支，就大方的放了人，還不忘叮嚀道：

「如果妳們去夫人面前告狀，明天還有更厲害的等著妳們！趕緊回房把自己弄乾淨，這個狼狽樣子，萬一讓將軍府的人看到，還以為本公主欺負了妳們呢！」

「將軍府問起來……」崔諭娘接口：「就說妳們自己摔到荷花池裡好了！」

吟霜和香綺什麼話都不敢說，彼此扶持著，匆匆回到小小齋，已經是掌燈的時分了。兩人先忙著梳洗，換上乾淨的衣服，梳好散亂的頭髮，同時也檢查著彼此的傷勢。吟霜找出所有跌打損傷的藥，瓶瓶罐罐放了整張桌子。

大致弄乾淨了，吟霜就拿了一罐藥膏，給香綺擦著藥，並試著用治病氣功為她止痛。但是，她所有的功夫都使不出來。吟霜說道：

「對不起，香綺，我今晚的推拿止痛方法都沒用，我想我恐怕受了內傷。但是不要緊，妳知道我是神醫，我會治好妳，也治好我自己！」

「小姐，別再跟我說對不起了！我都不知道怎樣幫妳，看妳提那麼多桶水又摔那麼多跤，還要墊著沙袋打，怎麼會有那麼壞心的公主？」

「別說了，治傷要緊！」吟霜慶幸的說：「還好皓禎出門，沒看到我們的情況，不然他一定會和公主大鬧！現在，我要用我爹的方子配一些藥，藥材我們都有，只要熬了喝幾帖，我們就會好！」

吟霜就忙著為兩人配藥，邊配藥邊說道：

「香綺，妳知道我們在公主院的情形，不能告訴夫人，不能告訴任何人，我們只能瞞著大家，要不然這個家就會垮了！我不能真的成為袁家的紅顏禍水！」

香綺拚命點頭，又擔憂的問：

「公子什麼時候回來？公子回來我們就不會挨打了！現在我們的傷都沒好，明天還要去公主院嗎？如果再這樣來一次，我們⋯⋯」害怕的說：「會不會被弄死呀？」

有人敲門，兩人住了口。小樂進門，哭喪著臉說：

「吟霜姑娘，這兩天公主院門口都有衛士守著，不讓我進去，妳們有沒有吃苦？」看兩人神色，再看桌上藥罐，他立刻給了自己一巴掌⋯⋯「果真就有！這該怎麼辦？」

「閉緊你的嘴巴！」吟霜說：「你什麼都沒看到，我們很好，你能不能趕緊把這幾帖藥拿去熬？我們吃了藥就會恢復體力的！」

「是是是！」小樂拿著藥包急急而去，一邊嘁咕著：「公子啊！你快點回來吧！」

❖

皓禎此時，正在一個名叫「唐興」的小鎮上。鎮上僅有的一家酒樓名叫「迎賓樓」，這是晚膳時刻，賓客來來去去，十分熱鬧，小二奔前奔後，忙著招呼著。皓禎和魯超穿著不起眼的平民服裝，從外面走進酒樓。兩人神色敏銳，眼觀四面，耳聽八方。皓禎眼光掃過整個大廳，看到有桌賓客只有兩人，已喝得半醉，一個是胖子，一個是瘦子，兩人鬼鬼祟祟的私語著。他立刻警覺起來，對魯超低語：

「就是他們兩個！我拿到的指示中有『燕瘦環肥』四個字，沒錯！」

兩人就在胖子和瘦子鄰桌坐了下來，叫了兩碗麵，豎著耳朵聽隔壁的對話。

「伍大爺要的東西，你帶來了嗎？」瘦子問胖子。

胖子從身上掏出一封信函：

「帶了帶了……」左右張望，小心謹慎的說話：「這個地圖就是巴倫的藏身之地，不過……那個山上太隱密了，並不好走，伍大爺那邊要多些準備。」

瘦子收下信封放進懷裡，掏出一串錢給胖子：

「這是伍大爺給我們的獎賞，等事成了，還會再給！我現在就把這地圖帶去給伍大爺！

你慢慢喝！」

胖子收了錢，貪婪的笑著說：

「好咧！你快去快去，有啥好處，千萬不要忘了我這兄弟啊！」繼續喝酒吃菜。

瘦子帶著些許醉意，便離開了酒樓。

皓禎與魯超互視一眼，從容的將手上的茶水一口飲盡，跟著離開了酒樓。

瘦子略有幾分醉意，搖晃著身子走在街道，並唱著小曲。皓禎與魯超在後面不遠不近的

跟蹤著。皓禎一邊跟蹤，一邊對魯超小聲說話：

「不知道他們是不是把巴倫的布署都畫了圖，一定要想辦法把地圖掉包。」

「據說伍項偉帶著大批的官兵前來，我怕是寡不敵眾。」魯超有點擔心。

「我們的行動那一次是靠人多取勝？不都靠我們智取嗎？先逮了這個奸細再說。」

瘦子走著走著，轉入一個暗巷。皓禎與魯超快速的跟進了巷子裡。四處無人，皓禎和魯

超就用布巾圍住口鼻。

瘦子喝多了內急，拉開衣服就想就地小解，皓禎見時機成熟，以迅雷不及掩耳的方式衝

上去，反手抓著來不及應變的瘦子，往牆上重重一撞。魯超在一旁把風。

瘦子驚慌不已，以為遇到搶匪，背對著皓禎說道：

「唉唉！這位兄弟輕一點、輕一點，好痛啊！你們要錢，我給你們就是，別殺我呀！」

皓禎繼續制伏瘦子，把他壓在牆上，在他耳邊威脅：

「我們不要錢！就要跟你交換一樣東西！」

瘦子驚呆，想轉頭看皓禎卻看不到：

「啊？不是搶劫？那……那你們要什麼？」

「把你身上的地圖交出來！」皓禎說。

「啊！這……這我得拿去交差的呀！」

魯超拔出匕首，架在瘦子的脖子上，威脅說：

「你不行也得行！你就住在仙鶴村吧？你家裡八十歲的老母、三歲的兒子，就靠你一句話了！」

「什麼？」瘦子嚇傻了：「你們都知道我上有老母下有幼子？」求饒說：「好好好！你們要什麼我都依你們，請你不要傷害我的家人！」

皓禎鬆手，與瘦子面對面，皓禎從自己身上拿出另一封信函。

「我就用這封，交換你身上的那張地圖，你把這拿去交差吧！」

瘦子趕緊掏出身上的信函，與皓禎交換。魯超繼續拿刀威脅：

「記住，去交差就安安靜靜的交差，不要多說一句話，否則明年，你就等著去給你老母

親上墳吧！」

瘦子嚇得一疊連聲的低喊⋯

「不說！不說！小的絕對不說，兩位大爺，千萬饒了我們全家老小啊！」

「我們會盯著你把事情辦完，快滾！」皓禎有力的說。

瘦子嚇得屁滾尿流，逃命似的趕緊跑開暗巷。皓禎望著遠方的夜色，對魯超說：

「我們接下來就等著『甕中抓鱉』了！」

❖

皓禎在唐興為朝廷賣命，力保李氏江山。但是他的吟霜，卻在將軍府受難。折磨她的，正是李氏王朝的公主蘭馨！世間事，往往沒有公平兩字可言。

第二天一早，蘭馨故意在將軍府後花園散步，看看吟霜帶傷回去，有沒有造成任何麻煩。崔諭娘隨侍在側，不知蘭馨在想什麼，問道⋯

「公主，咱們離宮那麼久了，是不是也應該回宮一趟，向皇上和皇后請安呢？」

「再說吧！現在我還沒有把駙馬的事情搞定，怎麼回去啊？要回去，本公主也要把駙馬收拾得服服貼貼，帶著駙馬一起回去，才有面子！」蘭馨若有所思的說。

「是是！公主想得周到！」崔諭娘拚命點頭。

皓祥迎面走來，見到蘭馨毫無迴避之意，大方的行禮。

「公主金安！」皓祥說完便準備離開。

蘭馨看著皓祥的背影，忽然叫住：

「皓祥，怎麼請安一句就走了呢？」

「公主不是一直覺得我和我娘只會阿諛奉承嗎？那麼見到公主，我只好識趣一點，少開口為妙。」皓祥鎮定的說道。

「好啦！」皓祥大笑，「就准你多開金口行嗎？我有事問你！」

「既然如此，公主就請問吧！」皓祥正中下懷的一笑。

蘭馨單刀直入的一問：

「你老實告訴我，皓禎身上到底有沒有『恐女症』這個病？夫人說他十四歲的時候就害了這個病，真有其事？」

「哈哈哈！」皓祥大笑：「大娘真的這麼跟公主說？那真是天大的謊言啊！皓禎從小練武，身強體健，哪有什麼病！」

蘭馨臉色一變，悻悻然接口：

「這麼說，這是夫人和皓禎母子聯手，對付本公主的把戲？」

「是不是把戲？我不清楚，不過皓禎一向最喜歡裝腔作勢，與眾不同，今兒個搞出個什麼『恐女症』的新鮮名詞，我一點也不奇怪！因為他從小就喜歡標新立異！就像『抓白狐，

放白狐」，就是皓禎想在皇上面前出風頭的花招！」

蘭馨被提醒了，點頭：

「嗯！他這個『抓白狐，放白狐』的故事，我聽說過。」

「明明就是去打獵，抓了白狐還放走了牠，這分明就是矯情！」皓祥氣憤的說，看看蘭馨不悅的神色，繼續說道：「爹回家還賞了他祖傳的玉佩，吊著那串狐毛，他隨身帶著這『狐毛玉佩』，到處炫耀！」

「狐毛玉佩？本公主從來沒有看到過！」蘭馨疑惑。

「他隨身的寶貝，就在他腰帶上！」皓祥不解的說：「誰會把狐狸毛掛在身上當寶貝？只有與眾不同的袁皓禎！」

蘭馨深思和憤恨的眼神，盯著將軍府皓禎臥室的方向，心裡默唸著：

「皓禎啊！袁皓禎！你有多少祕密我不知道，你一直在耍我，我明白了！」心中起誓：

「我絕對不會原諒你！」

✥

蘭馨從將軍府回到公主院，沒有多久，吟霜就帶著香綺來上工了。崔諭娘把兩人直接帶進了蘭馨的書房，稟告道：

「公主，吟霜和香綺來了！」

「奴婢叩見公主，公主金安！」吟霜和香綺行禮。

蘭馨高傲的抬起雙眸，看到吟霜和香綺沒有病容，不禁驚奇。把崔諭娘拉到一邊，不解的低問：

「昨天咱們不是把她們弄得半死不活的嗎？就算是什麼女神醫，有天大本領，也不可能還這麼有精神？」

「公主，昨天沒讓她們倒下，今天再來就行了！」崔諭娘低語。

蘭馨點點頭，就對吟霜、香綺大聲說道：

「粗活妳們顯然做不了，今天就給妳們一點輕鬆的活幹吧！妳們來給本公主磨墨！」盯著吟霜：「磨墨，妳總會吧？」

「是，公主。」

吟霜和香綺兩人便順從的跪在低矮書桌前，準備磨墨。崔諭娘拿出兩個大碗，擱在吟霜和香綺兩人面前，吩咐道：

「公主畫畫需要用的墨水多，妳們兩個磨好的墨水，就倒進這兩個大碗裡，聽明白了沒有？」

「明白了！」吟霜和香綺異口同聲回答。

於是，兩人各拿著一個大硯台，在大硯台上開始磨著墨。

蘭馨看了吟霜一眼，便開始作畫。吟霜和香綺努力的磨墨，將磨好的墨水倒進大碗裡。

兩個大碗，墨水越積越多。蘭馨和崔諭娘狡猾的互視著。經過一段時刻，兩個大碗都裝滿了

墨汁，吟霜恭敬的說道：

「公主，兩大碗的墨汁已經完成，奴婢還需要為公主做些什麼？請公主吩咐。」

蘭馨不疾不徐的放下毛筆，看著吟霜說道：

「妳和香綺各自把妳們眼前的這一碗墨水，給喝了吧！」

吟霜和香綺兩人震驚，瞪大眼睛，不安的手拉著手。屋裡的宮女聞言有的不忍，有的看

戲，有的驚訝著。崔諭娘見吟霜遲疑，板起臉問：

「怎麼？公主的命令，還不快點執行！」

香綺著急磕頭，哭喪著臉說：

「公主，您讓奴婢洗衣擦地，做什麼粗活都可以，千萬不要讓奴婢喝墨水呀！」

崔諭娘毫不客氣的給香綺一個巴掌，罵道：

「大膽！小小丫頭，還敢跟公主討價還價？公主要妳們喝！妳們就喝！」

「公主，請您息怒，奴婢可否知道……為何一定要奴婢喝這墨水？」吟霜問。

「沒有為何？」蘭馨高傲的回答：「本公主就是想試一下，想知道墨汁喝到肚子裡之後，

會變成什麼樣子？」大聲說：「妳們喝？還是不喝？」

「公主只是為了試一下？也對，奴婢的爹在世的時候，為尋百藥，也是自己當試驗品，嚐著百草！」吟霜思索著，想不出怎樣才能解套。

「既然道理妳都明白了，那麼就快喝吧！本公主沒什麼耐性！」

「那麼可否請求公主，就讓奴婢一個人喝，放過香綺好嗎？」

香綺著急阻止吟霜：

「那黑不溜啾的墨水，絕對不可以喝啊！」

「這又不是要人命的砒霜，妳還要護著她，好吧。」蘭馨一笑：「妳們誰喝都一樣，快喝！」

吟霜拿起碗，準備喝下，香綺著急的哭了。蘭馨崔諭娘等著看著好戲。吟霜志忑的看著蘭馨，也遲疑的望著墨水，皺著眉，最後無奈憋著氣，勇敢的喝了一口。吟霜口含著墨水嚥著，卻一時忍不住嗆到，噴了出來，墨水直接噴在了蘭馨身上和臉上。

蘭馨看著滿身的黑漬怒不可遏，揚起手來就給了吟霜兩記耳光，扯著吟霜大吼：

「妳竟敢弄髒了皇上賜給本公主的衣服，我今天就要妳死！」

蘭馨惡狠狠的將吟霜甩在地上，眼露凶光，對吟霜一陣拳打腳踢。崔諭娘也過來對吟霜猛打一頓。吟霜掙扎哀號著，此時，外面傳來宮女大聲的通報：

「將軍夫人到！」

蘭馨正弄得滿身墨水，一身狼狽，大驚的說：

「將軍夫人？難道是為了這兩個丫頭來？崔諭娘，妳趕快讓她們換件衣裳，收拾乾淨……」警告的對吟霜和香綺說道：「見了夫人，什麼話都不許說！如果妳們兩個敢告狀，我可有更厲害的方式對付妳們！聽到了嗎？」

吟霜和香綺拚命點頭。蘭馨看看自己的衣服說：

「氣死了！一身墨汁，連本公主都得換衣服！」

在公主院的大廳裡，雪如不安的坐在坐榻上等待，換好衣服的公主殷殷奉茶。秦媽站在一邊侍候。蘭馨笑容滿面的說：

「婆婆突然過來，不是為了那兩個丫頭吧？」

「皓禎不在家，過來看看妳。」雪如掩飾的說：「那兩個丫頭還行嗎？沒讓蘭馨生氣吧？如果侍候不好，我帶回去調教。」

「行行行！」蘭馨不住點頭：「將軍府的丫頭怎會不好，又會醫術，當然行！」

說著，崔諭娘帶著已經收拾乾淨的吟霜和香綺過來。雪如立刻關心的看向她們，只見兩人乾乾淨淨，不禁暗中鬆了口氣。兩人趕緊向雪如行禮：

「吟霜／香綺，叩見夫人！」

雪如關心的凝視吟霜……

「吟霜，公主的差遣，妳還勝任嗎？」

吟霜誠摯的面對雪如，說道：

「吟霜正在學習各種規矩，公主寬宏大量，吟霜受教不少。就是犯點小錯，公主也會包容吟霜。」

香綺把握機會想求救，急忙接口：

「夫人，公主院的工作……」

吟霜私下捏了香綺的手一下，阻止她發言。蘭馨也立刻打斷了香綺：

「婆婆，宮裡送來幾匹上好的衣料，蘭馨正想送去給婆婆挑幾件做衣裳，要不要隨蘭馨來看一看？」

「哦？挑衣料？」雪如再看了吟霜一眼，吟霜微笑示意，雪如就放心了。「那麼，我跟妳去看看吧。」大家就起身要去挑衣料。

香綺猛對秦媽遞眼色，秦媽卻沒有看到，跟著雪如等人而去。

等到雪如挑完衣料離開了公主院，吟霜和香綺立刻就被帶到了練武室。蘭馨讓吟霜貼著牆站著，手裡握著皓禎送她的木劍，走向吟霜，在她面前站定。

突然間，蘭馨發難，一招「玉女穿梭」，木劍劍尖對著吟霜臉孔直刺而來。

吟霜眼見閃不過，大驚失色。蘭馨卻在劍尖碰到吟霜面孔時停住，盯著吟霜說道：

「將軍夫人居然親自來察看妳的情形，為了這個我也不能饒妳！現在我們繼續『工作』！

這是駙馬送來的木劍！記得嗎，一眼一眼又一眼，一劍一劍又一劍，這是我給駙馬的謎語！

現在，我來揭開謎底了！」

香綺崩咚一聲跪下，磕頭痛喊：

「公主饒命呀！」

「香綺，今天我的對象不是妳，妳就看著吟霜如何接招吧！」

蘭馨說著，一個漂亮的姿勢收了劍，陰森森的看著吟霜。

「駙馬說這木劍傷不了人，所以不會要妳的命！我今天，就要給妳三劍，為了駙馬不該

看妳的那三眼！這三劍，兩劍直刺妳這對會勾人的眼睛，一劍要劃傷妳這美麗的臉蛋！毀了

妳的美貌，看看駙馬還喜歡妳什麼？」

香綺大駭，痛哭：

「公主不要！不要啊！求求公主開恩啊！」

吟霜一聽，也嚇壞了，急呼：

「公主！請高抬貴手！千萬不要這樣，夫人看到奴婢受傷，一定會跟公主不愉快，公主

為什麼一定要毀掉奴婢，讓夫人生氣呢？」

「夫人！夫人！口口聲聲的夫人！夫人會為妳受傷而生氣，駙馬會幫妳提水桶，妳到底

是何方神聖還是勾人妖精？看招！」

蘭馨一劍飛快的直刺向吟霜左眼。吟霜魂飛魄散，緊急趴下地閃躲。

蘭馨一劍落空，大怒，喊道：

「崔諭娘！叫人把她拉起來，抓住她，讓她不能動！」

崔諭娘對宮女揮手道：

「大家還不動手？」

宮女個個有不忍之色，卻無人敢違背蘭馨和崔諭娘。數人便將吟霜拉了起來，再度讓她貼著牆站著，兩邊壓著她的肩膀和手臂，讓她無法動彈。崔諭娘更將她的頭髮拉到緊貼著牆壁，讓她的頭抬起。

蘭馨拿著劍欣賞了一下，說道：

「好劍！駙馬送的，當然精緻！雖然是木頭的，裡面還是包著鐵，而且這劍鋒也挺鋒利的！」

忽然大叫：「看劍！」

木劍直刺向吟霜的左眼。吟霜退無可退，逃無可逃，只得睜大眼睛，看著那劍尖直逼她的眼珠。她眼中盈盈含淚，眼神明亮有如黑夜的天際星辰。劍尖直抵眼球，香綺、崔諭娘和眾宮女都忍不住發出驚呼。吟霜喃喃唸著：

「心安理得，鬱結乃通。正心誠意，趨吉避凶……」

吟霜那充滿悲憫的眼神，直視著蘭馨，等待著這一刺。劍尖已到吟霜的眼球，卻忽然停住了。蘭馨被吟霜的眼神震懾住，木劍刺不下去。她被這突然而來的惻隱之意驚嚇，嘴裡胡亂喊著：

「怎麼刺不下去？妳這狐媚的眼睛有魔力嗎？我不相信！」大叫：「再來一次！」

蘭馨收劍再刺，依然到了眼球就停住了手。

蘭馨對自己的心軟不可思議，亂找藉口喊道：

「給我把另外那把木劍拿來！」

崔諭娘遞上另外一把。蘭馨已經大怒，拿著劍瘋狂的刺向吟霜：

「先把妳的臉劃花了再說！」

劍尖劃過吟霜的下巴，立刻留下一道血痕。吟霜落淚痛喊：

「公主！駙馬送木劍來，是帶著溫暖和善良的心。蒼天有好生之德，不會讓這兩把木劍蒙羞，請公主收了木劍，放過奴婢吧！」

蘭馨被吟霜的眼神和言語動搖，怒瞪著吟霜。她拋下木劍，轉身衝進了自己的臥室，崔諭娘趕緊跟了進來，關上房門，就見蘭馨就狠狠給自己兩個耳光，痛罵道：

「可惡！我居然對一個卑賤的奴婢心軟？我還是赫赫有名的蘭馨公主嗎？我是不是中邪了？崔諭娘，妳看，她們會不會根本不是人？大傷小傷不斷，居然還能挺到現在？難道是妖

338

怪不成？」

崔諭娘也苦思不解，說道：

「是不是人，恐怕還要再試一試更狠的手段！如果她們什麼都能對付，那就肯定有問題！」忽然一驚說道：「先前皓祥公子說起了白狐……吟霜會不會是那隻被駙馬放生的狐狸精，現在纏上駙馬了？駙馬的魂……恐怕被她收了！」

蘭馨為自己沒刺瞎吟霜終於找到藉口：

「是呀！難怪我看到她那對狐狸眼睛就像中了邪一樣，居然下不了手！那要怎麼辦才好？」

崔諭娘嘸了口氣說：

「別怕！別怕！不管她是狐是鬼，您是公主，什麼都鎮得住！咱們就用一點更狠的方法，逼出她們的原形吧！要動手，還得趁早！駙馬回來，就會護著她，公主就投鼠忌器，什麼都施展不開了！」

38

清河渡口，四野無人，一陣陣的清風，徐徐的吹著，吹拂著天邊的亂雲、吹動了平野樹上的綠葉，吹低了岸傍茂密的蘆花；雖然溪流潺潺，看來卻荒涼而蕭颯。

渡口岸邊有一個正冒著熱氣的茶棚，茶棚上有個旗桿，上面掛著一個「茶」字的旗子，隨風飄揚，同時攤子上有蒸籠和熱鍋，賣著包子和茶葉蛋。

伍項偉帶著一批隨扈，跋山涉水，終於走到渡口來。

隨扈拿著那張被皓禎掉包的假地圖，說道：

「大人，過了這條河，大概就是巴倫瞞著朝廷私自練兵、屯軍的基地了！」

「私自屯軍分明就是想謀反叛亂，今日伍家人就代皇上取下巴倫的首級！」伍項偉陰沉的說道。

「是！遵命！」隨扈看向茶棚：「大人，您應該也口渴了，要不要先到茶棚休息一下，

我去打聽幾時有船過來！」

伍項偉點頭，一行人便走向茶棚休息。

皓禎滿臉塗成日曬的黝黑色，貼著花白鬍鬚，喬裝老爺爺在茶攤上忙碌著。這喬裝術還是靈兒教的，唯妙唯肖。他心裡暗喜，想著：「果然被我的假地圖帶到這兒來了！巴倫將軍還能讓你們發現嗎？」便用老人的聲音說道：

「唉！我說滷蛋呀，俺爺倆每天一大早做包子、送包子，到底掙了多少錢呀？」打開冒著熱煙的蒸籠：「今天別再讓人賒帳了，日子不好過呀！」

魯超也喬裝市井小民，阻止皓禎掀蓋：

「唉呀！爺爺，你別打開啊！這是要送去給對面軍爺吃的，等會包子涼了，那軍爺又要嫌棄俺的包子了！」

伍項偉走近皓禎身邊，看到熱騰騰的包子和茶葉蛋，突然感覺飢腸轆轆，問道：

「你們這包子怎麼賣呀？有多少，我們通通買了！」對隨扈衛士們喊：「弟兄們都餓了吧！」

皓禎對項偉賠笑臉：

「這位大爺，不好意思啊！俺這包子不能賣，已經有人訂了！我們爺倆正等船過來，把包子送過去呢！」

隨扈拿出一串錢丟給皓禎，凶惡的說：

「管你什麼人訂了，我們這些全買下了！」手一伸，不客氣的拿起包子遞給項偉：「大人，請慢用！」

魯超一把搶回包子。

「大爺，這真的不能給您吃啊！對面的軍爺，要是少了一個包子會打死人的！」

伍項偉搶回魯超的包子，立即塞到嘴裡大口的吃，大吼：

「本大爺就要了這些包子，少廢話！」用力推開魯超：「滾！什麼軍爺？他們還得給老子磕頭呢！」

皓禎恐懼的拉著魯超說：

「滷蛋，算了！」拿著隨扈給的錢：「俺現在至少還拿了點錢，他們愛吃就給他們吃吧！」

兩人默契的相視一眼。

伍項偉這群人按圖索驥，繞了許多山路，個個又餓又累又渴，全部湧上茶棚吃包子和茶葉蛋。喬裝的皓禎和魯超兩人，善意的給伍項偉等人茶水。皓禎到處招呼倒茶：

「大爺，別噎著了！喝點茶！喝茶！喝茶！」

伍項偉一行人，有的吃包子或茶葉蛋，有的喝茶，甚是滿意。眼見伍項偉等人都吃喝得差不多，皓禎和魯超使了眼色，吹了一聲口哨。突然間，四面八方湧出了穿著黑衣勁裝、蒙

面的「天元通寶」兄弟。皓禎立刻發難，抽出預藏的雙劍向伍項偉一行人殺去。伍項偉見狀大驚，丟下茶杯，大喊：

「有埋伏！有埋伏！」

隨扈和衛士，立刻起身，拿出武器與皓禎、黑衣人對打，兩方兵器碰兵器，欽欽匡匡，打得如火如荼。魯超和皓禎身手矯捷，兩人三劍、擺開鴛鴦陣式，一招「金蛇穿柳」一個對穿，劍鋒橫掃上抽下撩，劍尖到處，瞬間斃數名隨扈於劍下，用腳順勢一掃，踢屍體入水中，水花四濺。沒多久，項偉的隨扈和衛士，有的突然身手軟弱無力，撫著肚子根本無法迎敵，有的繼續頑強戰鬥。皓禎銳不可當，連續出招變招，「玉帶圍腰」、「黑熊探路」、「青蛇吐信」、連環使出、一氣呵成，招招見血，刺倒數名敵人，但聽得慘叫哀號之聲四起。劍鋒所過之處，開出一條血路，直逼伍項偉，兩名保護項偉的衛士，想抵抗卻突然口吐白沫，不支倒地。

伍項偉見衛士倒地，大吃一驚，喊道：

「你們……你們下了毒？竟敢傷害朝廷大臣，你們不要命了嗎？」長劍一指，一招「清風拂柳」，劍尖直刺向皓禎，放手一搏：「本官跟你們拚了！」

伍項偉武功了得，接連出招，「大蟒纏身」、「猛虎出柙」、「犀牛望月」……招招勇猛的攻向皓禎，逼得皓禎矮身應戰。伍項偉勢如拚命，使出狠招，招式一變，出招「撥草尋

蛇」，持劍對地上翻滾的皓禛瘋狂刺殺。就在危急之際，魯超躍起，取下「茶」字的旗桿，

一招槍法「橫掃千軍」，橫著向伍項偉一掃，立即把伍項偉打倒在地。皓禛脫離危險，跳躍

而起。伍項偉眼見再也不敵，起身對河邊飛跑而去。

茶棚被打得東倒西歪，轟然一聲崩塌，布幔倒在火爐上，立即著火燃燒，整個茶棚變成

一片熊熊烈火！

魯超和皓禛，雙雙奔向伍項偉，魯超身行一矮，一個掃堂腿，絆倒了伍項偉，再一式左

擒拿，制伏了伍項偉。

皓禛撕下了鬍子，怒視項偉，恢復自己的聲音：

「伍項偉，你們伍家到處貪贓妄法、陷害忠臣！」大吼：「今天我要幫那些死難的忠臣

和百姓報仇！我要拿你的血來祭祀那些無辜忠良！」

皓禛說完，雙劍一刺，立刻刺進了伍項偉的腹部。皓禛拔劍出來，再補上兩劍在伍項偉

的雙臂上，喊著：

「我還要拿你們伍家的血，來祭祀大人一家十口！」再第三次，直刺心臟，痛心大吼：

「這兩劍，是為了神醫白勝齡！」

伍項偉全身血跡倒在河岸，奄奄一息的說：

「原來是你……袁皓禛……你逃不掉……榮王……會為本官報仇的……」

皓禎不待伍項偉話說完，再補上最後一劍，項偉斷了氣。

皓禎殺了伍項偉，想到犧牲的兄弟，想到伍家的種種殘暴，依舊義憤填膺。一番血戰後，他回身檢查戰果，滿臉正氣的面對天元通寶的兄弟們。一個兄弟上前說道：

「少將軍，任務完成，沒有一個活口！」

皓禎點頭，對所有兄弟說話：

「今日我們誘敵成功，保住了巴倫將軍，也斬了作惡多端的伍家人，真是萬幸！兄弟們辛苦了！」

眾黑衣弟兄異口同聲：

「少將軍英勇！」

魯超對皓禎提醒：

「茶棚和所有行動的證物已燒毀，此地不宜久留，咱們快走！」

皓禎長劍高舉一揮，帶領全部天元通寶的兄弟，速速離開了清河渡口。當兄弟們各自散去後，皓禎對魯超說道：

「魯超！巴倫將軍駐紮的地方已經曝光，要趕快去通知他們轉移！我們是不是先趕到巴倫將軍的營地去？」

「是！」魯超應道：「這件事辦妥，才能回去！」

「走吧！」皓禎快馬加鞭，向前疾馳，魯超緊隨於後。

❖

當皓禎趕去巴倫將軍那兒時，寄南、靈兒和漢陽已經回到長安。但他們都沒想到，吟霜會在公主院水深火熱，而且，太子這兒也驚天動地。

這天，皇上皇后帶著伍震榮、樂蓉、項麒、項魁、漢陽及各府衛士，浩浩蕩蕩進了太子府院落。漢陽僕僕風塵，剛剛才從咸陽趕回長安，就被世廷緊急帶進宮，再帶到太子府來，幾乎連休息的時辰都沒有。大家進了院落，曹安大聲喊道：

「皇上皇后駕到！」

太子帶著太子妃，急忙奔出，一看這等架勢，都有些驚怵。

太子和太子妃趕緊對皇上皇后行大禮：

「父皇母后萬福金安！」

「太子和太子妃不必行禮，平身！」皇上說道：「今天來這兒，是帶著剛剛出差回長安的漢陽，來審理上次的黃金劫案！只怕案子拖久了，又有變化！」對太子使眼色。

皇后卻口氣嚴厲的說道：

「太子牽涉到打劫本宮，是以下犯上，罪不可赦！上次宮中太子理由多多，又有皓禎寄南幫腔！現在，本宮把所有人證帶齊，在漢陽審理下，希望真相水落石出！太子務必配合辦

案，不可狡賴脫罪！」

太子挺直背脊，正視皇后說：

「既然希望案子水落石出，又說啟望不可『狡賴脫罪』，」看漢陽問道：「漢陽，本太子已經被定罪了嗎？」

漢陽急忙說道：

「當然沒有！現在是查案，太子依舊是『嫌疑犯』！」

伍震榮不耐的，很有氣勢的喊道：

「既然查案，就到大廳裡去查吧！讓陛下和皇后站在院落裡，個個惶恐著。進了大廳，皇上皇后坐在前面，眾人皆依禮數跪坐於前，衛士衙役等人兩邊侍立。皇上有點不耐的說道：

於是，大家浩浩蕩蕩進了大廳。太子府見到皇上皇后親自來到，成何體統？」

「漢陽，你就開始審案吧！不要耽誤大家的時辰！朕在這兒聽著！」

「遵旨！」漢陽就取出玉帶鉤，看著太子說道：「太子，這次到太子府，主要就是要察明太子這個玉帶鉤。據太子說，這玉帶鉤在半月以前就失竊了，不知是否事實？」

「不止半月了，總有二十天以上了，的確是事實！」太子一口咬定：「就是莫名其妙的不見了！」

「請問太子妃，這玉帶鉤，是否為太子珍愛之物？」漢陽一絲不苟的轉向太子妃⋯「是否從來不離身之物？」

太子妃戰戰兢兢的回答⋯

「是的，太子最珍愛這一個，總是帶著這個。」

「那麼，當這玉帶鉤遺失之時，一定鬧得天翻地覆，有沒有盤問下人？有沒有追查它的下落？」漢陽犀利的問。

太子急忙回答⋯

「本太子怎會為了一個玉帶鉤去鬧到天翻地覆？丟了也就丟了！玉帶鉤還有的是！如果是下人偷了，一定因為下人貧窮，就算本太子送給他！如果當時本太子知道這玉帶鉤會成為犯罪現場的證據，當然會窮追不捨！就是不知道，才被人利用了！」

皇上點頭說道⋯

「太子之言甚是！」

伍震榮怒氣沖沖插嘴⋯

「太子妃，不知太子是那一日遺失了這玉帶鉤？依本王判斷，一定是數日前，在紅樹林那兒遺失的！」

樂蓉立刻呼應⋯

「就是！一定是！太子妃不要包庇太子，當心和太子一起入罪！」

項魁更是大聲嚷嚷：

「本官就是那天在紅樹林中撿到的！絕無錯誤！」

項麒斯文的接口：

「樂蓉公主不要生氣，漢陽大人辦案神準，剛剛破了祝之同的案子，破得漂亮！不愧是在給漢陽威脅！漢陽，有什麼問題你就問，反正我那玉帶鉤是早就丟了！」

方宰相的公子，一定會秉公處理的！」

「祝之同的案子算是破了嗎？」太子冷笑一聲：「你們也別把方宰相拉扯進來，這好像是

漢陽卻看太子妃：

「請問太子妃，這太子平日的服飾，都是太子妃親手打理嗎？」

「不是。」太子妃一愣，坦白的回答：「最近都是青蘿在打理的！」

「青蘿是誰？還不快傳來問話！」皇后立刻尖銳的喊道。

伍震榮和項麒交換了一個暗喜的視線，跟著皇后，一疊連聲喊道：

「傳青蘿！快傳青蘿！」

立刻，青蘿被衙役帶到皇上等人面前，驚慌的看著本朝最有聲勢的貴冑，竟然人人到齊。這等仗勢，一生難見。青蘿趕緊行大禮，匍匐於地說道：

「奴婢青蘿叩見皇上，叩見皇后！叩見各位大人……」眼光掃到榮王，行禮如儀……「叩見榮王，叩見駙馬……」

皇后威嚴的喊：

「夠了夠了！不用叩見了！漢陽趕緊審案要緊！」

漢陽急忙問道：

「青蘿！妳是太子的什麼人？」

太子不安的看著青蘿，漢陽這一招，完全出乎他意料之外，青蘿是伍震榮送進太子府的，雖然伶俐討喜，但立場不可盡信。太子的眼光，從青蘿臉上，轉到伍震榮臉上，只見伍震榮面帶得意，幾乎是喜形於色。

「奴婢青蘿，只是太子的婢女……」青蘿謙卑的說道：「平日服侍太子和太子妃，也服侍皇太孫佩兒！」

漢陽出示玉帶鉤：

「青蘿，妳看過這個玉帶鉤？」

「是，奴婢看過，是太子珍愛的玉帶鉤。」

伍震榮走向青蘿，在青蘿面前兜了一圈，有力的插嘴：

「那妳最後一次看到這玉帶鉤是什麼時候？」背向青蘿，面向皇上漢陽等人，手在背後

350

比著五。

青蘿看了榮王那手勢一眼，又看向漢陽，從容而清楚的回答：

「這玉帶鉤在大約二十天以前就遺失了。」

伍震榮、項麒、樂蓉同時驚呼：

「什麼?妳說什麼?」

青蘿清脆而堅定的稟道：

「大約二十多天前，玉帶鉤不見了!奴婢向太子說過，太子說，或者這個玉帶鉤，可以養活幾個吃不飽的百姓，丟了就丟了，要奴婢不要聲張!」

伍震榮大怒的眼神，狠狠的射向青蘿，她卻只當沒看見。

漢陽看向皇上皇后，問道：

「今日查案，是不是可以告一段落?玉帶鉤疑案，總算還了太子清白。究竟是誰偷的，請容下官再來調查!」

青蘿卻語不驚人死不休的說道：

「青蘿知道是誰偷的!」

太子大驚，看向青蘿問道：

「是誰偷的?」

青蘿看向伍震榮，鎮定的說道：

「就是和青蘿一起進太子府的那三個美人，她們已經把玉帶鉤交給榮王手下了！」

這一下，伍震榮怒不可遏，大吼說道：

「妳不要胡言亂語！簡直是吃裡扒外，本王要殺了妳！」

伍震榮一面說，一面從衛士身上，拔劍就對青蘿直刺而去。事發倉卒，青蘿起身想躲，哪兒躲得開，只見劍鋒刺向青蘿肩頭，立刻濺血。世廷驚呼⋯

「榮王息怒！」

太子大驚，喊道⋯

「青蘿！」

伍震榮怒發如狂，抖了一個劍花，一招「蛟龍分水」持劍再對青蘿刺去。只見太子拔身而起，飛躍過來，一式「雙龍抱珠」，立刻矮身抱起倒地的青蘿，雙手忙著，腳也沒有休息，站起身子，就一個迴旋踢，踢向伍震榮的劍。太子改用單手抱著青蘿，使出空手入白刃的功夫，和伍震榮徒手大打起來。鄧勇想護衛太子卻無從插入，只能凌空拋了一柄劍給太子。他俐落的接住，就一手抱著青蘿，一手揮舞著長劍和伍震榮過招。兩人劍出如風、迅若閃電、劍影森森、招招致命，兩劍相交，火花四濺。轉眼之間，雙方已各攻防十餘招。伍震榮邊打邊喊⋯

「我要殺了那丫頭！我要她的命！」追著太子揮劍。

眾人驚愕至極。太子邊打邊跑邊喊：

「父皇！青蘿手無寸鐵，弱女子一個，榮王是到太子府來逞凶的嗎？」

皇上震聲怒吼：

「榮王！住手！你要殺人滅證嗎？當著朕的面，你就膽敢在太子府來逞凶！這樣刺殺婢女……你你你……」氣得發抖：「真的被朕縱容到如此地步！今天朕總算親眼看到了！」起身，大喊：「氣煞朕也，擺駕回宮！」回身就走。

伍震榮這才驚覺失態，趕緊跳開收劍。

太子怒沖沖瞪著伍震榮。

皇后、世廷等人急忙跟著皇上出門。漢陽深深看了太子和還在滴血的青蘿一眼，然後跟著皇上而去。

太子這才驚魂未定的對皇上的背影喊道：

「父皇母后，請恕孩兒不送！」

青蘿受傷不輕，太子把她抱進自己的寢宮，放在臥榻上，御醫立刻圍繞，經過治療，將青蘿左臂的傷口包紮好。御醫對太子說道：

「別擔心，雖然流血不少，幸好沒傷到筋骨，只要好好保養，臣天天換藥，過個十天半

月就會痊癒的！臣告辭！」

御醫和閒雜人等退出了，太子妃拍著胸口說：

「還好還好！」看著臉色蒼白的青蘿，由衷的感激無比：「青蘿，難為妳了！妳保住了我們太子府，以後不能把妳當婢女看待了！」

太子在臥榻前坐下，深深看著青蘿問：

「妳怎麼知道要說玉帶鉤二十多天前失去了？妳怎麼會把楓紅她們三個都拉扯進來？伍震榮那脾氣妳還不知道？妳寧可為我被刺死嗎？這麼大的風險，妳為什麼要冒險？」

青蘿凝視太子，坦白的說：

「我們四個，都是被訓練過的！太子府裡的大事小事，除非我們不要管，要不然，我們都會知道。玉帶鉤之事也是這樣的！」

「妳差點送了命！」太子感動的說：「要不是我手腳快，妳已經身首異處！」

「奴婢要謝謝太子，救了奴婢一命！」青蘿誠懇的說：「那伍震榮是奴婢殺父仇人，只要能扳倒他，奴婢不在乎生死！救太子，更有我一片知遇報恩之心！」

就在這時，楓紅、白羽、藍翎一擁而入。楓紅急切的撲到臥榻前說：

「青蘿，妳把我們三個都出賣了？我們哪有偷玉帶鉤？」

青蘿勉強支起身子，去握住楓紅白羽的手，情真意切的說：

「我不是出賣妳們，是給了我們四個一條新的路去走！從此，讓我們一起效忠太子吧！我們當初在榮王府，哪一個沒有吃盡苦頭？但是，太子府讓我們覺得像個家！我們就把這兒當家了，好嗎？」

三個女子眼淚汪汪，太子妃就擁住了她們，真摯的說：

「歡迎加入我們這個家！」

青蘿抬頭看太子，眼裡帶著懇求。太子也動容的看著她，對她深深的點了點頭。

「從此，妳們四個，就是本太子的人了！」太子說，看著太子妃手中的四個姑娘。心想，伍震榮大概做夢也沒想到，送進太子府的奸細，居然全部背叛了他！

❖

皓禎離家第三天。

吟霜兩手被綁在公主院長廊的木柱上，宮女在吟霜的腰部纏上兩圈長布條，接著左右兩邊的宮女分頭拉緊布條，勒緊吟霜胸之間，讓她呼吸困難。宮女在崔諭娘示意下，下手越來越狠，吟霜無法呼吸，痛苦得直冒汗。

蘭馨面對著吟霜，坐在坐榻上喝茶，慢悠悠的說：

「本公主算是佛心來的，這會兒也沒把妳的好姊妹香綺召進來，省得她吃苦，這點妳可要感謝本公主！」

吟霜痛苦已極，哀聲問道：

「公主……奴婢到底是……犯了什麼錯？您何苦……要這麼做呢？」

「犯了什麼錯？就等妳告訴本公主啊！」蘭馨大聲的問：「妳和駙馬之間，是不是有什麼不可告人的祕密？妳自己呢？有沒有不可告人的祕密？」

「沒有！完全沒有！公主，您真的誤會了！請相信駙馬！」

「妳再嘴硬，就是自討苦吃！」崔諭娘對宮女下令：「再用力拉緊！」

「不要！求求妳們，不要！」吟霜哀號。

蘭馨走到吟霜面前，抓著吟霜頭髮往後拉：

「本公主相信自己的眼睛，也懶得天天想法子對付妳。妳要是想好好活著，少吃點苦頭，就從實招來！」

「公主，我已經全招了，真的沒有，求求公主，放了奴婢！」

「放了妳？那麼誰來放過本公主？從嫁入了將軍府到今天，皓禎千方百計逃避本公主，對妳這個丫頭卻親熱得很！」用力再拉扯吟霜的頭髮。

吟霜又被扯頭髮，又被勒著腰，痛苦萬分，不禁掙扎。蘭馨喊：

「拉緊！再拉緊！」

吟霜受不了，眼神凝聚，拚命用力來抵抗痛苦，痛楚的唸著：

「心安理得，鬱結乃通。治病止痛，輔以氣功。正心誠意，趨吉避凶。心存善念，百病不容！」

隨著口訣，吟霜不由自主的用了氣功，勒緊她的布條忽然像花一樣爆裂開來，綁住的雙手布條也同時散開。吟霜頓時不支的跌落地，狐毛玉佩卻從她衣裳裡掉落出來，滑到老遠。

蘭馨一見，喊道：

「狐毛玉佩！原來這傳言中的狐毛玉佩，在妳的身上！」

崔諭娘也震驚無比，對蘭馨低語：

「聽說妖狐會附身在某一件物品上！」

吟霜看到玉佩滑出去了，就支撐著身子，爬到玉佩邊，用手去抓那玉佩。蘭馨一腳就踢開了玉佩，怒極的喊：

「崔諭娘！去拿一根大鐵錘來！我們去後院砸碎這塊玉佩！」

吟霜慘烈的叫：

「不要啊……不要啊……」

不管吟霜叫得如何慘烈，依舊被宮女衛士拉到了後院。只見狐毛玉佩放在一塊大石頭上，吟霜面無人色的被幾個宮女壓制著，在一邊觀看。

崔諭娘把大鐵錘遞給蘭馨。蘭馨舉起大鐵錘，對著那玉佩就砸了下去。同時間，吟霜閃電般掙脫宮女，撲上來用右手去壓住玉佩。鐵錘這重重一砸，就砸在了吟霜右手背上。

吟霜大痛！仰頭向天慘叫：

「啊……」

吟霜的手背，立刻出血，慘不忍睹。蘭馨冷冷說道：

「看來妳這個來路不明的女神醫，也不是金剛不壞之身嘛！」對宮女們喊：「拉開她的手！」宮女們拉開吟霜的手，吟霜已經臉色慘白，額汗涔涔，快要暈倒了。

蘭馨拿起鐵錘，再重擊玉佩，玉佩頓時四分五裂。吟霜看著，滿眼淚水，心也跟著四分五裂了。蘭馨再舉起鐵錘，不斷砸在玉佩上，直到玉佩粉身碎骨。

蘭馨喘吁吁，力氣用盡。

「好了！本公主累了，要休息一下！」

崔諭娘對宮女喊道：「還不趕快來收拾這些碎片！」蘭馨接口：「趕快清理一下，丟到廢棄堆裡去吧！」就帶著崔諭娘和宮女們離去。

「這些沒用的破爛東西，有人居然把它當寶貝！」

宮女們上來清理玉佩的殘骸。吟霜含著滿眼的淚，看著玉佩被掃進簸箕，又眼睜睜的看著玉佩的殘骸被帶走，她的心跟著玉佩而去，再也支撐不住，癱倒在地。

39

皓禎和魯超正在趕路。天空中，矛隼盤旋哀鳴著。皓禎一驚：

「猛兒！你有消息帶給我嗎？」

「猛兒！這一路都沒看到牠，也沒辦法向吟霜報平安！現在牠怎麼來了？」就抬頭喊道：

不祥預兆頓時湧上皓禎心頭，他喊道：

只見猛兒哀鳴著，沒有飛下來，卻向長安城的方向飛去了。

「不好！猛兒不肯停，直接飛向長安去了！魯超，我現在心驚肉跳，我們必須快馬加鞭回家去！」一拉馬韁：「駕！」

皓禎的馬，如箭離弦般衝了出去。魯超也一拉馬韁，跟著衝了出去。

兩匹快馬，在路上飛馳不停。

❖

將軍府裡，吟霜的慘狀還沒人知道。蘭馨和崔諭娘捧著點心盤子而來，笑著對雪如和柏凱說道：

「爹、娘，蘭馨親手做了幾樣小點心，送過來孝敬兩位！不合口味可別罵蘭馨喲，我還在學習呢！爹娘知道，蘭馨在宮裡並不動手的！」

「哦！」柏凱驚喜：「妳太有心了！放下吧！讓本將軍嚐嚐！」

崔諭娘和蘭馨就放下點心。

柏凱吃著點心，不斷點頭，稱讚的說：

「好吃好吃！蘭馨跟名字一樣，蕙質蘭心！」

「字不同！但蘭馨能夠得到爹的讚美，太高興了！」

雪如也吃著點心，卻有點心事的問道：

「不知道吟霜和香綺那兩個丫頭，在公主院的表現如何？假若不能達到公主的滿意，就讓她們早點回來吧。」

「很好很好，這點心還是吟霜幫忙做的。娘，蘭馨特別喜歡吟霜，如果娘不是那麼需要她，就讓蘭馨留她在公主院過夜吧。」蘭馨說。

「這兩天，我都沒看到她，她還好吧？」雪如猶豫。

「她昨晚不是還回到將軍府嗎？」蘭馨驚訝的問：「難道她抱怨了什麼？」

雪如趕緊回答：

「沒有沒有！她怎麼會抱怨什麼？公主待她好，她感激都來不及！」

柏凱吃著點心，愉快的說：

「公主要個丫頭，小事一件！不用跟婆婆報備，照准！」

「謝謝爹！」蘭馨一笑。

雪如不安的看了蘭馨一眼，見蘭馨笑臉迎人，就不疑有他了。萬一有什麼事，蘭馨還能如此鎮定，做點心送來嗎？

❖

這時的靈兒和寄南，騎著馬，慢悠悠的在街道上踢踢踏踏走著。靈兒說：

「這次跟著漢陽辦案，有很多收穫，那個漢陽，的確是一個人才！」忽然好奇的問寄南：「你說，漢陽長得俊，學問好，年紀輕輕就當了大理寺丞，怎麼到現在還沒成婚呢？他房裡也沒收房丫頭，難道男人除了皓禎，也有潔身自好的人？」

「喂！」寄南生氣：「妳是我的小廝，不要跟著漢陽出去走一趟，就滿嘴漢陽這個，漢陽那個！妳也想想妳的主子好不好？」

「你？」靈兒瞪眼：「你還真以為你是我主子？少做夢了！你有什麼好想？你學問沒人家好，長得沒人家俊，人品沒人家好，就是生來是個王爺，全靠你姑姑……」

靈兒話沒說完，寄南的馬鞭作勢要對她抽來。

「妳再對本王爺出言不遜，我就抽妳幾鞭！」

「你敢？」靈兒也揮舞馬鞭：「看看我們誰比誰強……」

靈兒話沒說完，忽然猛兒的哀鳴聲急切的傳來。兩人立刻休戰，不約而同的抬頭。只見猛兒在兩人頭頂盤旋，又飛向將軍府去。靈兒大叫：

「不好！吟霜一定有難！皓禎出門，鐵定還沒趕回來！我們快去將軍府看看！」

兩人急忙一拉馬韁，在街道上疾馳。

❖

吟霜確實有難，她在那間練武房貼著牆坐著，臉色慘白，被砸的右手血痕未乾，心裡在自語：

「公主還要怎麼對付我？我的藥丸都被她們搜走了，如果不回小小齋，我也沒法為自己療傷，怎麼辦？皓禎！對不起，我沒把自己保護好，還失掉了你給我的玉佩！」

房門一開，蘭馨帶著崔諭娘進來。

「妳坐在這兒，有沒有閉門思過？」蘭馨問：「我呢？越想越氣，駙馬的玉佩居然在妳身上，那妳就是我的敵人。對付敵人，宮裡有許多作法，這些年來，我看著看著也學了不少！為了懲罰妳什麼都不說，我要用讓妳嚐嚐『肉刷子』的滋味！」

吟霜恐懼的問：

「什麼肉刷子？」

「妳馬上就會知道什麼叫『肉刷子』了！」崔諭娘陰森森的說。

宮女們就上前，把吟霜架了起來。又把吟霜拉到後院去了。

只見後院裡，有個小火爐，裡面燃燒著熊熊烈火。小火爐上有一壺熱騰騰滾開冒煙的水壺。火爐旁放著一張矮桌，桌面上固定著一個像手銬的裝置。桌上也放著一個刑具盒，盒內裝有數個名為「肉刷子」的刑具。吟霜恐懼的看著那刑具，只見是幾個像髮刷般的圓形鐵器，上面像刺蝟般長滿了尖銳的刺。

吟霜被拖上前，跪在桌前地上。蘭馨端著刑具盒到吟霜面前，陰森的說道：

「妳知道這套刑具叫什麼嗎？」拿起一根肉刷子在吟霜面前晃：「這叫做『肉刷子』，上面一根根細細的是尖銳的鐵釘，想必妳也不知道這『肉刷子』的用法吧？」大喊：「崔諭娘，把吟霜的雙手抓出來！」

蘭馨一腳踢向吟霜，讓她跪趴在矮桌上。崔諭娘和宮女將吟霜的雙手手腕，鎖進了固定在桌面的手銬上。吟霜一隻手還是血肉模糊的。蘭馨說道：

「妳右手已經受傷了，我們就侍候妳的左手臂吧！」把吟霜的袖子拉高，將肉刷子輕輕的在吟霜的手臂上刮著……「這肉刷子就是這個用途，但是妳以為這是在搔癢是嗎？那妳就錯

了！」蘭馨對吟霜笑笑，繼續說著：「首先，本公主會用開水把妳這潔白的手臂燙一燙，燙熟了之後，再用這個滿是鐵釘的肉刷子，刮得妳血肉模糊，接著呢……」抓起桌上備著的一把鹽，撒在吟霜的手臂上：「在妳的傷口上撒滿鹽巴，然後，再燙第二次，刷第二次……這樣一次一次的刷，直到看到骨頭為止！妳覺得這個刑具，是不是很有趣呢？」

吟霜聽得驚心動魄。蘭馨看到吟霜受傷的右手，就抓了一把鹽，撒在傷口上，說：

「先拿妳右手這個傷來試試鹽的功用！」

吟霜痛澈心扉，慘叫：

「啊……不要啊！」

「鹽的功用明白了！就上菜吧！那鹽只是調調味道而已！」

吟霜知道大難臨頭，不禁哀懇的看著公主，求饒的說：

「公主，不要！不要這樣！公主求求您！奴婢知錯了！原諒奴婢吧！」

蘭馨大喊：

「崔諭娘，把開水拿過來！」

崔諭娘興奮的去提水壺。拿來冒著煙的滾開水交給蘭馨。蘭馨對吟霜說：

「妳誰不好惹，居然惹上本公主，那就怪妳自己不長眼！」

蘭馨眼睛眨也不眨，就對著吟霜的左手臂淋上開水。吟霜哀鳴痛喊，哀鳴聲幾乎傳到了

364

九霄雲外。後門口，小樂已經徘徊了一陣，此時，吟霜的痛喊聲驚動了他，也驚動了守衛，小樂再也不管了，用力推開也被哀叫聲驚動的守衛，直衝進後院。

小樂一看，吟霜被滾水燙得痛喊，嚇得魂飛魄散，掉頭又向外跑，邊往外跑邊喊：

「不好了！不好了！這回得找公子回來才行呀！要命啊！可憐的吟霜姑娘呀！妳要撐著點啊！哎喲！」

小樂奔出了將軍府的大門，正巧就撞上了寄南和靈兒。寄南驚問：

「小樂！你幹什麼這麼慌張？出了什麼事情了？」

「我……我得去找公子回來！人命關天，別攔我！」小樂繼續往外跑。

靈兒抓住小樂問：

「什麼人命關天？是不是吟霜出事了？你要到哪兒去找公子呀？」

「那個……」小樂慌亂：「公主對……對吟霜用刑！我得去搬救兵呀！」

「什麼？對吟霜用刑？可惡的公主！我就是救兵！」靈兒大震喊道。

靈兒說完就飛也似的奔進了將軍府，又奔向了公主院。寄南拉回小樂說：

「別找皓禎了，我們先進去救人要緊！」轉身向靈兒大喊：「裘兒，別衝動！等我呀！」

寄南和小樂追進將軍府，向公主院飛奔。

❖

後院裡，早已慘不忍睹。

吟霜的左手袖子捲得高高的，整隻手臂已經紅通通的一大片，痛得臉色慘白，微弱的呼吸著。蘭馨並沒有想收手的意思，拿著「肉刷子」對著吟霜被燙傷的左手臂，用力的刷下去。吟霜的手臂隨著刮痕立刻出血，又再次哀鳴痛喊：

「啊……啊……請住手……請停止……」

吟霜才跨進後院，就見到這個慘狀，聽到吟霜的痛喊。她急怒攻心，就在蘭馨第二次刮著吟霜之時，拿出飛鏢射飛了「肉刷子」，接著就飛躍到蘭馨面前，將她推倒在地，壓住蘭馨痛打，喊道：

「妳這個惡魔公主，居然敢對奴婢用刑！管妳是什麼來頭，今天我絕不饒妳！」

靈兒突然冒出，蘭馨雖然一時措手不及，但也反應靈敏，一招「翻花舞袖」，突然一個打挺，就踢飛了靈兒，躍起身，抽出身上的鞭子迎戰，嘴裡大喊：

「來者是誰？好大的膽子，竟敢對本公主動武！」

「我是正義使者！專門來收拾妳這個壞心腸的惡魔公主！」靈兒嚷道。

「正義使者？沒聽過！報上你的名號來！」蘭馨揮著鞭子。

靈兒連翻幾個觔斗躲避鞭子，氣勢洶洶的喊道：

「什麼名號聽不懂！本人是靖威王寶寄南的小廝，外號叫作『風火球』，怎麼樣！」靈兒

到處亂蹦亂跳，躲著蘭馨的鞭子。

蘭馨追著靈兒打，怒喊：

「小小僕從，口氣不小！」突然停住腳步，終於明白：「喔！你就是竇寄南的小廝，也就是和竇寄南搞什麼斷袖之癖的人！既然是竇寄南的人，也就是自己人，本公主就看在竇寄南的份上，今天饒你不死！」

「妳想饒我，我裘兒可不饒妳！」靈兒跳上石桌，再躍下飛撲蘭馨，搶下她的鞭子，用鞭子纏住蘭馨的身子，讓她動彈不得：「妳以為當公主了不起！用刑欺負下人，妳連當人都不配！」

這時小樂和寄南匆匆趕到後院，就見到靈兒壓倒公主。皓祥和翩翩也聞聲趕到，震驚的看著這場混亂。寄南制止大喊：

「裘兒！快放了公主，妳這樣對待公主，會殺頭的！」

靈兒怒不可遏的喊道：

「你看看這個公主幹了什麼事，她對奴婢用酷刑啊！」向寄南使眼色。

寄南轉眼看到吟霜慘不忍睹的雙手，眼睛都不敢多看，心痛極了。小樂著急喊：

「竇王爺，快救救吟霜姑娘吧！」

寄南怒視著崔諭娘，大吼：

「還不把吟霜的手銬解開！」

崔諭娘遲疑，看向被壓倒在地的蘭馨。

蘭馨趁靈兒不備，用後腳跟往後一踢，靈兒一痛鬆手，蘭馨驟然起身，對寄南喊：

「寄南，本公主在教訓丫頭，你少插手！」

「這個丫頭犯了什麼錯？有必要用上刑具嗎？妳是不是當公主當到暈頭了！」寄南氣極，忍不住對蘭馨大罵。

「你縱容你的小廝對本公主無禮，現在還敢教訓本公主！你這個小小靖威王才是昏頭了！」蘭馨大怒，對寄南吼了回去。

「趁我現在還有理智的時候，妳快放了吟霜，否則我也一樣教訓妳！」

「一個卑賤的丫頭，還值得你不依不饒的！本公主今天就是不放人！看你敢把我怎麼辦？」

蘭馨的鞭子早就落在靈兒手上，見蘭馨蠻橫，便又對著蘭馨揮鞭。蘭馨一閃，沒被打到。靈兒跳腳大罵：

「什麼卑賤的丫頭，妳才是一個混帳魔頭！」

「可惡賤僕！把鞭子還來！」

「有本事欺負奴婢，沒本事搶回鞭子，妳這個傲慢公主，真是個笑話！」

公主院的這場大鬧，驚動了將軍府，柏凱和雪如走到院子裡，只見僕人和丫頭們紛紛奔向公主院。柏凱急喊：

「袁忠！什麼事情鬧哄哄的？」

「將軍，聽說寶王爺和他的小廝，跟公主打起來了！」袁忠回答。

「什麼？寶王爺什麼時候來的？我們趕快去看！怎會打起來呢？」雪如驚問。

「據說是因為公主對吟霜丫頭用刑的緣故！」

「吟霜？用刑？」雪如大驚失色。「我們快去！在哪兒用刑？」

「在後院裡！」

雪如、柏凱、秦媽、袁忠急急趕到後院，雪如一眼看到吟霜的傷痕，看到她氣若游絲的痛苦模樣，又看到刑具，頓感椎心之痛，無法言喻的大喊：

「通通住手！」怒瞪崔諭娘：「快放了吟霜！」

蘭馨、靈兒停了手，崔諭娘識相的趕緊打開手銬。吟霜立刻癱倒在地。

柏凱不可思議的看著刑具，再看蘭馨：

「肉刷子！在我們將軍府，居然有這種刑具？誰告訴我，這是怎麼一回事？」

「先救吟霜要緊！」雪如著急：「秦媽、小樂，趕快把吟霜帶回去請大夫醫治！」

「我來！我來！」寄南熱心的說：「這種緊急時候，也不管男女之別了！」

寄南抱起吟霜，小樂跟在後面，快速的離開公主院。靈兒還拿著蘭馨的鞭子，跟著寄南離開。雪如這才緩過氣來，氣憤的對蘭馨說道：

「將軍今天才誇妳蕙質蘭心！難道送完點心，妳馬上再來虐待丫頭？這就是妳要留下她過夜的原因？妳要把她弄成怎樣才滿意？妳好歹是個公主，為什麼這樣折磨一個丫頭？」

「在我袁柏凱的家裡，從來沒有對任何下人用刑！」柏凱更是嚴厲：「蘭馨公主，妳開了我們袁家的例子！本將軍看在皇上皇后的面子上，對妳輕不得，重不得！但是妳已經是袁家的兒媳婦，所作所為，沒有公主的風範，也該有袁家的氣度！」

蘭馨被雪如和柏凱罵得怒極，大聲喊道：

「公公婆婆，你們不要一人一句指著我罵，那個丫頭，身上有皓禎的狐毛玉佩！你們能不能告訴我，她到底是什麼來歷？」

「狐毛玉佩？」柏凱一驚。

雪如還來不及開口，靈兒拿著蘭馨的鞭子折回來，把鞭子丟還給蘭馨。她聽到蘭馨的問題，就忍不住接口了：

「妳想知道吟霜是誰嗎？她是妳絕對不能碰、絕對不能傷害的一個人，她是寶王爺、少將軍和我們許多人眼裡的女神醫、女英雄！妳把她折磨到這個地步，妳成了我們大家眼裡的魔鬼！妳想要少將軍恨妳，恭喜妳，妳成功了！」

靈兒說完，轉身而去。

雪如一拉柏凱：

「走吧！」對蘭馨正色說道：「別把這公主院，變成一個充滿血腥暴力的地方！這兩個丫頭，再也不會來公主院當差了！」

皓禎一直在旁邊看熱鬧，意猶未盡的說：

柏凱有著滿腹狐疑，卻再也不想看到那行刑現場，跟雪如一起離開了。

「一場好戲，就這樣沒啦！」

翽翽想向公主套近乎，又怕挨罵，看看蘭馨臉色，還是決定放棄⋯

「我這二夫人還是少開口好了，公主多保重！」翽翽和皓禎匆匆離開。

轉眼間，人都散了，蘭馨陷進極度的挫折和震撼中。

❖

回到了小小齋，吟霜半躺半靠的坐在床榻上，蓋著棉被，受傷的雙手放在棉被上。香綺、靈兒、雪如、秦媽都圍繞著她。香綺拿著藥丸和水⋯

「小姐，這止痛藥丸先吃下去！小樂已經去熬藥和煮參湯了！」

秦媽扶著吟霜的頭，吟霜衰弱的吃了藥。雪如心痛的說：

「傷得這麼重，怎麼辦？吟霜，我答應了皓禎，要好好照顧妳，結果把妳照顧成這樣，

我被蘭馨騙了！她送點心來，笑容滿面，我真沒想到她會這樣狠！

吟霜不安的在床榻上對雪如行禮：

「夫人，千萬別這麼說！先回去休息吧，只是一點外傷，沒有關係的！」

「吟霜……」靈兒著急的說：「妳這次的傷，比上次縫傷口的傷要複雜多了，而且兩隻手傷的不一樣，現在還覺得妳來教教我們，怎麼幫妳治傷才行？從哪一隻手開始呀？」

寄南伸頭進來看了看，膽戰心驚的說：

「還是去請一個大夫來吧！」

吟霜忙說道：

「不要！讓我再休息一下，我自己來治！」喘口氣說：「香綺，我右手手背上，被公主灑了很多鹽，妳必須幫我清洗乾淨！要小心，很痛！」

「已經血肉模糊了，還灑鹽？這怎麼清洗呀？」雪如驚喊。

「夫人……」吟霜對雪如說道：「將軍現在一定在大發脾氣，千萬不要把我和皓禎的事跟他說，他會對皓禎很生氣，對我也不諒解的。請夫人回去吧，竇王爺他們會照顧我的！請回去吧！」

「唉！」雪如心痛至極：「妳說得也是，我先去安撫一下將軍，你們需要什麼，就來找我，或者找秦媽！」

「是是是！夫人慢走！」

雪如搖著頭，秦媽扶著她離去。雪如嘴裡一直喃喃的說著：

「慘啊慘啊……可憐啊……」

雪如主僕離去，寄南就急忙喊道：

「小樂！趕快弄幾盆清水來！哦，小樂去熬藥了！我來吧！清水在哪兒？這兒有井嗎？」

吟霜吸了口氣，振作了一下，吩咐道：

「寄南和靈兒，你們幫忙剪白布條，這傷口治療完要包紮起來才行！香綺，清水要燒開應該要用清水先把傷口洗乾淨吧？吟霜，妳有力氣教我們嗎？」

再待冷，就是冷開水，要準備很多冷開水！越多越好！還要準備清洗的棉布，剪成小塊，清洗完一個地方，馬上丟掉換新的，所以要很多很多小塊的棉布……」

於是，大家急忙工作，剪布條的剪布條，剪布塊的剪布塊，提水的提水，燒水的燒水。

寄南痛惜的說：

「吟霜，妳這雙手，怎麼這麼多災多難呀！一次比一次慘烈，看來妳現在也不能用治病氣功給自己止痛了？妳暫時忍忍啊！」

吟霜脆弱蒼白，冷汗淋漓，連回答的力氣都沒有了。

冷開水來了，香綺洗乾淨了手，就用小棉布塊打濕，試著輕輕去擦拭那傷口上的血塊，

吟霜立刻痛到哀叫：

「慢一點！慢一點！哎喲，痛死我了！」

香綺張開雙手，不敢動了。

就在這時，皓禎回家了，他帶著魯超，風塵僕僕的飛趕回來。兩人進了院子，先向小小齋奔去，忽然看到小樂正拉著袁忠幫忙。小樂喊著：

「清水！要很多清水，越多越好！趕快去井邊提水，送到吟霜姑娘那兒去！我還要去廚房拿熬好的藥和參湯，忙不過來了！」

「是是是！我去提水，剛剛秦媽還問，要不要她去吟霜姑娘那兒幫忙？」袁忠問。

皓禎臉色一下子刷白，急喊：

「小樂！吟霜怎樣了？為什麼你們這麼慌張？」

小樂一看到皓禎，立刻悲從中來，放聲痛哭喊道：

「公子！吟霜姑娘被公主用了刑，肉刷子⋯⋯肉刷子⋯⋯好慘好慘啊！」

皓禎大驚：

「用刑？肉刷子？」

他對著小小齋就狂奔而去。魯超一把抓住袁忠：

「提水？我去提！袁忠你陪小樂去拿藥和參湯！」

皓禎衝進小小齋的院子，就喊著：

「吟霜！吟霜！」

臥室裡的吟霜，一聽到皓禎的聲音，就趕緊把剪好的布條要蓋在手上，奈何兩手都受傷，不知蓋哪一隻好。她著急的說：

「不好！皓禎回來了，靈兒寄南，你們出去攔著他，不能讓他看到我這樣子！快點去攔著他！」

靈兒想也不想，就急忙衝出去，在院子裡攔住了皓禎。

「不能進去！不能進去！」

「為什麼不能進去？」皓禎看靈兒神色，有點明白，大急：「她怎樣了？妳讓開！別攔著我！」

靈兒伸長了手，左擋右擋：

「不能進去！吟霜不要你看到她現在的樣子，你在這兒坐一下，等我們幫她包紮好了，你再進去！」

皓禎一聽，把靈兒重重一推，靈兒哪兒經得起他的大力氣，往後飛跌出去。寄南奔出來，正好接住了靈兒，嘆氣說：

「靈兒，現在怎麼攔得住他呢？皓禎，進去吧！你心裡有點譜，別嚇著，她被用了刑，

皮開肉綻，我們正在聽她的指揮，如何治療⋯⋯」

寄南話沒說完，皓禎已經衝到屋裡去了。

臥室裡，吟霜的雙手，都被一塊大白布蓋著，她的臉色，也和白布差不多。皓禎撲到床

前，仔細察看吟霜，看到她下巴上被木劍劃出的傷口，立刻紅了眼睛⋯

「她居然敢弄傷妳的臉？用什麼東西劃傷的？」

吟霜努力擠出一個微笑，弱弱的說道⋯

「臉上沒關係，過兩天就看不出來了！只是一個小口子！」

皓禎看看那塊白布，就去小心的揭開。吟霜慘不忍睹的右手和左手臂，就完全暴露在他

眼前，皓禎立刻抽了一口冷氣，閉上了眼睛，喘了一下，再鼓起勇氣睜眼去看那兩隻手。他

良久沒抬頭，最後只啞聲問：

「這左手臂怎麼都是血水泡⋯⋯」頓住，又問：「右手怎麼弄的？」

吟霜傷心起來，淚水盈眶⋯

「是我不好，沒把玉珮收藏好⋯⋯一不小心讓玉珮掉出來了⋯⋯公主⋯⋯用鐵錘打碎玉

佩⋯⋯我想去搶救⋯⋯皓禎，那塊玉佩⋯⋯毀了⋯⋯」眼淚落下來。

「所以，右手是被鐵錘打的⋯⋯」

香綺小小聲插嘴⋯

「傷口上還灑了鹽，我們正想辦法要把鹽洗掉……」

皓禎猝然起身，轉身衝出房間，衝到院子裡。他靠在牆上，身子順著牆滑落在地，坐在那兒，用雙手抱住頭，痛哭失聲。寄南奔來，抓著他的肩膀，試圖穩定他。

「你這樣痛苦，吟霜不是更痛了？我們現在要趕快幫她治療呀！」

皓禎跳起來，崩潰的掙扎，咬牙嘶吼的說：

「我要去殺了那個公主！」

皓禎掙脫了寄南，就往外衝去。寄南死命抱住他，大喊：

「裘兒來幫忙，絕對不能讓他現在去公主院，會出人命的！」

靈兒飛奔過來，攔住了皓禎，說道：

「皓禎，你別亂來，現在要先救吟霜！她元氣大傷，沒辦法為自己止痛，如果我們不趕快治好她，她會痛死的！只有你，才是她的『止痛藥』啊！」

皓禎被這一番話提醒了，淚眼看著靈兒，喃喃的說道：

「是！先救吟霜……先救吟霜……」

40

香綺正在幫吟霜清理傷口，吟霜痛得額上冒冷汗，卻咬緊牙關不敢喊痛。皓禎進門，眼眶漲紅，吟霜就用哀懇的眼光看著他，婉轉的說道：

「皓禎，千萬不要再去公主院，靈兒已經跟公主大打出手，驚動了你娘和你爹。現在，不管是公主院還是將軍府，都被我鬧得亂七八糟，我已經懊惱極了⋯⋯」

靈兒端了一盆乾淨的冷開水進來，把沾血的白布條收去丟掉。皓禎看看吟霜，看看香綺，就去洗手盆那裡洗乾淨手，然後走到香綺身邊，簡短的說：

「香綺！讓我來！」

香綺的手顫抖著，不放心的看著皓禎說：

「公子，你行嗎？那些鹽都化了，有的都跟血塊凝結在一起，要很輕很輕的弄，稍微重一點，血就又流出來了！還要小心，別碰到那隻被肉刷子刷過的手⋯⋯」

皓禎深深吸口氣，堅定的說：

「妳讓開！我來！」

香綺退開，皓禎就在香綺的矮凳裡坐下，接手香綺的工作。皓禎看著那隻右手，再抬眼深深看向吟霜，說：

「上次縫傷口，把妳縫得暈倒，該怎麼弄才能讓妳不痛，妳教我！我會慢慢的、輕輕的弄，如果弄痛了妳，請妳叫出來！我不要妳咬著牙關忍痛！聽說，叫出來會比較不痛！」

皓禎說著，就拿了小布塊，蘸濕了水，仔細找著有鹽和血塊凝固在一起的地方，輕輕的、輕輕的洗著傷口。吟霜看著他專注的，低俯的頭，很想伸手抱住他，就微微動了動另外那隻手。

皓禎立刻驚跳的喊：

「我弄痛妳了！」

吟霜含淚而笑，坦率的說道：

「沒有沒有！我好多了⋯⋯」

「看到嗎？那兒有個比較大的血塊，要用溫水，」香綺捧來溫水⋯⋯「公子，這兒是溫水！」

溫水會讓鹽和血塊化開⋯⋯」指導著⋯

皓禎把沾著血的布片交給靈兒，再用乾淨的布片浸入溫水打濕。他仔細的用溫水布片洗著血塊，頭也不抬的說著…

「以前弟兄們受傷了，我也幫他們包紮傷口！從來沒有一個傷口，讓我覺得這樣毛骨悚然！吟霜，妳不肯叫痛，但是我知道妳有多痛！如果妳有力氣為自己止痛，請妳告訴我一聲！但是，妳運氣的時候，先幫我止痛吧！」

吟霜眼中含著淚，唇邊，卻帶著笑。

「是！如果我有力氣了，我一定告訴你！」

接著，小小齋裡陷進無比的忙碌。小樂和香綺不斷捧來乾淨水盆，再把浴血的水盆拿去倒掉。皓禎不停的、專心的清理傷口。靈兒和寄南在小廳幫忙剪新的棉布片。魯超提了水桶到院子裡，再把空了的水桶拿去繼續盛水。袁忠一會兒送來熬好的藥，一會兒送來參湯。皓禎額上不停冒著汗，靈兒只能幫他擦汗。終於，靈兒不忍心的說…

「皓禎，你都忙了快一個時辰了！換香綺吧！那個傷口我真的不敢碰！」

「我快弄好了！血塊和鹽塊都清理乾淨了！你們誰都不要幫忙，她這些傷口都是我帶給她的，我要親自治療完，幫她包紮好！」皓禎堅決的說。

「該吃藥了！香綺，妳來餵小姐吃吧！」小樂捧著袁忠送來的藥進屋。

皓禎站起身，接過藥…

「這也是我的工作！我來！」就認真的對吟霜說：「吟霜，等妳好了，也教我那個治病氣功吧！如果我有了這個絕活，就能在妳受傷的時候幫妳解痛，不會把妳弄得這麼慘，痛到傷口都在痙攣，還不敢喊痛！」

吟霜看了皓禎一眼，心痛的問：

「你的任務順利完成了？是不是經過一番血戰？你沒休息就連夜趕回家嗎？多久沒睡覺了？黑眼圈那麼重，現在那隻手可以包起來了！你先去睡吧！好不好？」

「我的任務……」皓禎痛心回想在清河渡口的大戰，痛定思痛：「原來，當我在為這個王朝效忠，拚死血戰的時候，妳正在被這個王朝的公主用各種刑罰摧殘，這是不是太諷刺了？這李氏王朝，還值得我繼續賣命嗎？」

「你別一桿子打翻整條船！」抱了許多棉布片和包紮布條的寄南進房，對皓禎正色說道：「這是兩碼事，一碼歸一碼！吟霜受虐與我們效忠無關。如果沒有你、我和天元通寶，會多少人流離失所？多少人無辜送命？祝大人一家十口就是例子！」看看吟霜，說道：「吟霜有句話說對了，你這種悲憤心情加上過度疲乏，還是去休息吧！」

「不好！現在，吃藥吧！」皓禎端起藥碗，餵著吟霜：「吃完藥再治左手！」

「這隻手被開水燙過，還要清理那些水泡，比較麻煩……」吟霜喝著藥說。

皓禎一個驚跳，放下藥碗喊道……

「開水燙過？」

「你不知道『肉刷子』是怎樣用的？」寄南說：「先要把皮膚燙熟，再用那鐵刷子刷！所以那燙傷的水泡裡，現在都是血水！」

皓禎一個踉蹌，差點站不穩。寄南趕緊扶住他。

「你堅持親自處理傷口，我只能坦白告訴你！你去休息，這兒換香綺吧！」

「不！我來！」皓禎勉強支撐著自己，坐回矮凳裡。

皓禎就端起藥碗，一匙一匙的餵著吟霜吃藥。

餵完了藥，吟霜的右手已經包紮好。開始處理左手臂上的傷口。皓禎看著那手臂，眼光發直，倒抽冷氣。吟霜盡量輕描淡寫的指導著：

「那些水泡，一定要一個個挑破，你不要怕我痛，香綺已經準備好燒過的針了，挑破了，讓裡面的血水流出來，然後用棉布吸乾……每一個都要挑……每一個都要吸，然後塗上我爹的藥膏……最後包紮起來……」

皓禎深吸口氣，開始用針挑著水泡，額上冷汗涔涔，靈兒又不停的幫皓禎擦汗。皓禎專注的挑著水泡，逐漸眼角含著淚。吟霜痛極，咬牙忍著，逐漸眼角也含著淚。靈兒又忙著為兩人擦淚。寄南忙進忙出，東張西望卻無法幫忙，跌腳生氣的自言自語：

「蘭馨也是和我從小一塊兒長大的，怎麼變成了一個魔鬼，殘忍到這個地步？」

皓禎終於弄完，接過香綺的布條，開始包紮。等到包紮完畢，吟霜眼睛一閉，立刻昏睡過去。皓禎筋疲力盡的把頭靠在吟霜的床上，臉色比床單還蒼白。

房裡房外的人，個個都累得東倒西歪。

❖

第二天一早，蘭馨就煩躁的在屋裡走來走去，問著崔諭娘：

「聽說駙馬爺昨晚就回來了？」

「是！好像也沒回房睡覺，恐怕直接去了那個丫頭房！」

「吟霜的丫頭房到底在哪兒？」

「不是在夫人房的隔壁嗎？」

「崔諭娘，妳去打聽一下，現在駙馬在哪兒？回家居然也不到我這兒轉轉⋯⋯還有，吟霜那丫頭，有沒有被我弄死？現在怎樣了？將軍和夫人又怎樣了？都去弄清楚，回來告訴我！」

崔諭娘皺著眉回答：

「公主，天一亮奴婢就去打聽了！現在，咱們這公主院和將軍府之間，等於不通了，所有的通路，都被將軍府的衛士守著，說是不讓咱們公主院的任何人過去！所以，什麼消息都打聽不出來！」

「什麼？」蘭馨大驚：「不讓咱們過去？那……妳怎麼知道駙馬回來了？」

「那還是昨晚的消息，今天兩邊就完全隔絕了！他們可以過來，我們不能過去！」

「這不是把本公主軟禁了嗎？」蘭馨一怒：「我的鞭子呢？我殺過去問！」

崔諭娘急忙死命拉住蘭馨，勸著：

「公主！還是暫時忍一忍吧！昨天那場大鬧，可能也鬧得太大，吟霜說不定撐不下去死了。如果傳出去，公主弄死了丫頭，還是公主吃虧，現在先等等，奴婢隨時會去打探！有消息再告訴您！」

蘭馨憤憤不平的滿室兜圈子。想來想去想不通，咬牙說道：

「這個丫頭有這麼神通廣大嗎？居然讓將軍府封鎖了本公主的路？太不可思議了！她不是人，一定不是人！」

❖

這個早上，大家都很忙，雪如帶著秦媽，一清早就來到小小齋。雪如一邊跨進院子，一邊說道：

「不知道吟霜怎樣了？說真的，看到她那個樣子，我實在心痛，這種心痛，就像我親生的女兒受到虐待一樣，痛到心坎裡！」

「奴婢也有這種感覺！」秦媽不住點頭。

魯超正在院子中打盹，看到兩人，急忙醒神，立刻攔了過來。

「夫人！」魯超悄聲的說道：「公子和寶王爺他們，忙了整整一夜，現在都累得睡著了，最好不要吵醒他們。尤其公子，整夜親自幫吟霜姑娘清傷口，一路急著趕回家，已經幾天幾夜沒睡了！」

雪如大驚，輕聲問道：

「公子什麼時候回來的？怎麼我都不知道？」

「昨天傍晚一回家，就聽說吟霜姑娘受傷了，他直接趕到這兒來，就沒去跟夫人和將軍請安。夫人別怪他，他可辛苦了！」

雪如怔忡不安的說道：

「不會的，不會怪他的，但是……他看到吟霜的情形了？唉！真不想讓他看到！」

雪如說著，和秦媽輕手輕腳走進大廳。只見廳中，寄南、靈兒歪坐在榻上睡著了，個個神情憔悴。雪如悄悄的掠過他們身邊，走進臥室。只見吟霜雙手包紮著，在床上熟睡。皓禎坐在床前那張為她治傷的矮凳裡，趴在床沿，也倦極睡著了。皓禎的手，還輕輕握住吟霜的左手小手指，因為左手只有手臂受傷，手指沒傷。

小樂和香綺躺在地毯上，也都昏睡著。

桌上還有沾血的棉布片，和一盆帶著血色的水，油燈還燃著。

雪如眼神慘淡，心痛如絞，對秦媽低語：

「秦媽，去把我房裡的棉被全抱來，然後幫他們把這兒悄悄收拾乾淨！」

秦媽點頭，立刻轉身去拿棉被。接著，秦媽和雪如，忙著為每個人蓋被。她們蓋得那麼輕柔，大家也都太累了，沒有一個被驚醒。然後，主僕二人加上魯超，把房裡治傷的水盆和帶血的棉布，都拿出去扔了。一切弄乾淨，雪如回到院子，魯超再度迎上前來，挺直背脊對雪如報告：

雪如點點頭說：

「夫人！魯超自作主張，把公主院和將軍府隔離了！那位公主太危險，不能讓她到處跑，再來傷害公子和吟霜姑娘！」

「但是，等到公子醒來，你一定要讓他到上房裡去，昨天的一場大鬧，我已經沒辦法瞞住將軍，他必須親自跟將軍說清楚！」

* * *

皓禎保住了巴倫將軍，殺了伍項偉，太子立刻得到了好消息。本想去將軍府慰問一下皓禎，但是，青蘿剛剛受傷，劫金案還沒結束，一時之間，他也不敢輕舉妄動。這天早上，剛剛起床，太子妃就深深看著他說：

「太子，關於青蘿，您預備怎麼獎賞？」

太子愣了一下，說：

「她出自書香門第，也飽讀詩書，我就把她收在我的書房裡，當個內官吧！」

「內官？不夠吧？」太子妃直率的說：「對於一個女子來說，終身才是大事。我看她對太子自始至終盡心盡力，知道楓紅她們三個靠不住，還建議我為太子修建密室，這樣的女子，對太子已是忠心不二，太子還是把她封個『良娣』或是『孺子』，收在身邊吧！」

太子再度一愣，也直率問道：

「難道太子妃不吃醋？」

「太子，您遲早要有很多女人的！」太子妃認真的說：「您是太子，必須多子多孫。我生了佩兒以後，就再也沒有身孕，就算為了皇太孫想，也該有良娣或是孺子。如果您收了青蘿，我等於得到一個貼心助手，反而會非常高興。太子不要擔心我吃醋，這是不可能的事！開枝散葉，才是太子的責任！」

太子深深看著太子妃，由衷的說道：

「妳是一個賢慧大度的女子！這事，讓我看著辦吧！今天還要進宮，關於劫金案，伍震榮還是死咬住我不放！在這案子沒有定論之前，我還沒心思去想良娣孺子的事！不過，青蘿這女子，我會放在心上的！」

❖

早朝之後，皇上把太子、伍震榮、漢陽都召進書房。

皇上一抬頭，眼光嚴肅的看向伍震榮，責備的說道：

「榮王！你大鬧太子府，幾乎殺了太子的婢女，你到底在做什麼？朕想來想去也不明白！你還是向朕說說清楚，也讓漢陽弄弄清楚！」

漢陽不待伍震榮回答，就一步上前，行禮稟道：

「陛下，漢陽昨天離開太子府，已經火速查明了青蘿的身分！她原來是榮王的歌伎，和另外三個歌伎一起，被榮王送進太子府！」

「什麼？」皇上一驚：「那個女子，原來是榮王府的人！」

伍震榮怒沖沖答道：

「不錯！她本是榮王府的女子，是臣送給太子消遣的。誰知此女竟然貪圖皇室地位，不惜出賣本王，捏造事實，混淆視聽！本王相信不久之後，她將是太子的孺子或良娣！」

太子也怒沖沖看著榮王說道：

「榮王實在好心，送了四個美女給本太子『消遣』！父皇，那四個女子，包括青蘿，啟望從來不曾碰過！青蘿那番話，也震撼了我！原來榮王送了四個奸細到太子府，明明想置我於死地！萬一我真的『消遣』一番，說不定早已被她們亂刀刺死！」

皇上不禁不寒而慄，疑惑的看伍震榮問道：

「榮王為何要送美女給太子呢？應該送些古聖先賢的書吧？」

「那些書，方宰相不是都送了嗎？」伍震榮大聲說，怒視太子：「你不要以為買通了青

蘿，就能擺脫萬兩黃金大劫案！」銳利的看漢陽：「漢陽，如果你被太子耍得團團轉，你就

根本沒有當大理寺丞的資格！」

漢陽不亢不卑的說道：

「玉帶鉤的案子，漢陽認為已經水落石出。榮王地位崇高，相信也不會嫁禍給太子！到

底玉帶鉤是在紅樹林發現，還是一直在羽林左監伍項魁手中，這才是榮王應該追究的！再

有，就是那萬兩黃金的下落，說不定那黃金就在布局的人手上！如果始終找不到那筆黃金，

這案子總之是個懸案⋯⋯」

漢陽話沒說完，伍震榮毛焦火辣的一轉身，伸手就掐住了漢陽的脖子，怒吼：

「你這小子，你爹到底有沒有教你如何當官？如何查案⋯⋯」

漢陽頓時被勒得漲紅了臉，瞪大了眼睛，眼看就要一命嗚呼。太子一看大驚，急忙上

前，拉住了伍震榮的手，掰著他有力的手指，驚喊：

「榮王！使不得！殺青蘿事小，殺朝臣事大！漢陽還是方宰相的公子！更何況⋯⋯」有

力的說道：「是在父皇的面前！」

伍震榮趕緊鬆手，漢陽撫著脖子，驚魂未定，連退兩步，一直咳著。

皇上驚愕得睜大眼睛說：

「榮王，你最近火氣真大！如果不是朕如此信任你，肯定以為你不把朕放在眼裡！現在，這件黃金大劫案，朕也不想追究了！漢陽，就讓它成為懸案，告一段落吧！」

「咳咳……咳！」漢陽咳著，邊咳邊說：「漢陽……咳咳……漢陽遵旨！」

皇上又說道：

「榮王，朕那『退火消氣丸』十分有效！朕讓太醫給榮王送去！」

伍震榮臉紅脖子粗，又氣又恨又無可奈何。

皇上悄悄和太子交換了一個「此事已了」的視線。

❖

太子和皇上父子同心，總算擺平了「黃金劫案」，不但讓伍震榮破財，還讓他在皇上面前，幾乎真相畢露。搶來的金子，又救濟了許多災民，太子心中竊喜。進了一趟太府寺，差點命喪鑄金房，卻換來意料之外的效果。這皇上駕到，榮王失態，青蘿受傷……許多許多，他真想和皓禎、寄南分享。但是，此時的皓禎，卻在將軍府的書房裡，被柏凱嚴厲審問著。

柏凱盤腿坐在低矮型書案前，一臉的鬱怒。皓禎跪坐在柏凱面前，他的神情依舊是憔悴疲倦的，為吟霜治傷，比清河渡口的大戰，更加讓他心力交瘁。柏凱突然拍了一下案面，屬聲問道：

「原來吟霜不是丫頭？是你的外室？你明明知道皇上已經看中你當駙馬，還去弄了一個外室？你著魔了嗎？你瞞著家人，就證明你心虛！如果你覺得這事是坦蕩蕩的，為什麼不徵求我們的同意？」

皓禎振振有詞。

「如果我徵求你們的意見，你們會同意嗎？明知道你們不會同意，徵求又有什麼用呢？」

「什麼話？所以你是明知故犯！你根本不把父母看在眼裡，也不把你身上的責任放在眼裡。和蘭馨的婚姻，關係多少大事，你居然想把它弄砸了！」

皓禎背脊一挺，怒火騰騰的說道：

「請爹不要提蘭馨的名字！那名字侮辱了我，侮辱了將軍府，侮辱了整個皇室！更侮辱了我為李氏江山效忠賣命的一片心！」

「你為吟霜昏了頭了？」柏凱更怒：「這說的還是人話？你一直是我的驕傲，從來不為美色迷惑，怎會糊塗到這個地步？聽說你還趕在大婚前，和吟霜私下弄了一個小婚禮，如果蘭馨知道了，會變成怎樣，你想過沒有？那吟霜從哪兒來的？會不會是伍家派人對你用的美人計？」

皓禎氣昏了，眼睛也漲紅了，沉痛的說：

「爹！如果你不瞭解吟霜，也別給她亂加罪名！她為了我，受的苦難道還不夠嗎？上次

為我擋刀受傷，現在躺在那兒不能動，你看過她的傷口嗎？整隻手臂燙出水泡，每個水泡裡都是血水⋯⋯她已經被折磨得不成人形！你還要偏袒蘭馨來責怪她？」

雪如急忙插嘴：

「好了好了！皓禎，你少說兩句！一定是覺沒睡夠，說話這麼衝！你爹確實弄不清楚，你就好好說呀！」

「雪如，妳別處處護著他！」柏凱轉向雪如：「他會變成今天這樣，就是因為我們太寵他！皓禎！」大聲說：「看你這麼沒有理智，我也不想再聽你的解釋！總之一句話，你和蘭馨的婚姻，才是真正的婚姻！吟霜頂多是個收房丫頭，你不要再糊塗下去！」

皓禎瞪大眼睛，昂頭看著柏凱：

「爹，吟霜不是什麼收房丫頭，她是我唯一的妻子！你要答案，我就坦白說！我根本不要蘭馨，尤其她把肉刷子弄到府裡來之後，我跟她連親人都做不了！」說著，就不可思議的看柏凱：「爹！你看過那刑具沒有？你對吟霜沒有一點點不忍之心嗎？」

「當然有！昨天我已經把蘭馨狠狠教訓了一頓！現在想想，她會這麼做，也是因為你先對不起她的緣故！不管怎樣，你要對蘭馨負責！那是皇上皇后交給我們的責任！是你必須背負的責任！」

皓禎氣極的點頭說：

「我明白了！我是為責任而活著的人，吟霜是為責任而犧牲的人，好！我現在就去面對

我的責任！」

皓禎說完，掉頭就走。雪如著急的追在後面喊：

「你要去哪裡？」

「當然是去公主院，對那位偉大的公主負荊請罪！」

皓禎衝出將軍府書房，衝進公主院，再大步衝進大廳，喊道：

「蘭馨！妳在哪裡？出來！」

「喲！駙馬昨天回家，今天就來看我了真是榮幸之至！你為什麼喊那麼大聲？嚇了我一

跳！」

蘭馨帶著崔諭娘和宮女們，從房內急急奔來。蘭馨看著皓禎的神色，故作輕鬆：

皓禎直直的看著蘭馨，喊道：

「妳做的好事！妳用了多少手段欺負吟霜？給我從實招來！除了『肉刷子』之外，妳還

用過什麼東西？妳說！」

「駙馬！」蘭馨背脊一挺：「你對那個丫頭的關心也太多了吧？我用什麼手段對付她，

那是我的事，用不著跟駙馬報告！」

「妳讓我忍無可忍！」皓禎就一步上前，迅速的抓住一個宮女，問宮女：「公主對吟霜

用過那些刑罰，說！如果不說，我馬上折斷妳的胳臂！」

「駙馬饒命呀！」宮女嚇壞了…「我沒看到呀！聽說……聽說墊著沙袋打，看不到傷痕，用絲綢綁著勒，也看不到傷痕……拉著頭髮在地上拖，不容易看到傷痕……」

蘭馨對宮女喊…

皓禛放掉宮女，盯著蘭馨。

「住口！再說下去，不是他打斷妳的胳臂，是本公主打斷妳的胳臂！」

「原來公主只敢做，不敢說？那麼，墊著沙袋打過了？綁著絲綢勒過了？」越說越痛…「拉著頭髮在地上拖過了？既然看不到傷痕，她下巴上的那條傷口是怎麼來的？」

蘭馨見皓禛氣勢洶洶，怒上心頭，不禁得意的回答…

「那是駙馬爺給的禮物！」

「什麼我給的禮物？」

「你不是說木劍不會傷人嗎？我就用那木劍試一試，誰知道她細皮嫩肉，這麼一劃，就留了一條口子，所以駙馬爺錯了，木劍也會傷人！」

皓禛這一聽，簡直快要七竅冒煙，吼道…

「妳用我送妳的木劍去刺傷她？妳怎能這麼狠心？」

「你心痛了嗎？」蘭馨豁出去了…「我不止用那木劍劃傷她的臉，我還想用它去刺瞎她

的眼睛，可惜你那木劍有點邪門，居然刺不下去！」

皓禎越聽越毛骨悚然⋯

「如果刺得下去，你就把她刺瞎了？」

「不錯！我預備給她三劍的，兩個眼睛一張臉，只是沒有順利完成！但是，她再厲害，

也擋不了鐵錘和肉刷子！」

皓禎瞪視蘭馨⋯

「妳為什麼要這麼做？」

蘭馨傲岸的抬著頭，揚著聲音說：

「難道你還不知道原因，要我一條條告訴你？因為你幫她提了水桶，因為你看了她好幾

眼，因為她會用勾魂眼勾你，因為她身上有你的玉佩，最主要的，因為她根本是個小淫婦！」

啪的一聲，皓禎飛快的給了蘭馨一個耳光。

蘭馨完全沒有料到，閃避不及，撫著臉驚呆了，不敢相信的看著皓禎。

「你打我？你居然敢打我？」

「妳的所作所為，讓我不能不動手！」

皓禎舉起手來，還想再打。崔諭娘急忙一步上前，擋在蘭馨前面，嚴重的喊道⋯

「駙馬請留心，這是公主，冒犯公主會罪連全府的⋯⋯」

崔諭娘話沒說完，皓禎這巴掌，就賞給了崔諭娘。皓禎對崔諭娘怒目而視：

「崔諭娘！這些虐待的點子，是妳想出來的？還是公主想出來的？」

崔諭娘驚嚇，卻依舊維持著宮中女官那份尊嚴：

「是奴婢和公主一起想的！這丫頭做錯事，本來就該責罰！」

皓禎一反手，就抓住了崔諭娘的胳臂。

「很好！公主不能打，妳這個老刁奴就代她挨打吧！不過，我不想打妳！我猜那『肉刷子』，是妳去宮裡拿來的吧？」大聲：「我現在就用『肉刷子』侍候妳！」喊道：「魯超！準備手銬，準備火爐和開水，準備肉刷子！聽說這兒的後院是行刑的地方，我們就在後院見！再叫幾個高手來幫忙！」

魯超不知道從哪兒冒出來，大聲答道：

「遵命！公子！立刻就準備！」迅速出門去。

崔諭娘臉色慘變，大喊：

「駙馬爺饒命呀！公主救命呀！」

蘭馨嚇住了，急忙上前喊：

「皓禎，手下留情！崔諭娘是把我一手帶大的女官！」

「女官做錯事，比丫頭更該罰！用幾十年的虐待經驗，對付年紀輕輕的小輩！今天，我

一樣樣來，先用『肉刷子』，再用鐵鎚，然後是沙袋和絲綢！當然我也不會忘記我的木劍！

那木劍在我手裡，是運用自如的！走！」

皓禎拖著崔諭娘，就往後院走去，越想越痛：

「哦！忘了，還有拉著頭髮拖在地上走！是吧？髮根出血是不容易發現的！現在我知道

髮根為什麼會出血了！」

皓禎一伸手，就打掉了崔諭娘的髮髻，拉著她的長髮，就在地上拖著走。

崔諭娘嚇得魂飛魄散，一路殺豬一樣的喊著：

「救命啊！奴婢錯了！駙馬爺饒命啊……」

蘭馨這一嚇，驕傲自尊都沒了，追在後面跑，驚喊著：

「皓禎！你……求求你……求求你，不要這樣啊……」

盛怒的皓禎，為吟霜心痛如絞的皓禎，怎可能輕易放掉崔諭娘呢？就算將她碎屍萬段，

也難解他心頭之恨！

（未完待續）

國家圖書館出版品預行編目資料

梅花英雄夢. 卷二, 英雄有淚/ 瓊瑤著. -- 初版. -- 臺北
市：春光出版：家庭傳媒城邦分公司發行, 民109.01
　　面；　　公分. --（瓊瑤經典作品全集；67）
ISBN 978-957-9439-80-0（平裝）

863.57　　　　　　　　　　　　　　108019327

瓊瑤經典作品全集⑥⑦梅花英雄夢・第二部：英雄有淚

作　　　者／瓊瑤
企劃選書人／王雪莉
責 任 編 輯／王雪莉

版權行政暨數位業務專員／陳玉鈴
資深版權專員／許儀盈
行 銷 企 劃／陳姿億
行銷業務經理／李振東
副 總 編 輯／王雪莉
發 行 人／何飛鵬
法 律 顧 問／元禾法律事務所　王子文律師
出　　　版／春光出版
　　　　　　台北市 104 中山區民生東路二段 141 號 8 樓
　　　　　　電話：(02) 2500-7008　傳真：(02) 2502-7676
　　　　　　部落格：http://stareast.pixnet.net/blog E-mail：stareast_service@cite.com.tw
發　　　行／英屬蓋曼群島商家庭傳媒股份有限公司城邦分公司
　　　　　　台北市中山區民生東路二段 141 號 11 樓
　　　　　　書虫客服服務專線：(02) 2500-7718 / (02) 2500-7719
　　　　　　24小時傳真服務：(02) 2500-1990 / (02) 2500-1991
　　　　　　服務時間：週一至週五上午9:30～12:00，下午13:30～17:00
　　　　　　郵撥帳號：19863813　戶名：書虫股份有限公司
　　　　　　讀者服務信箱E-mail: service@readingclub.com.tw
　　　　　　歡迎光臨城邦讀書花園 網址：www.cite.com.tw
香港發行所／城邦（香港）出版集團有限公司
　　　　　　香港灣仔駱克道 193 號東超商業中心 1 樓
　　　　　　電話：(852) 2508-6231　　傳真：(852) 2578-9337
　　　　　　E-mail：hkcite@biznetvigator.com
馬新發行所／城邦（馬新）出版集團　Cite(M)Sdn. Bhd
　　　　　　41, Jalan Radin Anum, Bandar Baru Sri Petaling,
　　　　　　57000 Kuala Lumpur, Malaysia.
　　　　　　Tel: (603) 90578822 Fax:(603) 90576622　E-mail:cite@cite.com.my

內 頁 排 版／極翔企業有限公司
印　　　刷／高典印刷有限公司

■ 2020 年（民 109）1 月 30 日初版　　　　　　　Printed in Taiwan

售價／400元

城邦讀書花園
www.cite.com.tw

ISBN　978-957-9439-80-0

104 台北市民生東路二段 141 號 11 樓

英屬蓋曼群島商家庭傳媒股份有限公司
城邦分公司

- -

請沿虛線對折，謝謝！

愛情・生活・心靈
閱讀春光，生命從此神采飛揚

春光出版

書號： OR1067　　書名：瓊瑤經典作品全集 ⑥⑦ 梅花英雄夢・第二部：英雄有淚

讀者回函卡

射您購買我們出版的書籍！請費心填寫此回函卡，我們將不定期寄上城邦集最新的出版訊息。

姓名：＿＿＿＿＿＿＿＿＿＿＿＿＿＿＿＿

性別：□男　□女

生日：西元＿＿＿＿＿＿年＿＿＿＿＿＿月＿＿＿＿＿＿日

地址：＿＿＿＿＿＿＿＿＿＿＿＿＿＿＿＿

聯絡電話：＿＿＿＿＿＿＿＿＿　傳真：＿＿＿＿＿＿＿＿＿

E-mail：＿＿＿＿＿＿＿＿＿＿＿＿＿＿＿＿

職業：□ 1. 學生 □ 2. 軍公教 □ 3. 服務 □ 4. 金融 □ 5. 製造 □ 6. 資訊
　　　□ 7. 傳播 □ 8. 自由業 □ 9. 農漁牧 □ 10. 家管 □ 11. 退休
　　　□ 12. 其他 ＿＿＿＿＿＿＿＿＿＿＿＿＿＿＿＿

您從何種方式得知本書消息？
　　　□ 1. 書店 □ 2. 網路 □ 3. 報紙 □ 4. 雜誌 □ 5. 廣播 □ 6. 電視
　　　□ 7. 親友推薦 □ 8. 其他 ＿＿＿＿＿＿＿＿＿＿＿＿

您通常以何種方式購書？
　　　□ 1. 書店 □ 2. 網路 □ 3. 傳真訂購 □ 4. 郵局劃撥 □ 5. 其他 ＿＿＿

您喜歡閱讀哪些類別的書籍？
　　　□ 1. 財經商業 □ 2. 自然科學 □ 3. 歷史 □ 4. 法律 □ 5. 文學
　　　□ 6. 休閒旅遊 □ 7. 小說 □ 8. 人物傳記 □ 9. 生活、勵志
　　　□ 10. 其他 ＿＿＿＿＿＿＿＿＿＿＿＿＿＿＿＿